Silhouette®

Das Erwachen

Ein Gefühl drohenden Unheils überkommt Elena, als sie eine große schwarze Krähe bemerkt, deren Blicke sie unablässig wie aus Menschenaugen verfolgen. Doch wenig später ist alle Furcht vergessen: Hals über Kopf verliebt Elena sich in den gut aussehenden Stefan. Sie ahnt nicht, welch verhängnisvolles Schicksal ihr diese Leidenschaft bescheren wird. Denn sie weiß noch nichts von Stefans schrecklichem Geheimnis; nichts von seinen nächtlichen Kämpfen, wenn er sich als Vampir gegen sein Verlangen nach menschlichem Blut wehrt, und nichts von seinem Bruder Damon, der in wechselnder Gestalt Stefan, Elena und ihre Liebe zueinander zu zerstören sucht.

L. J. Smith

Das Erwachen

Roman

Aus dem Amerikanischen von
Ingrid Gross

Silhouette®

SILHOUETTE™ TASCHENBUCH
Band 15001
1. Auflage: September 2002

SILHOUETTE™ TASCHENBÜCHER
erscheinen in der Cora Verlag GmbH & Co. KG,
Axel-Springer-Platz 1, 20350 Hamburg
Deutsche Taschenbucherstausgabe

Titel der nordamerikanischen Originalausgabe:
The Awakening – The Vampire Diaries 1

erschienen bei: Harper Paperbacks, New York
Published by arrangement with
17th Street Productions, Inc., at Alloy, Inc.

Dieses Werk wurde vermittelt durch die
Literarische Agentur Thomas Schlück GmbH, 30827 Garbsen

Redaktion/Lektorat: Ilse Bröhl
Konzeption/Reihengestaltung: fredeboldpartner.network, Köln
Umschlaggestaltung: pecher und soiron, Köln
Titelabbildung: © by The Image Bank, Hamburg
und Zefa, Düsseldorf
Satz: Berger Grafikpartner, Köln
Druck und Bindearbeiten: Elsnerdruck, Berlin
Printed in Germany
ISBN 3-89941-028-9

1. KAPITEL

4. September
Liebes Tagebuch,
heute wird etwas Schreckliches passieren.
Warum habe ich diesen Satz geschrieben? Es ist absurd, denn es gibt keinen Grund für mich, mir Sorgen zu machen. Eher tausend Gründe, mich zu freuen, aber ... Ich schaue auf den Wecker. Halb sechs morgens. Ich liege im Bett, bin hellwach und fürchte mich. Immer wieder rede ich mir ein, dass ich nur total durcheinander bin wegen des Zeitunterschieds zwischen Frankreich und hier. Aber das erklärt noch lange nicht, warum ich solche Angst habe. Und mich so entsetzlich verloren fühle.
Vorgestern, als ich mit Tante Judith und Margaret vom Flughafen kam, hatte ich schon diese merkwürdige Vorahnung. Wir bogen in unsere Straße ein, und ich dachte: „Mom und Dad warten zu Hause auf uns. Ich wette, sie stehen schon ungeduldig auf der Veranda oder hinter dem Wohnzimmerfenster. Sie haben uns sicher schrecklich vermisst."
Ich weiß. Das hört sich total verrückt an.
Doch selbst, als ich das Haus sah und die leere Veranda, ließ mich dieses Gefühl immer noch nicht los. Ich rannte die Stufen hoch und hämmerte gegen die verschlossene Tür. Als Tante Judith aufschloss, stürmte ich hinein und blieb mitten im Flur stehen. Ich lauschte und erwartete jeden Moment, dass Mom die Treppe herunterkommen oder Dad aus dem Wohnzimmer nach uns rufen würde.
Genau in diesem Moment ließ Tante Judith mit einem lauten Knall einen Koffer hinter mir fallen, seufzte und sagte: „Gott

sei Dank. Wir sind wieder zu Hause.“ Margaret lachte. Und ich? Ich fühlte mich so verlassen und allein wie noch nie in meinem Leben.
Zu Hause. Ich bin wieder zu Hause. Warum klingt das wie eine Lüge?
Ich wurde hier in Fell's Church geboren und habe immer in diesem Haus gelebt. Da ist mein altes Zimmer mit dem Brandfleck auf den Dielenbrettern, der entstanden war, als Caroline und ich unsere ersten Zigaretten geraucht hatten und dabei fast erstickt wären. Ich kann aus dem Fenster schauen und den großen Baum sehen, den Matt und seine Freunde hochgeklettert sind, um vor zwei Jahren in die Pyjamaparty an meinem Geburtstag zu platzen, die ich nur für die Mädchen hatte steigen lassen. Das ist mein Bett, mein Stuhl, mein Schrank.
Alles kommt mir jetzt so fremd vor, als ob ich nicht hierher gehören würde. Und das Schlimmste ist, ich fühle eine schreckliche Sehnsucht.
Irgendwo anders ist mein Platz, aber ich kann diesen Ort nicht finden.
Ich war gestern zu müde, um in die Einführungsveranstaltung zu gehen. Meredith hat den Stundenplan für mich aufgeschrieben, aber ich hatte keine Lust, mit ihr am Telefon zu reden. Tante Judith hat jedem, der anrief, erzählt, dass ich noch zu sehr unter der Zeitverschiebung leide und schlafen würde. Aber beim Abendessen hat sie mich mit nachdenklichem Blick beobachtet.
Heute muss ich mich der Clique stellen. Wir wollen uns vor der Schule auf dem Parkplatz treffen. Warum habe ich solche Angst? Fürchte ich mich etwa vor ihnen?

Elena Gilbert hörte auf zu schreiben. Sie starrte mit gezücktem Stift auf den letzten Satz in dem kleinen Buch mit dem blauen Samteinband und schüttelte den Kopf. Plötzlich hob sie den Kopf und warf Stift und Buch gegen das große Panoramafenster, wo sie abprallten und auf dem gepolsterten Fenstersitz landeten.

Es war alles so total verrückt.

Seit wann hatte ausgerechnet sie Scheu davor, Menschen zu treffen? Seit wann fürchtete sie sich buchstäblich vor allem? Sie stand auf und zog ärgerlich ihren roten Seidenkimono über. Dabei brauchte sie gar nicht in den kunstvoll gearbeiteten viktorianischen Spiegel über der Ankleidekommode aus Kirschholz zu schauen. Sie wusste, was sie sehen würde: Elena Gilbert, cool, blond und schlank. Die Trendsetterin, was Mode betraf. Die Oberschülerin, mit der jeder Junge ausgehen wollte und an deren Stelle sich jedes Mädchen wünschte. Die im Moment ganz ungewohnt die Stirn runzelte und den Mund zusammenkniff.

Ein heißes Bad, ein starker Kaffee, und ich bin wieder ich selbst, dachte sie. Die morgendliche Routine von Duschen und Anziehen wirkte beruhigend auf sie. Sie ließ sich Zeit und wühlte gemächlich in ihren neuen Sachen aus Paris. Schließlich wählte sie ein hellrosa Top und einen weißen Hosenrock. Gut siehst du aus, richtig zum Anbeißen, dachte sie, und ihr Spiegel zeigte ihr ein Mädchen mit einem heimlichen Lächeln auf dem Gesicht. Ihre früheren Sorgen waren wie weggeblasen.

„Elena! Wo steckst du? Du wirst noch zu spät zur Schule kommen.“ Die Stimme drang schwach von unten herauf.

Elena fuhr ein letztes Mal mit der Bürste durch ihr seidiges Haar und band es mit einem dunkelrosa Band zurück. Dann schnappte sie sich ihre Tasche und lief die Treppe hinunter.

In der Küche saß die vierjährige Margaret am Tisch und aß Cornflakes. Tante Judith brutzelte irgendwas auf dem Herd. Sie wirkte immer leicht aufgeregt. Ihr Gesicht war schmal und gütig, und ihr dünnes, flatterndes Haar war zu einem Knoten zurückgebunden, der sich schon wieder auflöste. Elena küsste sie leicht auf die Wange.

„Morgen alle miteinander. Tut mir Leid, ich hab keine Zeit mehr zu frühstücken."

„Aber Elena, du kannst doch nicht mit leerem Magen ... du brauchst deine Vitamine ..."

„Ich werde mir vor der Schule etwas in der Bäckerei kaufen", unterbrach Elena sie. Sie drückte einen Kuss auf Margarets gesenkten Kopf und wandte sich zum Gehen.

„Aber, Elena ..."

„Und ich werde nach der Schule vermutlich zu Bonnie oder Meredith gehen, also wartet nicht mit dem Essen auf mich. Tschüss!"

„Elena ..."

Doch die war schon an der Haustür. Sie schloss sie hinter sich, trat auf die Veranda ... und blieb stehen.

All die bösen Gefühle, die sie am Morgen gehabt hatte, waren mit einem Schlag wieder da. Die Aufregung, die Angst. Und die Gewissheit, dass etwas Schreckliches passieren würde.

Die Maple Street lag verlassen da. Die großen viktorianischen Häuser sahen gespenstisch aus. Wie die Kulisse eines verlassenen Drehorts.

Sie machten den Eindruck, als ob sie menschenleer seien, aber voller merkwürdiger anderer Wesen, die alles genau beobachteten.

Das war es. Etwas beobachtete Elena. Der Himmel war

nicht blau, sondern milchig und verschleiert. Er wölbte sich über ihr wie eine riesige, umgedrehte Schüssel.

Die Luft war schwül und drückend. Elena fühlte, dass jemand sie ansah.

Sie erhaschte einen Blick auf etwas Dunkles in den Zweigen des alten Quittenbaums vor dem Haus.

Es war eine Krähe. Sie saß völlig reglos im gelben Laub. Und sie musterte Elena.

Elena versuchte sich einzureden, dass das völlig verrückt war, aber in ihrem Innersten war sie sicher. Es war die größte Krähe, die sie jemals gesehen hatte. Muskulös und geschmeidig, mit einem pechschwarzen Federkleid, auf dem sich das Licht in Regenbogenfarben brach. Elena registrierte jede Einzelheit: die gefährlichen, schwarzen Krallen, den scharfen Schnabel und das ihr zugewandte, glitzernde schwarze Auge.

Der Vogel war so still, dass man ihn für eine Wachsfigur hätte halten können. Aber während sie ihn ansah, fühlte Elena, wie sie langsam rot wurde. Die Hitze stieg in Wellen ihren Hals und ihre Wangen hoch. Weil er sie so ... anschaute. Genauso wie Jungs sie musterten, wenn sie einen Badeanzug oder eine durchsichtige Bluse trug. Als ob er sie mit seinen Augen ausziehen wollte.

Bevor sie überhaupt merkte, was sie da machte, hatte sie ihre Tasche fallen gelassen und einen Stein vom Weg aufgehoben. „Hau ab!“ schrie sie. Ihre Stimme bebte vor Wut. „Hau ab! Mach, dass du wegkommst!“ Mit den letzten Worten warf sie den Stein.

In einem Schauer aus herabfallendem Laub entkam die Krähe unverletzt. Ihre ausgebreiteten Flügel waren riesig. Elena duckte sich unwillkürlich und geriet in Panik, als der große Vogel dicht über ihren Kopf hinwegflog. Der Wind seines Flügelschlags wirbelte ihr blondes Haar durcheinander.

Aber die Krähe stieg wieder höher und kreiste wie eine schwarze Silhouette am weißen Himmel. Dann flog sie mit einem heiseren Krächzen in Richtung Wald davon.

Elena richtete sich langsam auf und sah sich verschämt um. Sie konnte kaum fassen, was sie gerade getan hatte. Jetzt, wo der Vogel fort war, war die erstickende Atmosphäre verschwunden. Ein leichter, frischer Wind raschelte in den Blättern. Elena holte tief Luft. Ein Stück die Straße hinunter öffnete sich eine Tür, und ein paar Kinder liefen lachend auf die Straße.

Elena lächelte sie an und atmete wieder tief ein. Erleichterung durchflutete sie wie warmes Sonnenlicht. Wie hatte sie nur so dumm sein können? Es war ein wunderschöner Tag voller Versprechungen, und nichts Böses würde geschehen.

Nichts Böses, außer, dass sie ausgerechnet am ersten Schultag zu spät kommen würde. Die ganze Clique würde sicher schon ungeduldig auf dem Parkplatz warten.

Du kannst ihnen immer noch erzählen, dass du stehen geblieben bist, um einen Stein auf einen aufdringlichen Typen zu werfen, dachte sie. Das würde allen was zu denken geben. Ohne zu dem Quittenbaum zurückzusehen, ging sie schnell die Straße entlang.

Die Krähe flog in die Spitze einer Eiche. Das Laub raschelte heftig, und Stefans Kopf fuhr hoch. Als er erkannte, dass es nur ein Vogel war, entspannte er sich.

Sein Blick fiel auf das leblose weiße Geschöpf in seinen Händen, und er fühlte tiefes Bedauern. Er hatte es nicht töten wollen. Er hätte etwas Größeres als ein Kaninchen gejagt, wenn er geahnt hätte, wie hungrig er war. Aber genau das war der Punkt, der ihm Angst machte: nie das Ausmaß des Hungers zu kennen oder vorher zu wissen, was er tun musste, um ihn zu stillen. Er hatte Glück gehabt, dass er diesmal nur ein Kaninchen erwischt hatte.

Er stand neben der alten Eiche. Seine schwarzen Locken glänzten in der Sonne. In Jeans und T-Shirt unterschied sich Stefan Salvatore kein bisschen von jedem anderen normalen Oberstufenschüler.

Und doch war er anders.

Hierher, tief in den Wald, wo niemand ihn sehen konnte, war er gekommen, um Nahrung zu finden. Jetzt leckte er sich sorgfältig die Lippen, um sicherzugehen, dass sich kein Blut mehr auf ihnen befand. Er wollte kein Risiko eingehen. Die Maskerade würde auch so schon schwer genug durchzuhalten sein.

Einen Moment überlegte er, ob er nicht doch alles rückgängig machen sollte. Vielleicht war es besser, nach Italien zurückzugehen, dorthin, wo sein Versteck war. Was hatte ihn dazu getrieben, ernsthaft zu glauben, er könne einfach so in die Welt des Tageslichts zurückkehren?

Aber er hatte es satt, in den Schatten zu leben. Er hasste die Dunkelheit und die Wesen, die sich in ihr verbargen. Und vor allem wollte er nicht mehr allein sein.

Er war sich nicht sicher, warum er Fell's Church in Virginia gewählt hatte. Für seine Verhältnisse war es eine relativ junge Stadt. Die ältesten Gebäude waren erst vor anderthalb Jahrhunderten errichtet worden. Aber die Stadt pflegte noch die Erinnerungen an die Geister und Legenden des Bürgerkriegs. Sie gehörten zum täglichen Alltag wie die Supermärkte und Hamburgerbuden.

Stefan gefiel dieser Respekt vor der Vergangenheit. Er glaubte, dass er die Leute von Fell's Church mögen würde. Und wer weiß, vielleicht würde er sogar einen Platz unter ihnen finden.

Natürlich würde er nie voll akzeptiert werden. Ein bitteres Lächeln spielte um seine Lippen. Nein, das wusste er besser. Es würde nie einen Ort geben, an den er voll und ganz gehörte. Einen Ort, an dem er wirklich er selbst sein konnte.

Es sei denn, er wählte wieder die Dunkelheit.

Stefan schüttelte heftig den Kopf und vertrieb den Gedanken. Er hatte sich von den Schatten losgesagt und sie hinter sich gelassen. All diese Jahre würde er auslöschen und heute ganz neu beginnen.

Es fiel ihm auf, dass er immer noch das Kaninchen in der Hand hielt. Sanft legte er es auf ein Bett aus braunen Eichenblättern. In weiter Ferne, für das menschliche Ohr nicht wahrnehmbar, hörte er einen Fuchs.

Komm, Jagdgefährte, dachte er. Dein Frühstück wartet.

Als er die Jacke über die Schulter warf, bemerkte er die Krähe, die ihn vorhin gestört hatte. Sie saß immer noch in der Eiche und schien ihn zu beobachten. Irgendetwas stimmte da nicht.

Stefan war versucht, seine Gedanken auszusenden, um den Vogel zu testen. Doch im letzten Moment hielt er sich zurück. Denk an deinen Vorsatz, ermahnte er sich. Er wollte seine außergewöhnliche Gabe nur benutzen, wenn es unbedingt nötig war. Wenn er keine andere Wahl mehr hatte.

Lautlos bewegte er sich über totes Laub und trockene Zweige zum Waldrand hin. Dort war sein Auto geparkt. Er warf einen Blick zurück und sah, dass die Krähe den Baum verlassen hatte und sich auf das Kaninchen stürzte.

Etwas Düsteres lag in der Art, wie der Vogel seine Flügel über den leblosen, weißen Körper spreizte. Etwas Düsteres und gleichzeitig Triumphierendes. Stefans Kehle war plötzlich wie zugeschnürt. Fast wäre er zurückgegangen und hätte den Vogel vertrieben. Doch die Krähe hat das gleiche Recht auf Nahrung wie der Fuchs, sagte er sich.

Und das gleiche Recht wie er selbst.

Wenn er dem Vogel wiederbegegnen würde, würde er versuchen, sein wahres Wesen zu ergründen. Jetzt jedoch riss er seinen Blick los und rannte mit festen Schritten durch den Wald. Er wollte nicht zu spät in der Robert E. Lee High School ankommen.

2. KAPITEL

Kaum hatte Elena den Parkplatz der High School betreten, stand sie schon im Mittelpunkt des Interesses. Alle waren da. Die ganze Clique, die sie seit Ende Juni nicht mehr gesehen hatte, und vier oder fünf Mitläufer, die hofften, bei dieser Gelegenheit endlich auch mal beachtet zu werden. Einer nach dem anderen aus der Clique umarmte Elena.

Caroline war ein Stückchen gewachsen und noch schlanker geworden. Mehr denn je glich sie einem Fotomodell. Sie begrüßte Elena kühl und musterte sie aus zusammengekniffenen grünen Augen.

Bonnie war nicht gewachsen. Ihr roter Lockenkopf reichte Elena gerade bis ans Kinn, als Bonnie sie in die Arme schloss. Moment mal, Locken? dachte Elena und schob das kleinere Mädchen um Armeslänge zurück.

„Bonnie! Was hast du mit deinem Haar gemacht?"

„Gefällt es dir? Ich finde, es macht mich größer." Bonnie lächelte und fuhr sich mit der Hand durch ihre ohnehin schon aufgeplusterten Locken. Ihre braunen Augen funkelten vergnügt, und ihr herzförmiges Gesicht strahlte vor Freude.

Elena ging ein Stückchen weiter. „Meredith! Du bist wenigstens noch die Alte."

Die Umarmung war von beiden Seiten gleich herzlich. Meredith habe ich mehr vermisst als jeden anderen aus der Clique, dachte Elena, während sie das groß gewachsene Mädchen ansah. Meredith trug nie Make-up. Aber mit ihrer perfekten olivbraunen Haut und den dichten schwarzen Wimpern brauchte sie auch keins. Im Moment musterte sie Elena mit hochgezogenen Augenbrauen.

„Nun, dein Haar ist durch die Sonne noch heller geworden ... Aber wo ist die Bräune? Ich dachte, du wolltest sie an der französischen Riviera ein bisschen auffrischen."

„Du weißt doch, dass ich nie braun werde." Elena hielt ihre Hände hoch und betrachtete sie. Die Haut war makellos wie Porzellan und fast so hell und durchsichtig wie die von Bonnie.

„He, das erinnert mich an was", warf Bonnie ein und packte Elenas Hand. „Ratet mal, was ich von meiner Kusine in diesem Sommer gelernt hab?"

Bevor jemand antworten konnte, stieß sie triumphierend hervor: „Die Kunst des Handlesens!"

Die anderen stöhnten oder lachten.

„Lacht, so viel ihr wollt." Bonnie war kein bisschen beleidigt. „Meine Kusine hat behauptet, dass ich das ideale Medium bin. Also, lass mich mal sehen ..." Sie schaute auf Elenas Handfläche.

„Beeil dich, sonst kommen wir zu spät“, sagte Elena etwas ungeduldig.

„Schon gut, schon gut. Nun, ist das deine Lebenslinie – oder deine Herzlinie?“ Einige in der Menge kicherten. „Ruhe. Ich tauche jetzt in den Abgrund. Ich sehe ... ich sehe ...“ Plötzlich wurde Bonnies Gesicht ausdruckslos, als hätte sie einen Schock erlitten. Ihre braunen Augen weiteten sich, sie schien nicht länger auf Elenas Hand zu starren, sondern durch sie hindurchzuschauen, auf etwas, das Furcht einflößend war.

„Du wirst einen großen, dunklen Fremden treffen“, murmelte Meredith hinter ihr. Wieder kicherten einige.

„Dunkel ja, und auch ein Fremder... aber er ist nicht groß.“ Bonnies Stimme klang leise und wie aus weiter Ferne.

„Obwohl“, fuhr sie nach einem Moment fort und sah verwirrt aus, „er war einmal groß.“ Mit weit aufgerissenen Augen sah Bonnie Elena verwundert an. „Aber das ist doch unmöglich, nicht wahr?“

Sie ließ Elenas Hand abrupt fallen, als hätte sie sich verbrannt. „Mehr kann ich nicht erkennen.“

„Okay, die Show ist vorbei“, sagte Elena zu den anderen. Sie war leicht irritiert. Diese übersinnlichen Sachen hatte sie bisher für Tricks gehalten. Warum ging ihr das jetzt so nahe? Nur weil sie heute Morgen beinahe selbst die Fassung verloren hätte ...

Die Mädchen gingen auf das Schulgebäude zu. Doch das Geräusch eines hochgezüchteten Motors ließ sie innehalten.

„Da schau mal einer“, murmelte Caroline. „Was für ein toller Wagen.“

„Genauer gesagt, was für ein toller Porsche“, korrigierte Meredith sie trocken.

Der glänzende schwarze Porsche 911 Turbo glitt auf der Suche nach einem Parkplatz über das Gelände. Er glich einem Panther auf Beutejagd.

Als der Wagen anhielt und sich die Fahrertür öffnete, sahen sie den Mann hinter dem Steuer.

„Oh, oh, das glaub ich nicht", flüsterte Caroline atemlos.

„Das kannst du laut sagen", pflichtete Bonnie bei.

Von ihrem Blickpunkt aus konnte Elena erkennen, dass er einen durchtrainierten Körper hatte.

Er trug verwaschene Jeans, so eng, dass er sie abends wohl mit dem Dosenöffner ausziehen musste, ein knappes T-Shirt und eine Lederjacke von ungewöhnlichem Schnitt. Sein Haar war lockig ... und dunkel.

Er war nicht sehr groß. Eher Durchschnitt.

Elena atmete hörbar aus.

„Wer ist dieser maskierte Fremde?" fragte Meredith. Die Bemerkung war zutreffend. Eine dunkle Sonnenbrille bedeckte die Augen des jungen Mannes und verbarg sein Gesicht wie eine Maske.

Ein Gewirr von Stimmen ertönte.

„Siehst du die Jacke? Jede Wette, die ist italienisch. Sicher aus Rom."

„Was weißt du schon von Rom? Du bist in deinem ganzen Leben nie weiter als bis nach Rome im Staat New York gekommen."

„Schaut mal. Elena hat wieder dieses Jagdfieber im Blick. Der schöne Fremde sollte sich vorsehen."

Über das ganze Geplapper erhob sich plötzlich eiskalt Carolines Stimme: „Komm schon, Elena. Du hast doch Matt. Was willst du mehr? Und was kann man mit zwei Jungs tun, was man nicht mit einem tun kann?"

„Dasselbe ... nur länger", gab Meredith schlagfertig zurück, und alle brachen in Gelächter aus.

Der junge Mann hatte seinen Wagen abgeschlossen und ging auf die Schule zu. Beiläufig folgte Elena ihm, die anderen Mädchen blieben ihr dicht auf den Fersen. Ärger stieg in ihr hoch. Konnte sie nirgendwo hingehen, ohne dass die ganze Meute hinterherhechelte? Meredith fing ihren Blick auf, und Elena musste wider Willen lächeln.

„Noblesse oblige", sagte Meredith leise.

„Was?"

„Wenn du die Königin der Schule sein willst, musst du auch die Konsequenzen tragen."

Elena runzelte über diese Bemerkung die Stirn, während sie das Gebäude betraten. Ein langer Gang erstreckte sich vor ihnen, und eine Gestalt in Jeans und Lederjacke verschwand durch eine Tür weiter vorn. Elena ging langsamer, als sie auf das Büro zukam. Schließlich blieb sie stehen, um gedankenvoll die Nachrichten am Schwarzen Brett zu betrachten, das neben der Tür hing. Es gab hier ein großes Fenster, durch das man das ganze Büro sehen konnte.

Die anderen Mädchen starrten offen durch die Scheibe und kicherten aufgeregt. „Netter Hintern." „Das ist ganz sicher eine Armani-Lederjacke." „Glaubst du, der Typ kommt aus Europa?"

Elena bemühte sich, den Namen des Jungen zu verstehen. Es schien drinnen ein paar Schwierigkeiten zu geben. Mrs. Clarke, die Verwaltungssekretärin, blickte auf eine Liste und schüttelte den Kopf. Der junge Mann sagte etwas, und Mrs. Clarke hob die Hände in einer Geste: „Tut mir Leid." Sie fuhr mit dem Finger die Liste entlang und schüttelte wieder den Kopf. Der Junge wandte sich ab, drehte sich dann jedoch wieder zu ihr hin. Als Mrs. Clarke hochsah, veränderte sich ihr Ausdruck.

Der junge Mann hatte die Sonnenbrille jetzt in der Hand. Mrs. Clarke schien von etwas sehr überrascht zu sein. Elena sah, dass sie mehrmals blinzelte. Ihre Lippen öffneten und schlossen sich, als ob sie versuchte zu sprechen.

Elena wünschte sich, mehr sehen zu können als nur den Hinterkopf des jungen Mannes. Mrs. Clarke wühlte in ein paar Papieren. Sie machte einen benommenen Eindruck. Schließlich fand sie ein Formular, machte einen Vermerk darauf und schob es dem jungen Mann hin.

Er kritzelte etwas auf das Papier – vermutlich seine Unterschrift – und gab es ihr zurück. Mrs. Clarke starrte es einen Moment lang an. Dann suchte sie in einem anderen Zettelberg herum und reichte ihm etwas, das wie ein Stundenplan aussah. Ihr Blick war starr auf den Jungen gerichtet, der das Blatt nahm, den Kopf zum Dank neigte und zur Tür ging.

Elena brannte inzwischen vor Neugier. Was war da drin passiert? Wie sah das Gesicht des Fremden aus? Als er jedoch aus dem Büro trat, hatte er wieder die Sonnenbrille auf. Elena war tief enttäuscht.

Er blieb kurz in der Tür stehen, und so konnte sie wenigstens den Rest seiner Züge erkennen. Das dunkle, lockige Haar umrahmte ein Gesicht, das von einer alten römischen Münze zu stammen schien ... hohe Wangenknochen, eine klassische gerade Nase ... und ein Mund, der einem nachts den Schlaf rauben kann, dachte Elena. Seine Oberlippe war sehr sinnlich, doch gleichzeitig verletzlich. Das Geplapper der anderen Mädchen auf dem Flur war so plötzlich verstummt, als hätte jemand einen Schalter betätigt.

Die meisten wandten verlegen den Blick von ihm ab und schauten irgendwo in der Gegend herum. Doch Elena hielt die Stellung beim Fenster. Sie warf den Kopf zurück und löste das Band aus ihrem Haar, so dass es ihr verführerisch über die Schultern fiel.

Ohne nach rechts oder links zu schauen, ging der junge Mann den Flur entlang. Sobald er außer Hörweite war, ertönte ein Chor sehnsüchtiger Seufzer.

Elena hörte ihn nicht.

Er ist glatt an mir vorbeigegangen, dachte sie wie benommen. Ohne mir auch nur einen Blick zuzuwerfen.

Undeutlich vernahm sie das Läuten zur ersten Stunde. Meredith zog sie am Arm.

„Was?“

„Ich sagte, hier ist dein Stundenplan. Wir haben jetzt Mathe in der zweiten Etage. Komm schon!“

Elena ließ es zu, dass Meredith sie den Flur entlang, die Treppe hoch und in das Klassenzimmer zog. Automatisch setzte sie sich auf einen leeren Platz und blickte den Lehrer an, ohne ihn wirklich zu sehen. Sie hatte sich von dem Schock noch nicht erholt.

Er war einfach an ihr vorbeigegangen. Ohne auch nur einen Blick. Sie konnte sich nicht erinnern, wann ihr so etwas das letzte Mal bei einem Jungen passiert war. Jeder riskierte zumindest mal einen Blick. Einige stießen bewundernde Pfiffe aus. Andere brachten genug Mut auf, sie anzusprechen. Und dann gab es noch die, die sie nur offen anstarrten.

Und das hatte Elena immer gefallen.

Was gab es schließlich Wichtigeres als Jungs? Sie waren der Maßstab für Beliebtheit und Schönheit. Außerdem konnten sie für alle möglichen Sachen ganz nützlich sein. Manchmal waren sie richtiggehend aufregend. Aber das dauerte meistens nicht lange. Und manchmal waren sie von Anfang an Trottel.

Die meisten Jungs sind wie kleine Hunde, überlegte Elena. Ganz niedlich, aber im Grunde entbehrlich. Nur sehr wenige konnten mehr werden, sogar richtige Freunde. Wie Matt.

Oh, Matt. Letztes Jahr hatte sie gehofft, dass sie endlich gefunden hatte, wonach sie suchte. Einen Jungen, bei dem sie mehr empfinden konnte. Mehr als nur den Triumph, ihn erobert zu haben, oder den Stolz, ihre neueste Trophäe den anderen Mädchen vorzuführen. Und sie hatte Matt wirklich lieb gewonnen. Aber als sie den Sommer über Zeit gehabt hatte nachzudenken, war ihr aufgegangen, dass es die Art Liebe war, die man für einen Vetter oder eine Schwester empfindet.

Ms. Halpern teilte die Geometriebücher aus. Elena nahm ihres mechanisch entgegen und schrieb ihren Namen hinein. Sie war immer noch in Gedanken versunken.

Sie mochte Matt lieber als jeden anderen Jungen, den sie kannte. Und deshalb musste sie ihm sagen, dass es vorbei war.

In einem Brief war ihr das nicht gelungen. Sie hatte auch jetzt noch keine Ahnung, wie sie es ihm beibringen sollte. Es lag nicht daran, dass sie Angst hatte, er würde Terror machen. Er würde es nur nicht verstehen. Wie auch? Sie verstand es ja selbst nicht.

Es war, als ob sie nach etwas ... anderem greifen wollte. Immer, wenn sie dachte, es gefunden zu haben, war es nicht da. So war es bei Matt gewesen und bei allen anderen Jungs.

Und dann musste sie wieder neu mit der Suche beginnen. Zum Glück gab es genug Auswahl. Kein Junge konnte ihr auf Dauer widerstehen, und keiner hatte sie je übersehen. Bis jetzt.

Bis jetzt. Als Elena sich wieder an den schicksalhaften Moment auf dem Flur erinnerte, krampften sich ihre Finger um ihren Kugelschreiber. Sie konnte immer noch nicht glauben, dass der junge Mann einfach so an ihr vorbeigegangen war.

Es läutete, und alle drängten aus dem Klassenzimmer. Doch Elena blieb in der Tür stehen. Sie biss sich auf die Lippen und musterte die Schüler auf dem Flur. Ihr Blick fiel auf eins der Mädchen, das sich auf dem Parkplatz an die Clique gehängt hatte.

„Frances! Komm mal her!"

Frances eilte eifrig herbei. Ihr unscheinbares Gesicht strahlte.

„Hör mal, Frances. Erinnerst du dich an den Jungen von heute früh?"

„Der mit dem Porsche? Und dem tollen ... Lederjackett? Wie könnte ich den vergessen?"

„Ich brauche seinen Stundenplan. Besorge ihn mir aus dem Büro oder kopiere sein eigenes Exemplar, wenn's sein muss. Egal, wie, mach's."

Frances schien einen Moment sehr überrascht, dann lächelte sie und nickte. „Okay, Elena. Ich werd's versuchen. Wenn's klappt, treffen wir uns in der Pause."

„Danke." Elena sah dem davoneilenden Mädchen nach.

„Weißt du was? Du bist total verrückt." Meredith war wie aus dem Nichts neben ihr aufgetaucht.

„Was hat man davon, die Königin der Schule zu sein, wenn man nicht hin und wieder mal seine Macht spielen lässt?" erwiderte Elena ruhig. „Wo muss ich jetzt hin?"

„Wirtschaftskunde. Hier, nimm deinen Stundenplan selbst. Ich muss in den Chemieunterricht."

Wirtschaftskunde, wie der ganze Rest des Morgens, blieb für Elena nur eine nebelhafte Erinnerung. Sie hoffte, wenigstens einen weiteren Blick auf den neuen Schüler erhaschen zu können, doch er war in keiner ihrer Unterrichtsstunden. Dafür aber Matt. Elena fühlte einen scharfen Schmerz, als sie in seine lächelnden blauen Augen blickte.

In der Pause nickte sie grüßend nach rechts und links, während sie zur Cafeteria ging. Caroline stand neben dem Eingang und lehnte in aufreizender Pose an der Wand. Die beiden Jungen, mit denen sie sprach, verstummten schlagartig und stießen einander an, als Elena herankam.

„Hallo", sagte sie kurz zu ihnen und wandte sich an Caroline. „Kommst du mit rein?"

Carolines grüne Augen musterten Elena kurz. Sie warf ihr kastanienbraunes Haar zurück. „Was? An den königlichen Tisch?" meinte sie spöttisch.

Elena war verwirrt. Sie und Caroline waren seit dem Kindergarten befreundet und hatten ihren Konkurrenzkampf bisher eher humorvoll und locker gesehen. Doch in letzter Zeit hatte Caroline sich verändert. Sie begann immer mehr, die Rivalität zwischen ihnen ernst zu nehmen. Jetzt war Elena überrascht von der Bitterkeit in der Stimme des anderen Mädchens.

„Nun, du tust gerade so, als wärst du eine aus der breiten Masse. Und das bist du wohl kaum, liebste Caroline", versuchte sie zu scherzen.

„Oh, damit hast du Recht." Caroline sah Elena geradewegs ins Gesicht. Und Elena war geschockt von der offenen Feindschaft, die in ihren grünen Katzenaugen lag. Die beiden Jungs lächelten verlegen und machten sich aus dem Staub.

Caroline schien es nicht zu bemerken. „Es hat sich vieles geändert, seit du den Sommer fort warst, Elena“, fuhr sie fort. „Und vielleicht sind ja deine Tage an der Spitze gezählt.“

Elena fühlte, wie sie rot wurde. Sie bemühte sich, ruhig zu antworten. „Kann sein. Aber ich würde mir noch kein Zepter kaufen, wenn ich du wäre, Caroline.“ Sie drehte sich um und ging in die Cafeteria.

Es tat richtig gut, Meredith, Bonnie und bei ihnen Frances zu sehen. Elena fühlte, wie ihre Wangen sich abkühlten, während sie ihr Essen aussuchte und zu den anderen ging. Sie würde sich von Caroline nicht anmachen lassen. Sie würde einfach überhaupt nicht mehr an sie denken.

„Ich hab’s.“ Frances wedelte stolz mit einem Stück Papier, als Elena sich setzte.

„Und ich hab auch ein paar gute Neuigkeiten auf Lager“, mischte Bonnie sich ein. „Also, Elena. Hör genau zu. Er ist in meinem Biounterricht, und ich sitze direkt schräg hinter ihm. Sein Name ist Stefan. Stefan Salvatore. Er kommt aus Italien und wohnt bei der alten Mrs. Flowers am Stadtrand.“ Sie seufzte. „Er ist so richtig schön altmodisch. Caroline hat ihre Bücher fallen lassen, und er hat sie ihr aufgehoben.“

Elena verzog das Gesicht. „Wie tollpatschig von Caroline. Was ist noch passiert?“

„Das war alles. Er hat sich nicht richtig mit ihr unterhalten. Oh, er ist ja so geheimnisvoll. Mrs. Endicott, unsere Biologielehrerin, hat versucht, ihn dazu zu bringen, die Sonnenbrille abzunehmen, aber er wollte nicht. Er hat irgendein gesundheitliches Problem.“

„Was ist es?“

„Keine Ahnung. Vielleicht ist es was Ernstes, und seine Tage sind gezählt. Wäre das nicht romantisch?“

„Ja, sehr“, erwiderte Meredith trocken.

Elena musterte den Stundenplan und biss sich auf die Lippen. „Er ist zusammen mit mir in der siebten Stunde. Die Geschichte Europas. Hat jemand von euch das auch belegt?“

„Ich“, sagte Bonnie. „Und ich glaube, Caroline. Vielleicht auch Matt. Er machte so eine Bemerkung, dass er ausgerechnet das Glück gehabt hätte, wieder Mr. Tanner zu erwischen.“

Toll, dachte Elena und stach mit ihrer Gabel auf die Kartoffeln auf ihrem Teller ein. Es sah ganz so aus, als würde die siebte Stunde außerordentlich interessant werden.

Stefan war froh, dass der Schultag fast vorüber war. Er wollte raus aus den überfüllten Räumen und Fluren, und wenn es nur für ein paar Minuten war.

So viele Menschen. Ihre Gedanken und Gefühle stürmten auf ihn ein. Aus ihrem Unterbewusstsein empfing er so viele flüsternde Stimmen, dass ihm ganz schwindlig wurde. Es war Jahre her, seit er sich zum letzten Mal in einer solchen Menschenmasse befunden hatte.

Und eine Person unter ihnen hob sich besonders hervor. Sie war unter denen gewesen, die ihn auf dem Hauptflur der Schule beobachtet hatten. Er wusste nicht, wie sie aussah, aber ihre persönliche Aura war sehr stark. Er fühlte, dass er sie auf Anhieb wiedererkennen würde.

Jedenfalls hatte er den ersten Tag seiner Maskerade so weit überstanden. Er hatte seine besonderen Gaben nur zweimal benutzt und auch dann nur in Maßen.

Jetzt war er müde und, wie er reumütig zugeben musste, auch hungrig. Das Blut des Kaninchens war nicht genug gewesen.

Darüber musste er sich später Gedanken machen. Er fand

den Klassenraum für die letzte Unterrichtsstunde und setzte sich. Sofort spürte er wieder diese starke Persönlichkeit.

Sie schwebte wie ein Licht am Rand seines Unterbewusstseins. Golden und sanft und doch voller Leben. Zum ersten Mal konnte er das Mädchen ausfindig machen, das diese Aura ausstrahlte. Es saß direkt vor ihm.

Gerade, als er daran dachte, drehte es sich um, und er sah ihr Gesicht. Er konnte gerade noch verhindern, erschrocken nach Luft zu schnappen.

Katherine! Aber das konnte nicht sein. Katherine war tot, niemand wusste das besser als er.

Trotzdem war die Ähnlichkeit unheimlich. Das helle, goldene Haar, so blond, dass es zu leuchten schien. Diese weiße Haut mit dem rosigen Schimmer über den Wangenknochen, die ihn immer an Schwäne oder Alabaster erinnerte. Und die Augen ... Katherines Augen waren von einer Farbe gewesen, die er noch nie zuvor gesehen hatte, dunkler als das Blau des Himmels, so leuchtend wie der blaue Edelstein in ihrem Kopfschmuck. Dieses Mädchen hatte dieselben Augen.

Und diese Augen sahen ihn jetzt lächelnd an.

Er wandte schnell den Blick ab. Am allerwenigsten wollte er an Katherine denken. Er wollte dieses Mädchen nicht anschauen, das ihn so sehr an sie erinnerte, und er wollte ihre Aura nicht länger spüren. Er blickte auf sein Pult und schottete sein Unterbewusstsein gegen sie ab. Schließlich drehte sie sich endlich wieder langsam nach vorn.

Sie war verletzt. Sogar durch die starken Barrikaden spürte er es. Es war ihm egal. Im Grunde war er sogar froh darüber. Hoffentlich lässt sie mich jetzt in Ruhe, dachte er. Abgesehen davon hegte er keine anderen Gefühle für sie.

Das redete er sich immer wieder ein, während die monotone Stimme des Lehrers ungehört an seinem Ohr vorüberging. Aber er konnte den schwachen Duft eines Parfüms riechen – Veilchen, dachte er. Und ihren schlanken weißen Nacken sehen, der über das Buch gebeugt war. Ihr blondes Haar fiel rechts und links daran vorbei über ihre Schultern.

Ärgerlich und voller Frust spürte er das altbekannte Gefühl in seinen Zähnen. Es war mehr ein Kitzeln oder Kribbeln als ein Schmerz. Es war ein Hunger, ein ganz spezieller Hunger, dem er nicht nachgeben würde.

Der Lehrer wieselte durch das Klassenzimmer und schoss Fragen ab wie aus dem Schnellfeuergewehr. Stefan richtete seine ganze Aufmerksamkeit auf ihn. Zuerst war er erstaunt, denn obwohl keiner der Schüler die Antworten wusste, hielten die Fragen an. Dann erkannte er, dass dies die Absicht des Mannes war. Er wollte die Schüler mit ihrem Mangel an Wissen beschämen.

Gerade im Moment hatte er ein neues Opfer gefunden, ein zierliches Mädchen mit roten Locken und einem herzförmigen Gesicht. Stefan beobachtete voller Abscheu, wie der Lehrer sie mit Fragen quälte. Sie war am Boden zerstört, als er sich abwandte und das Wort an die Klasse richtete.

„Sehen Sie jetzt, was ich meine? Sie glauben, Sie sind die Größten, sind Oberstufenschüler und bereit für die Abschlussprüfung. Lassen Sie mich Ihnen eins sagen, einige von Ihnen stecken anscheinend noch in den Kinderschuhen. Wie sie hier!" Er deutete auf das rothaarige Mädchen. „Keine Ahnung von der französischen Revolution. Hält Marie Antoinette für einen Stummfilmstar!"

Die Schüler rund um Stefan rutschten unbehaglich in ihren

Sitzen hin und her. Er konnte ihren Ärger spüren, die Demütigung und die Angst. Sie hatten alle Angst vor diesem kleinen Mann mit den Augen eines Wiesels. Sogar die kräftigen Jungs, die größer waren als er.

„Nun gut. Versuchen wir eine andere Epoche." Der Lehrer wandte sich wieder an dasselbe Mädchen. „Während der Renaissance ..." Er hielt inne. „Sie wissen doch, was die Renaissance ist, meine Liebe? Der Zeitabschnitt zwischen dem 13. und dem 17. Jahrhundert, in dem Europa die großen Ideale der alten Griechen und Römer wiederentdeckte? Die Jahre, aus denen so viele von Europas größten Denkern und Künstlern hervorgingen?" Als das Mädchen zuversichtlich nickte, fuhr er fort: „Was haben die Schüler Ihres Alters wohl in der Renaissance während der Schulzeit getan? Nun? Haben Sie eine Vorstellung? Eine kleine Ahnung?"

Das Mädchen schluckte. Mit einem schwachen Lächeln antwortete es: „Football gespielt?"

Bei dem entstehenden Gelächter verdunkelte sich das Gesicht des Lehrers. „Wohl kaum!" fuhr er das Mädchen an, und die Klasse verstummte schlagartig. „Sie halten das wohl für einen Scherz? In jenen Tagen beherrschten Schüler Ihres Alters bereits mehrere Sprachen perfekt. Und außerdem waren sie beschlagen in Mathematik, Philosophie, Astronomie und Grammatik. Sie waren bereit, eine Universität zu besuchen, wo natürlich jeder Kurs in lateinischer Sprache abgehalten wurde. Football war absolut das Letzte ..."

„Entschuldigen Sie bitte."

Die ruhige Stimme unterbrach den Lehrer mitten in seinem Ausbruch. Alle drehten sich um und starrten Stefan an.

„Was? Was haben Sie gesagt?"

„Ich sagte, entschuldigen Sie." Stefan stand auf und nahm seine Sonnenbrille ab. „Aber Sie haben Unrecht. Die Schüler in der Renaissance wurden dazu ermuntert, an allen möglichen Sportarten teilzunehmen. Sie lernten auf der Schule, dass ein gesunder Geist in einem gesunden Körper wohnt. Und natürlich haben sie auch Mannschaftsspiele veranstaltet, wie Kricket, Tennis und sogar Football." Er sah das rothaarige Mädchen freundlich an und lächelte. Sie lächelte dankbar zurück. Dann wandte er sich wieder an den Lehrer und fuhr fort: „Aber das Wichtigste waren gute Manieren und Höflichkeit. Ich bin sicher, Ihre Lehrbücher können Ihnen darüber Auskunft geben."

Die Schüler ringsum grinsten. Das Gesicht des Lehrers war dunkelrot, er rang nach Worten. Doch Stefan hielt seinen Blick fest, und am Ende war es der Lehrer, der wegsah.

Es läutete.

Stefan setzte schnell seine Sonnenbrille auf und sammelte seine Bücher ein. Er hatte schon mehr Aufmerksamkeit erregt, als er sich erlauben durfte, und er wollte dem blonden Mädchen nicht wieder begegnen. Außerdem musste er schnell hier raus. Ein nur zu bekanntes Brennen breitete sich in seinen Adern aus.

Als er an der Tür war, rief jemand: „He, haben die damals wirklich Football gespielt?"

Stefan konnte sich ein Lächeln nicht verkneifen und erwiderte über die Schulter: „Oh, ja. Manchmal mit den abgeschlagenen Köpfen der Kriegsgefangenen."

Elena sah ihm nach, als er hinausging. Er hatte sich ostentativ von ihr abgewandt. Er hatte sie absichtlich vor den Kopf gestoßen, und das vor Caroline, die die Szene wie ein Habicht beobachtet hatte. Tränen brannten in Elenas Augen, aber im Moment beherrschte sie nur ein Gedanke.

Sie würde ihn erobern, auch wenn es sie umbringen sollte. Und sogar dann, wenn es sie beide umbrachte.

3. KAPITEL

Das erste Licht der Morgendämmerung färbte den Nachthimmel rosa und hellgrün. Stefan beobachtete das Farbenspiel vom Fenster seines Zimmers in der kleinen Pension. Er hatte dieses Zimmer absichtlich gemietet wegen der Falltür in der Decke, die zu einem kleinen Rundgang auf dem Dach führte. Im Moment war die Falltür geöffnet, und ein kühler, feuchter Wind blies die herabgelassene Leiter hinab. Stefan war vollständig angezogen, aber nicht, weil er schon früh aufgestanden war. Er hatte gar nicht geschlafen.

Gerade war er von einem Ausflug in die Wälder zurückgekehrt. An seinen Stiefeln klebten noch feuchte Blätter. Sorgfältig wischte er sie ab. Die Bemerkungen der Schüler gestern waren ihm nicht entgangen. Er wusste, dass sie ihn wegen seiner Kleidung angestarrt hatten. Er bevorzugte immer das Beste. Nicht aus Eitelkeit, sondern weil es sich einfach so gehörte. Sein Lehrer hatte oft zu ihm gesagt: „Ein Adliger sollte sich seiner Stellung gemäß kleiden. Wenn er das nicht tut, zeigt er damit seine Missachtung den Mitmenschen gegenüber." Jeder hatte seinen Platz in der Welt. Und seiner war im Kreis des Adels gewesen. Vor langer Zeit ...

Warum verweilte er bei diesen Dingen? Natürlich hätte ihm klar sein müssen, dass ihm seine eigenen Schultage ins Gedächtnis zurückkommen würden, wenn er die Rolle eines Schülers spielte. Jetzt stürzten die Erinnerungen so schnell und heftig auf ihn ein, als würde er in einem Buch blättern und hier und da eine Eintragung lesen. Ein Bild war wieder ganz lebendig. Das Gesicht seines Vaters, als Damon ankündigte, er würde die Universität verlassen. Stefan hatte seinen Vater noch so nie wütend erlebt ... „Was soll das heißen, du gehst nicht mehr zurück?“ Giuseppe war normalerweise ein gerechter Mann. Doch er neigte zu Wutausbrüchen. Ein solcher war jetzt durch seinen ältesten Sohn entfacht worden.

Der tupfte sich gerade die Lippen mit einem safranfarbenen Seidentaschentuch ab. „Ich hätte gedacht, dass du einen solch einfachen Satz verstehst, Vater. Soll ich ihn für dich in Latein wiederholen?“

„Damon ...“, begann Stefan tadelnd, schockiert von so viel Respektlosigkeit. Aber sein Vater unterbrach ihn.

„Willst du mir etwa schonend beibringen, dass ich, Giuseppe, Graf von Salvatore, einen Sohn habe, der ein ‚scioparto‘ ist? Ein Taugenichts? Ein Faulpelz, der keinen nützlichen Beitrag zum Gemeinwohl unserer schönen Heimatstadt Florenz leisten will? Wie soll ich meinen Freunden je wieder gegenübertreten?“ Die Bediensteten zogen sich etwas zurück, als sich Giuseppe immer mehr in Wut redete.

Damon zuckte nicht einmal mit der Wimper. „Wenn du diese Schmarotzer Freunde nennen willst, die dir nur schmeicheln in der Hoffnung, dass du ihnen Geld borgst, ist das deine Sache.“

„Du elender Tagedieb!“ schrie Giuseppe und stand von seinem Stuhl auf. „Ist es nicht schon schlimm genug, dass du auch während des Studiums deine Zeit und mein Geld verschwendest? Oh, ja, ich weiß alles über deine Spielsucht, die Duelle und die Weibergeschichten. Und ich weiß auch, dass du es nur deinem Sekretär und deinen Privatlehrern zu verdanken hast, dass du nicht in jeder Klasse versagst. Aber warum willst du mich jetzt ganz und gar entehren? Warum? Sag mir, warum?" Seine kräftige Hand packte Damon am Kinn. „Warum willst du nicht wenigstens zum Schein zurückkehren an die Universität, wo du doch sowieso dein Lotterleben weiterführst?"

Stefan musste anerkennen, dass Damon ganz ruhig blieb. Er stand stolz da, jeder Zentimeter ein Aristokrat, von der elegant schlichten Kappe auf seinem schwarzen Haar über das nerzbesetzte Cape bis hin zu den weichen Lederschuhen. Ein arrogantes Lächeln spielte um seine Lippen.

Diesmal bist du zu weit gegangen, dachte Stefan, während er die beiden Männer betrachtete, die einander anblickten. Selbst dein Charme wird dir diesmal nicht aus der Patsche helfen können.

Genau in diesem Moment hörte man leichte Schritte vom Eingang des Studierzimmers. Stefan drehte sich um und war sofort wieder verzaubert von den dunkelblauen Augen, die von langen, blonden Wimpern umrahmt wurden. Es war Katherine. Ihr Vater, der Baron von Swartzschild, hatte sie aus dem kalten Deutschland nach Italien gebracht, damit sie sich von einer langen Krankheit erholte. Seit dem Tag ihrer Ankunft hatte sich alles für Stefan verändert.

„Entschuldigung. Ich wollte nicht stören." Ihre Stimme war sanft und klar. Sie wandte sich mit einer zögernden Bewegung zum Gehen.

„Nein, bleib hier", sagte Stefan schnell. Er wollte noch etwas hinzufügen, nach ihrer Hand greifen, aber er wagte es nicht. Nicht vor seinem Vater. Alles, was er tun konnte, war, in diese wunderbaren blauen Augen zu schauen, die ihn jetzt anblickten.

„Ja, bleibe ruhig“, ertönte Giuseppes Stimme. Stefan sah, dass sich seine düstere Miene erhellt hatte. Er ließ Damon los, trat einen Schritt vor und glättete die schweren Falten seines langen, pelzgeschmückten Gewandes. „Dein Vater wird bald von Geschäften in der Stadt zurückerwartet. Er wird sich freuen, dich zu sehen. Aber deine Wangen sind bleich, kleine Katherine. Du wirst doch nicht wieder krank werden?“

„Ihr wisst, dass ich immer blass bin, Sir. Ich benutze kein Rouge wie die wagemutigen italienischen Mädchen.“

„Das hast du auch nicht nötig“, entfuhr es Stefan, bevor er es verhindern konnte. Katherine lächelte ihn an. Sie war so schön. Ein dumpfer Schmerz breitete sich in seiner Brust aus.

Sein Vater fuhr fort: „Und ich sehe am Tag viel zu wenig von dir. Vor der Abenddämmerung bereitest du uns nur zu selten die Freude deiner Gesellschaft.“

„Ich habe meine Studien und andere Verpflichtungen, die mich in meinen eigenen Räumen halten, Sir“, erwiderte Katherine leise und senkte den Blick. Stefan wusste, dass das nicht stimmte. Doch er schwieg. Niemals würde er Katherines Geheimnis verraten. Sie sah seinen Vater wieder an: „Aber jetzt bin ich hier, Sir.“

„Ja, ja, richtig. Ich werde veranlassen, dass wir zur Feier der Rückkehr deines Vaters heute Abend ein Festmahl veranstalten. Damon ... wir sprechen uns später.“ Während Giuseppe einen Diener herbeiwinkte und hinausging, drehte sich Stefan voller Freude zu Katherine um. Es war selten, dass sie sich ohne die Anwesenheit seines Vaters oder ihrer deutschen Dienerin Gudren unterhalten konnten.

Aber was Stefan sah, traf ihn wie ein Schlag in den Magen. Katherine lächelte – das kleine, geheime Lächeln, das sie oft geteilt hatten. Doch jetzt galt es nicht ihm, sondern Damon.

In diesem Moment hasste Stefan seinen Bruder. Er hasste Damons dunklen Charme, seine Geschmeidigkeit und die Sinnlichkeit, die Frauen anzog wie Motten das Licht. Er hatte große Lust, ihn zu schlagen, seine Schönheit für immer zu zerstören. Stattdessen musste er dabeistehen und beobachten, wie Katherine sich langsam, Schritt für Schritt, seinem Bruder näherte. Ihr goldenes Brokatkleid wischte mit leisem Flüstern über den gekachelten Boden.

Und noch während Stefan zusah, streckte Damon die Hand nach Katherine aus. Sein Lächeln war triumphierend und grausam zugleich ... Stefan drehte sich mit einem Ruck vom Fenster weg. Warum riss er die alten Wunden wieder auf? Aber selbst, während er sich deswegen noch tadelte, zog er die dünne Goldkette hervor, die er unter seinem Hemd trug. Mit Daumen und Zeigefinger strich er zärtlich über den Ring, der daran hing, dann hielt er ihn hoch ans Licht.

Er war aus Gold und wunderschön. Selbst fünf Jahrhunderte hatten seinen Glanz nicht trüben können. Ein tiefblauer Stein, ein Lapislazuli von der Größe seines kleinen Fingernagels, war darin eingearbeitet. Stefan betrachtete ihn und dann den schweren Silberring mit dem gleichen Edelstein, den er an seiner Hand trug. Ein altbekannter Schmerz breitete sich in seiner Brust aus.

Er konnte die Vergangenheit einfach nicht vergessen, und im Grunde wollte er es gar nicht. Trotz allem, was geschehen war, war ihm Katherines Andenken lieb und teuer. Aber es gab eine Erinnerung, an die er nicht rühren durfte. Wenn er diesen Horror noch einmal durchleben musste, würde er wahnsinnig werden. So wahnsinnig, wie er an jenem Tag gewesen war, an jenem letzten Tag, als er seine eigene Verdammnis besiegelte ...

Stefan lehnte sich an das Fenster. Er presste seine Stirn gegen die kühle Scheibe. Sein Lehrer hatte noch ein anderes Sprichwort gekannt: „Das Böse wird niemals Frieden finden. Es mag triumphieren, aber Frieden wird es niemals finden."

Warum war er überhaupt nach Fell's Church gekommen?

Er hatte gehofft, hier Ruhe zu finden, aber das war unmöglich. Er würde niemals akzeptiert werden, nie ausruhen dürfen. Denn er war böse. Und er konnte nicht ändern, was er war.

Elena stand an diesem Morgen früher auf als sonst. Sie hörte, wie Tante Judith in ihrem Zimmer herumkramte und sich für die Dusche fertig machte. Margaret schlief noch fest. Elena schlich leise an der halb geöffneten Zimmertür ihrer Schwester vorbei, ging zur Eingangstür und verließ das Haus.

Die Luft war frisch und klar. Im Quittenbaum saßen nur die üblichen Eichelhäher und Spatzen. Elena, die mit stechenden Kopfschmerzen zu Bett gegangen war, blickte in den strahlend blauen Himmel und atmete tief ein.

Sie fühlte sich viel besser als gestern. Vor der Schule hatte sie sich mit Matt verabredet. Obwohl sie sich auf die Begegnung nicht gerade freute, war sie sicher, dass alles glatt laufen würde.

Matt wohnte nur zwei Straßen von der High School entfernt. Es war ein einfaches, kleines Haus wie die meisten in dieser Gegend, nur ein wenig ungepflegter als die anderen. Hier und da blätterte die Farbe ab, und die Ketten der Schaukel auf dem Hof waren verrostet. Matt stand schon draußen. Als Elena ihn sah, tat ihr Herz wie gewohnt einen freudigen kleinen Sprung.

Er sah wirklich gut aus. Daran gab es keinen Zweifel. Matts blondes Haar war während der Footballsaison ganz kurz geschnitten. Er war tiefbraun, weil er in seiner Freizeit draußen auf der Farm seiner Großeltern arbeitete. Der Blick seiner blauen Augen war ehrlich und offen. Und heute, als er die Arme nach Elena ausstreckte, um sie sanft an sich zu ziehen, auch ein ganz klein wenig traurig.

„Willst du reinkommen?"

„Nein. Lass uns ein Stück spazieren gehen", erwiderte Elena. Sie gingen nebeneinander her, ohne sich zu berühren. Ahornbäume und schwarze Walnussbäume säumten die Straße, die noch von morgendlicher Stille erfüllt war. Elena betrachtete ihre Füße auf dem nassen Asphalt und war plötzlich sehr unsicher. Sie wusste nicht, wie sie anfangen sollte.

„Du hast mir immer noch nichts von Frankreich erzählt", begann Matt.

„Ach, das war toll." Elena sah ihn schräg von der Seite an. Matt starrte auf den Bürgersteig. „Alles war super", fuhr sie fort und versuchte, etwas mehr Begeisterung in ihre Stimme zu legen. „Die Leute, das Essen, einfach alles. Es war echt ..." Ihre Stimme verlor sich, und sie lachte nervös.

„Ja, ich weiß. Super", beendete Matt den Satz für sie. Er blieb stehen und blickte auf seine abgenutzten Tennisschuhe. Elena erkannte sie vom letzten Jahr. Matts Familie kam gerade so über die Runden. Vielleicht hatte er sich keine neuen Schuhe leisten können. Sie sah hoch und merkte, dass sein Blick jetzt auf sie gerichtet war.

„Und du, du siehst heute richtig super aus", sagte er leise.

Elena öffnete den Mund, um zu protestieren, doch Matt kam ihr zuvor.

„Wahrscheinlich hast du mir was zu sagen."

Sie starrte ihn an, und er lächelte ein wenig traurig. Dann streckte er wieder die Arme aus.

„Oh, Matt." Elena umarmte ihn fest. Sie trat einen Schritt zurück und sah ihm ins Gesicht. „Matt, du bist der netteste Typ, den ich jemals getroffen habe. Ich verdiene dich gar nicht."

„Ach, deshalb machst du Schluss mit mir?" antwortete er, als sie weitergingen. „Weil ich zu gut für dich bin. Das hätte mir schon früher klar werden sollen."

Elena boxte ihn sanft in den Arm. „Nein, das ist es nicht. Und ich mache auch nicht Schluss mit dir. Wir bleiben Freunde, okay?"

„Klar. Aber sicher doch."

„Mir ist nämlich aufgefallen, dass wir das sind." Sie blieb stehen und sah ihn wieder an. „Gute Freunde. Nicht weniger, aber auch nicht mehr. Sei ehrlich, Matt. Geht es dir nicht wie mir? Empfindest du nicht im Grunde auch nur Freundschaft für mich?"

Er runzelte die Stirn. „Dein plötzlicher Entschluss hat nicht zufällig was mit dem neuen Typen zu tun?"

„Nein", antwortete Elena nach kurzem Zögern, dann fuhr sie schnell fort: „Ich kenn den doch gar nicht."

„Aber du willst ihn kennen lernen. Nein, sag nichts." Er legte ihr den Arm um die Schulter und drehte sie sanft um. „Machen wir uns auf den Schulweg. Wenn noch Zeit bleibt, kaufe ich dir sogar ein Stück Kuchen."

Während sie weitergingen, raschelte es heftig in dem Walnussbaum über ihnen. Matt pfiff leise und deutete nach oben. „Schau mal, das ist die größte Krähe, die je ich gesehen hab."

Elena hob den Blick, aber der Vogel war schon fort. Die

Schule diente Elena an diesem Tag nur dazu, ihren Plan durchzuführen.

Sie war am Morgen aufgewacht und wusste genau, was sie zu tun hatte. Heute sammelte sie so viele Informationen wie nur möglich zum Thema Stefan Salvatore. Das war nicht schwer, denn jeder auf der Robert E. Lee High School redete über ihn.

Es war allgemein bekannt, dass er gestern eine Art Zusammenstoß mit der Verwaltungssekretärin gehabt hatte. Und heute war er in das Büro des Direktors bestellt worden. Es hatte wohl etwas mit seinen Papieren zu tun. Doch der Direktor hatte ihn wieder in den Unterricht geschickt. Es wurde gemunkelt, ein Ferngespräch mit Rom – oder war es Washington? – hätte alles in Ordnung gebracht. Zumindest, was das Amtliche betraf.

Als Elena an diesem Nachmittag zu ihrer Unterrichtsstunde Europäische Geschichte ging, wurde sie auf dem Flur mit anerkennenden Pfiffen begrüßt. Dick Carter und Tyler Smallwood hingen vor dem Klassenzimmer rum. Die beiden hielten sich für die Größten, nur weil sie in der Footballmannschaft Verteidiger und Stürmer waren.

Elena blieb auf dem Gang stehen, um ihr Make-up aufzufrischen. Sie hatte Bonnie genaue Anweisungen gegeben. Der Plan sollte sofort in Kraft treten, sobald Stefan auftauchte. Der Spiegel der Puderdose erlaubte ihr, den ganzen Flur zu überblicken.

Trotzdem verpasste sie ihn irgendwie. Plötzlich war er neben ihr. Sie schloss schnell die Puderdose, als er an ihr vorüberging. Eigentlich hatte sie ihn aufhalten wollen, aber etwas kam dazwischen. Stefan wirkte mit einem Mal angespannt und wachsam. In diesem Moment traten Dick und Tyler vor die Tür des Klassenzimmers und blockierten den Weg.

Volltrottel, dachte Elena. Sie warf den beiden über Stefans Schulter hinweg wütende Blicke zu.

Die genossen das Spiel, blieben in der Türöffnung stehen und taten so, als würden sie Stefan nicht sehen.

„Entschuldigung." Es war derselbe Tonfall, den er dem Geschichtslehrer gegenüber benutzt hatte. Ruhig und distanziert.

Dick und Tyler sahen erst sich an und dann in der Gegend herum, als würden sie Geisterstimmen hören.

„'tschuldigung!" zwitscherte Tyler mit übertrieben hoher Stimme. Er klimperte mit den Wimpern, und beide lachten.

Elena beobachtete, wie sich unter dem T-Shirt Stefans Muskeln anspannten. Es war total unfair. Die beiden Rüpel waren größer als Stefan, und Tyler war außerdem ungefähr doppelt so breit wie er.

„Gibt es hier ein Problem?" Elena war so überrascht wie die Jungen, als hinter ihr eine neue Stimme ertönte. Sie drehte sich um und sah Matt. Der Blick seiner blauen Augen war hart.

Elena musste sich ein Lächeln verkneifen, als Tyler und Dick langsam und widerwillig den Weg frei machten. Guter alter Matt, dachte sie. Aber jetzt ging der gute alte Matt neben Stefan in die Klasse, und sie konnte den beiden nur nachblicken. Als sie sich setzten, glitt sie auf den Platz hinter Stefan, von wo aus sie ihn beobachten konnte, ohne selbst beobachtet zu werden. Ihr Plan musste eben bis nach dem Unterricht warten.

Matt klimperte mit dem Kleingeld in seiner Hosentasche, was bedeutete, dass er etwas sagen wollte.

„Ja, weißt du ...", begann er schließlich und fühlte sich dabei sichtlich unwohl. „Diese Typen ..."

Stefan lachte. Es klang bitter. „Wer bin ich schon, um sie zu verurteilen?" Seine Stimme war aufgewühlter, als Elena es je zuvor bei ihm erlebt hatte. Selbst nicht, als er mit Mr. Tanner sprach. Bedauern und tiefes Leid sprachen aus ihm. „Überhaupt, warum sollte man mich hier mit offenen Armen empfangen?“ beendete er den Satz fast zu sich selbst.

„Und warum nicht?“ Matt hatte Stefan angestarrt. Jetzt reckte er entschlossen das Kinn vor. „Hör mal, du hast doch gestern von Football gesprochen. Einer unserer Teamkameraden hat sich gestern einen Bänderriss zugezogen, und wir brauchen dringend Ersatz. Die Probespiele für die Auswahl des Neuen sind heute Nachmittag. Willst du nicht mal vorbeischauen?“

„Ich?“ Stefan hörte sich überrumpelt an. „Also ... weiß nicht, ob ich geeignet bin.“

„Kannst du rennen?“

„Ob ich ...“ Stefan drehte sich halb zu Matt um, und Elena konnte das kleine Lächeln sehen, das um seine Lippen spielte. „Ja.“

„Kannst du fangen?“

„Ja.“

„Das ist alles, was du zu tun hast. Ich spiele Quarterback. Wenn du fangen kannst, was ich werfe, und es dir gelingt, mit dem Ball wie der Wind abzuhauen, bist du dabei.“

„Verstehe.“ Stefans Lächeln wurde breiter. Obwohl Matts Miene ernst blieb, funkelten seine blauen Augen fröhlich. Überrascht stellte Elena fest, dass sie eifersüchtig war. Zwischen den beiden Jungen herrschte ein Einvernehmen, das sie total ausschloss.

Doch im selben Moment war Stefans Lächeln verschwunden. Wie abwesend sagte er: „Danke ... aber ich muss ablehnen. Ich hab andere Verpflichtungen.“

In diesem Augenblick trafen Bonnie und Caroline ein, und der Unterricht begann.

Während des gesamten Geschichtsvortrags von Mr. Tanner wiederholte Elena leise für sich: „Hallo, ich bin Elena Gilbert. Ich gehöre zum Begrüßungskomitee der Oberstufe und soll dich ein bisschen in der Schule herumführen. Du willst doch nicht, dass ich Schwierigkeiten bekomme, indem du ablehnst?" Das Letzte wollte sie mit weit aufgerissenen Augen sagen, aber nur, falls er tatsächlich versuchte, ihr zu entkommen. Der Plan war bombensicher. Stefan war ein Typ, der schwach wurde, wenn ein weibliches Wesen Hilfe brauchte.

Die Hälfte der Stunde war ungefähr vorbei, als das Mädchen, das rechts von Elena saß, ihr einen Zettel reichte. Sie erkannte sofort Bonnies runde, kindliche Handschrift: „Ich habe C., solange ich konnte, aufgehalten. Was ist passiert? Hat es geklappt???"

Elena blickte hoch und sah, dass Bonnie sich auf ihrem Sitz in der vorderen Reihe umgedreht hatte. Elena deutete auf den Zettel, schüttelte den Kopf und formte mit den Lippen lautlos die Worte „nach dem Unterricht".

Es schien eine Ewigkeit zu dauern, bis Mr. Tanner die letzten Anweisungen für die mündlichen Vorträge gegeben hatte und die Klasse entließ. Alle sprangen gleichzeitig auf. Also los, dachte Elena, trat Stefan mit klopfendem Herzen entgegen und versperrte ihm den Weg.

Wie Dick und Tyler, dachte sie und unterdrückte ein hysterisches Kichern. Sie sah ihn an und stellte fest, dass sich ihre Augen genau in der Höhe seiner sinnlichen Lippen befanden.

Alle ihre Vorsätze waren mit einem Mal wie weggewischt. Was hatte sie ihm noch sagen wollen? Sie öffnete den Mund,

und irgendwie überschlugen sich ihre einstudierten Worte fast: „Hallo. Ich bin Elena Gilbert. Ich gehöre zum Begrüßungskomitee der Oberstufe, und ich soll ...“

„Tut mir Leid, ich habe keine Zeit.“ Eine Minute lang konnte Elena kaum glauben, dass er sie unterbrochen hatte. Dass er ihr nicht die Chance gab, ihre Rede zu Ende zu führen. Sie redete einfach weiter: „... dich ein wenig in der Schule ...“

„Ich bin untröstlich, aber es geht nicht. Ich ... ich muss zum Footballtraining.“ Stefan drehte sich zu Matt um, der die Szene mit wachsendem Erstaunen verfolgte. „Du hast gesagt, das ist gleich nach dem Unterricht?“

„Ja“, erwiderte Matt langsam. „Aber ...“

„Dann beeile ich mich wohl besser. Vielleicht kannst du mir zeigen, wo das ist.“

Matt schaute hilflos zu Elena und zuckte mit den Schultern. „Klar ... komm mit.“ Als sie gingen, warf er noch einen Blick zurück. Stefan nicht.

Elena bemerkte, dass sich inzwischen ein Kreis interessierter Zuschauer um sie gebildet hatte. Unter ihnen war auch Caroline, die ihre Schadenfreude nicht verbarg. Elenas Kehle war wie zugeschnürt. Ein taubes Gefühl breitete sich in ihrem Körper aus. Sie würde es nicht ertragen, auch noch eine Sekunde länger dort zu bleiben. Abrupt drehte sie sich um und ging so schnell sie konnte aus dem Raum.

4. KAPITEL

Als Elena an ihrem Schließfach angekommen war, schwand das taube Gefühl langsam, und der Knoten in ihrer Kehle drohte sich in Tränen aufzulösen. Ich werde in der Schule nicht weinen, sagte sie sich mit zusammengebissenen Zähnen. Nachdem sie das Schließfach geschlossen hatte, lief sie sofort zum Ausgang.

Zum zweiten Mal hintereinander ging sie nach Schulschluss direkt nach Hause, und zwar allein. Tante Judith würde die Welt nicht mehr verstehen. Doch als Elena zu Hause ankam, stand Judiths Wagen nicht in der Auffahrt. Sie war wohl mit Margaret zum Markt gefahren. Das Haus lag still und friedlich da, als Elena aufschloss.

Sie war froh darüber. Im Augenblick wollte sie nur allein sein. Aber auf der anderen Seite wusste sie nicht, was sie mit sich anfangen sollte. Jetzt, wo sie endlich weinen konnte, wollten die Tränen nicht kommen. Sie ließ ihre Tasche in der Diele fallen und ging langsam ins Wohnzimmer.

Es war ein schöner, eindrucksvoller Raum, der einzige außer Elenas Zimmer, der von dem Originalhaus noch übrig geblieben war. Das ursprüngliche Haus war vor 1861 erbaut worden und im Bürgerkrieg fast ganz ausgebrannt. Nur dieses Zimmer mit seinem wunderschönen Kamin und das große Schlafzimmer oben hatte man retten können. Elenas Urgroßvater hatte das Haus wieder aufgebaut, das Generationen der Gilberts seither bewohnt hatten.

Elena wandte sich um und schaute aus einem der vom Boden bis zur Decke reichenden Fenster. Das dicke Glas war so alt und uneben, dass alles, was man dadurch sah, leicht verschwommen wirkte. Sie erinnerte sich daran, wie ihr Vater ihr zum ersten Mal diese Scheibe gezeigt hatte. Damals war sie jünger gewesen als Margaret heute.

Elenas Kehle war wieder wie zugeschnürt, doch sie konnte immer noch nicht weinen. Ihre Gefühle waren ein einziges Durcheinander.

Sie wollte keine Gesellschaft und fühlte sich doch schrecklich allein. Sie wollte nachdenken, doch so sehr sie sich bemühte, ihre Gedanken rannten davon wie Mäuse vor einer weißen Eule.

Weiße Eule ... Jagdvogel ... Fleischfresser ... Krähe, dachte sie. „Die größte Krähe, die ich je gesehen habe", hatte Matt gesagt.

Ihre Augen brannten wieder. Armer Matt. Sie hatte ihm wehgetan, und er war so nett zu ihr gewesen. Er hatte sich sogar Stefan gegenüber freundlich verhalten.

Stefan. Ihr Herz machte einen Sprung, und zwei, drei heiße Tränen rannen aus ihren Augen. Endlich weinte sie. Sie weinte aus Wut, Frust, weil sie so gedemütigt worden war – und warum eigentlich noch?

Was hatte sie tatsächlich heute verloren? Was fühlte sie wirklich für diesen Fremden, diesen Stefan Salvatore? Er war eine Herausforderung, und das machte ihn irgendwie anders, irgendwie interessant. Stefan wirkte exotisch und war ... aufregend.

Komisch, genau das hatten manche Jungs von ihr behauptet. Und später hatte sie von ihnen oder von ihren Freunden oder Geschwistern gehört, wie nervös sie gewesen waren, bevor sie mit ihr ausgingen. Wie ihre Hände geschwitzt hatten oder der Bauch plötzlich voller Schmetterlinge gewesen war. Elena hatte solche Geschichten immer sehr amüsant gefunden. Noch nie hatte ein Junge sie so aus der Fassung gebracht.

Aber als sie heute mit Stefan gesprochen hatte, hatte ihr Puls gerast, ihre Knie waren weich geworden und ihre Hände nass. In ihrem Bauch hatten keine Schmetterlinge getobt, sondern ausgewachsene Fledermäuse.

Interessierte sie sich für den Jungen, weil er sie ganz kribbelig machte? Kein sehr guter Grund, Elena, sagte sie sich selbst. Im Grunde sogar ein ganz schlechter.

Doch da war noch sein Mund. Dieser sinnliche Mund, der ihr Herz schneller schlagen ließ, aber aus einem ganz anderen Gefühl als Nervosität. Das nachtschwarze Haar – ihre Finger brannten geradezu darauf, in seinen Locken zu wühlen. Der geschmeidige, durchtrainierte Körper, diese langen, langen Beine ... und die Stimme. Es war seine Stimme gewesen, bei deren Klang sie sich gestern entschlossen hatte, dass sie ihn um jeden Preis haben musste. Sie war kühl und distanziert gewesen, als er mit Mr. Tanner gesprochen hatte, doch gleichzeitig merkwürdig unwiderstehlich. Elena fragte sich, ob sie auch ganz zärtlich und dunkel werden konnte, und wie es wohl klang, wenn diese Stimme ihren Namen sagen, ihn flüstern würde ...

„Elena!“

Elena schreckte aus ihren Träumen hoch. Aber es war nicht Stefan Salvatore, der da nach ihr rief, sondern Tante Judith, die gerade geräuschvoll die Eingangstür öffnete.

„Elena! Elena?“ Das war Margaret. Ihr Stimmchen war hoch und schrill. „Bist du zu Hause?“

Sofort überfiel Elena wieder Trübsal. Sie sah sich im Wohnzimmer um. Im Moment konnte sie weder Tante Judiths besorgte Fragen ertragen noch Margarets unschuldige

Fröhlichkeit. Nicht, wenn ihre Wimpern noch nass waren und jeden Augenblick neue Tränen drohten. Sie traf eine blitzschnelle Entscheidung und verschwand leise durch die Hintertür, als vorne die Eingangstür zuschlug. Draußen zögerte sie. Sie wollte niemandem begegnen. Doch wo konnte sie allein hingehen?

Die Antwort kam ihr sofort. Natürlich. Sie würde Mom und Dad besuchen.

Es war ein langer Weg, der fast an den Rand der Stadt führte, aber in den letzten drei Jahren war er für Elena zur Gewohnheit geworden. Sie überquerte die Wickery-Brücke, stieg den Hügel hoch, vorbei an der Ruinen einer Kirche und dann hinab in das kleine Tal.

Dieser neue Teil des Friedhofs war gepflegt. Es war der alte Teil, den man ein wenig verwildern ließ. Hier war das Gras geschnitten, und Blumensträuße sorgten für bunte Farbtupfer. Elena setzte sich neben einen großen Grabstein aus Marmor, in den der Name „Gilbert" eingeritzt war.

„Hallo, Mom. Hallo, Dad", flüsterte sie. Sie lehnte sich nach vorn und legte einen Strauß aus Wildblumen nieder, die sie auf dem Weg gepflückt hatte. Dann blieb sie mit übereinander geschlagenen Beinen einfach sitzen.

Seit dem Unfall war sie oft hierher gekommen. Margaret war damals erst ein Jahr alt gewesen, sie konnte sich kaum an die Eltern erinnern. Aber Elena wohl. Die vielen Erinnerungen, die auf sie einstürmten, ließen den Knoten in ihrer Kehle anschwellen, und die Tränen kamen leichter. Sie vermisste die beiden schrecklich. Mom, so jung und schön, und Dad, mit seinem unwiderstehlichen Lächeln.

Natürlich konnte sie von Glück reden, dass sie Tante Judith

hatten. Nicht jede Tante gab einen gut bezahlten Job auf, um in eine kleine Stadt zu ziehen und sich um zwei verwaiste Nichten zu kümmern. Und Robert, Tante Judiths Verlobter, war mehr ein Stiefvater für Margaret als ein zukünftiger angeheirateter Onkel.

Aber Elena fehlten die Eltern trotzdem schrecklich. Kurz nach der Beerdigung war sie manchmal auf den Friedhof gekommen und hatte sie beschimpft, weil sie so dumm gewesen waren, sich töten zu lassen. Damals hatte sie Tante Judith noch nicht so gut gekannt und das Gefühl gehabt, nirgendwo auf der Welt hinzugehören.

Und wohin gehöre ich jetzt? fragte sie sich. Die einfachste Antwort lautete: hierher nach Fell's Church, wo sie ihr ganzes Leben verbracht hatte. Aber seit kurzem schien die einfache Antwort falsch zu sein. Sie spürte, dass es da draußen noch etwas anderes für sie geben musste, einen Platz, den sie sofort erkennen und aus vollem Herzen „zu Hause" nennen würde.

Ein Schatten fiel auf sie, und sie sah erstaunt hoch. Einen Moment lang kamen ihr die beiden Gestalten, die dort standen, fremd und bedrohlich vor. Wie erstarrt blickte Elena sie an.

„Elena", sagte die kleinere von beiden, die Hände in die Hüften gestemmt. „Manchmal mache ich mir echte Sorgen um dich. Das kannst du mir glauben."

Elena blinzelte und lachte erleichtert auf. Es waren Bonnie und Meredith. „Was kann man tun, wenn man hier mal ein bisschen für sich sein will?" fragte sie, als die beiden sich setzten.

„Uns einfach sagen, dass wir abhauen sollen", schlug Meredith vor, aber Elena zuckte nur mit den Schultern. Meredith und Bonnie waren in den Monaten seit dem Unfall oft hergekommen, um sie zu suchen. Plötzlich war sie froh darüber und den beiden dankbar. Es machte ihr nichts aus, wenn sie wussten, dass sie geweint hatte. Sie nahm das zerknüllte Taschentuch, das Bonnie ihr wortlos anbot, und wischte sich die Augen. Die drei blieben eine kurze Weile schweigend zusammen sitzen und beobachteten den Wind, der in den Blättern der alten Eichen am Rand des Friedhofs raschelte.

„Was passiert ist, tut mir Leid", sagte Bonnie schließlich leise. „Das war wirklich schrecklich."

„Schon mal was von Taktgefühl gehört, Bonnie?" schalt Meredith sie. „Aber so schlimm kann's doch nicht gewesen sein, Elena."

„Du warst nicht dabei." Elena fühlte, wie ihr nur schon bei der Erinnerung am ganzen Körper heiß wurde. „Es war entsetzlich. Aber das ist mir schnurzegal", fügte sie heftig hinzu. „Ich bin fertig mit ihm. Ich will ihn sowieso nicht."

„Elena!"

„Ehrlich, Bonnie. Er denkt anscheinend, er sei zu gut für ... für uns Amerikaner. Also kann er seine Designer-Sonnenbrille nehmen und sie sich sonst wohin stecken."

Die beiden anderen Mädchen lachten. Elena putzte sich die Nase und schüttelte den Kopf. „Nun", wandte sie sich an Bonnie und änderte entschlossen das Thema, „zumindest schien Tanner heute bessere Laune zu haben."

Bonnie machte ein gequältes Gesicht. „Weißt du, dass ich die Erste sein werde, die einen Vortrag halten muss? Eigentlich ist es mir ja egal. Ich werde über die Druiden sprechen und ..."

„Über was?"

„D-r-u-i-d-e-n", buchstabierte Bonnie. „Das waren die alten Knaben, die den magischen Steinkreis von Stonehenge errichtet haben. Die konnten zaubern und solchen Sachen. Die haben im vorchristlichen England gelebt. Ich stamme von ihnen ab, und deshalb bin ich auch ein Medium."

Meredith schnaubte verächtlich, aber Elena betrachtete mit gerunzelter Stirn den Grashalm, den sie zwischen ihren Fingern hin- und herdrehte. „Bonnie, hast du gestern tatsächlich etwas in meiner Hand gelesen?" fragte sie plötzlich.

Bonnie zögerte. „Ich weiß nicht", erklärte sie schließlich. „Ich ... ich dachte es zumindest. Aber manchmal geht meine Fantasie mit mir durch."

„Sie wusste, wo du bist", warf Meredith ein. „Ich wollte im Café nach dir suchen, aber Bonnie sagte, du seist auf dem Friedhof."

„Hab ich das?" Bonnie sah etwas überrascht aus. „Nun, da ist der Beweis. Meine Großmutter in Edinburgh hat das zweite Gesicht und ich auch. Die Gabe überschlägt immer eine Generation."

„Und du stammst von den Druiden ab", fügte Meredith feierlich hinzu.

„Das stimmt! In Schottland achten sie die alten Bräuche. Ihr würdet nicht glauben, was für Sachen meine Großmutter macht. Sie kann herausfinden, wen du heiraten wirst, und dein Todesdatum. Sie hat vorausgesagt, dass ich früh sterben werde."

„Bonnie!"

„Hat sie! Ich werde wunderschön und jung in meinem Sarg liegen. Findet ihr das nicht romantisch?"

„Nein, ich finde das abstoßend", sagte Elena heftig. Die Schatten waren länger geworden und der Wind plötzlich kalt.

„Wen wirst du denn heiraten, Bonnie?" lenkte Meredith ab.

„Das weiß ich nicht. Meine Großmutter hat mir zwar verraten, wie man es herausfindet, aber ich hab's noch nicht ausprobiert. Natürlich ...", Bonnie nahm eine hochmütige Pose ein, „... muss er sehr, sehr reich sein und total super. Wie unser dunkler, geheimnisvoller Fremder. Wenn ihn sonst schon keiner will ..." Sie warf Elena einen vielsagenden Blick zu. „Elena?"

Doch die weigerte sich, darauf einzugehen. „Was ist mit Tyler Smallwood?" erwiderte sie unschuldig. „Sein Vater ist doch wohl reich genug."

„Und Tyler sieht nicht schlecht aus", stimmte Meredith zu. „Natürlich nur, wenn man auf Steinzeitmenschen steht."

Die Mädchen sahen sich an und brachen gleichzeitig in Lachen aus. Bonnie warf eine Hand voll Gras auf Meredith, die es locker abbürstete und sich mit Löwenzahn revanchierte. Irgendwann mitten in dem freundlichen Gerangel spürte Elena, dass sie wieder okay war. Sie war wieder sie selbst, nicht verloren, keine Fremde, sondern Elena Gilbert, die Königin der Robert E. Lee High School. Sie nahm das aprikotfarbene Band aus ihrem Haar und schüttelte ihre Mähne.

„Ich hab das Thema für meinen Vortrag", verkündete sie und sah zu, wie Bonnie sich mit den Fingern das Gras aus ihren Locken kämmte.

„Was?" fragte Meredith.

Elena hob das Kinn und betrachtete den rotviolett gefärbten Himmel über dem Hügel. Sie seufzte gedankenvoll und steigerte die Spannung noch einen Moment. Dann sagte sie cool: „Das Thema lautet ‚Die italienische Renaissance'."

Bonnie und Meredith starrten sie an und brachen dann wieder in lautes Gelächter aus.

„Aha", meinte Meredith, als sie sich ein wenig erholt hatte. „Die Tigerin kehrt zurück."

Elena lächelte ein Raubtierlächeln. Ihr angeschlagenes Selbstbewusstsein hatte sich wieder voll erholt. Obwohl sie es selbst nicht verstehen konnte, wusste sie eins: Stefan Salvatore würde nicht ungeschoren davonkommen.

„Okay", sagte sie energisch. „Jetzt hört mal gut zu, ihr zwei. Niemand darf etwas davon erfahren, sonst werde ich zum Gespött der ganzen Schule. Und Caroline ist jedes Mittel recht, um mich zu blamieren. Ich will ihn immer noch, und ich werde ihn auch kriegen. Keine Ahnung, wie, aber ich werd's schaffen. Bis ich einen neuen Plan habe, zeigen wir ihm erst mal die kalte Schulter."

„Oh, tun wir das?"

„Ja, das tun wir! Du kannst ihn nicht haben, Bonnie. Er gehört mir. Und ich muss euch total vertrauen können."

„Warte mal eine Minute", unterbrach Meredith mit einem Glitzern in den Augen. Sie machte die verzierte Brosche von ihrer Bluse los, hielt den Daumen hoch und stach schnell zu. „Bonnie, darf ich um deine Hand bitten?"

„Warum?" Bonnie musterte die scharfe Nadel der Brosche misstrauisch.

„Weil ich dich heiraten will. Warum sonst wohl, du Idiotin?"

„Aber ... aber. Okay, ist schon gut. Aua!"

„Jetzt du, Elena." Rasch stach Meredith in Elenas Daumen, dann presste sie ihn zusammen, um einen Tropfen Blut zu bekommen. „Jetzt", fuhr sie fort und sah die beiden Mädchen mit leuchtenden dunklen Augen an, „pressen wir unsere Daumen zusammen und schwören. Das gilt besonders für dich, Bonnie. Wir schwören, dass wir dieses Geheimnis bewahren und alles tun werden, was Elena in Bezug auf Stefan von uns verlangt."

„Mit Blut zu schwören ist gefährlich", protestierte Bonnie

ernst. „Es bedeutet, dass du zu deinem Eid stehen musst, egal, was auch passiert, Meredith."

„Ich weiß. Deshalb sollst du's ja auch machen. Ich kann mich gut erinnern, wie das damals mit Michael Martin war."

Bonnie zog einen Flunsch. „Die ollen Kamellen. Das ist schon Jahre her und überhaupt. Ach, was soll's. Okay, ich bin dabei." Sie schloss die Augen und sagte: „Ich schwöre, dieses Geheimnis zu bewahren und alles zu tun, was Elena in Bezug auf Stefan von uns verlangt."

Meredith wiederholte den Eid. Elena starrte auf die zusammengepressten Daumen, die sich blass aus der Dämmerung abhoben, holte tief Luft und sagte leise: „Und ich schwöre, dass ich nicht ruhen werde, bis er mir gehört."

Ein eiskalter Windstoß blies bei diesen Worten über den Friedhof. Er ließ die Haare der Mädchen flattern und wirbelte das trockene Laub vom Boden hoch. Bonnie stieß einen leisen Schrei aus und zog ruckartig ihre Hand zurück. Die drei sahen sich misstrauisch um und kicherten dann nervös.

„Es ist schon dunkel", meinte Elena überrascht.

„Wir machen uns besser auf den Heimweg." Meredith befestigte die Brosche wieder an ihrer Bluse, während sie aufstand. Bonnie erhob sich ebenfalls und steckte den Daumen in den Mund.

„Auf Wiedersehen", sagte Elena leise, zum Grabstein gewandt. Die Wildblumen auf dem Grab waren nur noch undeutlich zu erkennen. Sie hob das aprikotfarbene Haarband auf, das daneben lag, drehte sich um und nickte Bonnie und Meredith zu. „Okay, machen wir uns auf den Weg."

Schweigend gingen sie den Hügel hoch, auf die Kirchenruine zu. Der Eid, den sie mit Blut besiegelt hatten, hatte bei ihnen allen ein merkwürdig düsteres Gefühl hinterlassen. Als sie an der Kirche ankamen, erschauderte Bonnie unwillkürlich. Da die Sonne untergegangen war, war es plötzlich sehr kalt geworden. Ein schneidender Wind war aufgekommen. Jede Böe fuhr wie ein Peitschenschlag durch das hohe Gras und wirbelte das trockene Laub der Eichen durcheinander.

„Ich friere." Elena blieb einen Moment stehen und schaute durch das schwarze Loch, das einmal die Kirchentür gewesen war, auf die Landschaft unter ihnen.

Der Mond war noch nicht aufgegangen. Sie konnte den alten Friedhof und die Wickery-Brücke dahinter gerade noch erkennen. Seine Grabstätten stammten aus der Zeit des Bürgerkriegs, und viele Grabsteine trugen die Namen von gefallenen Soldaten. Das Land dort war verwildert. Dornige Sträucher und hohes Gras wuchsen auf den Gräbern. Giftiger Efeu rankte sich um die zerfallenen Grabsteine. Elena hatte den Ort nie gemocht.

„Er sieht anders aus, findet ihr nicht? Im Dunkeln, meine ich", fügte sie unsicher hinzu. Sie wusste nicht, wie sie ihre wirklichen Gefühle ausdrücken sollte. Nämlich, dass das kein Platz war, an dem Lebende verweilen sollten.

„Wir können einen Umweg machen", schlug Meredith vor. „Aber das bedeutet zwanzig Minuten mehr Fußmarsch."

„Meinetwegen müssen wir das nicht machen." Trotzdem schluckte Bonnie nervös. „Ich wollte immer schon auf dem alten Teil des Friedhofs beerdigt werden."

„Hör endlich auf, andauernd von Tod und Beerdigungen zu reden!" fuhr Elena sie an, während sie ohne weiteres Zögern losging. Doch je weiter sie den schmalen Pfad hinunterging, desto mehr verstärkte sich ihr unbehagliches Gefühl. Sie verlangsamte ihr Tempo, bis Bonnie und Meredith sie eingeholt hatten. Als sie sich dem ersten Grabstein näherten, begann ihr Herz wie wild zu klopfen. Sie versuchte, nicht darauf zu achten, aber ihre Haut prickelte vor Anspannung, und die feinen Härchen auf ihren Armen stellten sich auf. Jedes Geräusch zwischen den Windböen erschien ihr unnatürlich laut. Das Knirschen ihrer Schritte auf dem laubbedeckten Weg war geradezu ohrenbetäubend.

Die alte Kirche war jetzt nur noch ein schwarzer Schatten hinter ihnen. Der schmale Pfad führte an mit Flechten bedeckten Grabsteinen vorbei, von denen viele größer waren als Meredith. Die sind riesig genug, dass sich jemand dahinter verstecken kann, dachte Elena ängstlich. Einige der Steine waren an sich schon Furcht einflößend genug. Der Puttenengel zum Beispiel, der wie ein richtiges Baby aussah, nur, dass man seinen abgeschlagenen Kopf sorgsam neben den Körper gelegt hatte. Die weit aufgerissenen Augen in dem kindlichen Gesicht starrten blicklos vor sich hin.

Elena konnte sich nicht von dem Anblick losreißen, und ihr Herz begann wie wild zu klopfen.

„Warum halten wir an?“ fragte Meredith.

„Es ist ... tut mir Leid“, flüsterte Elena, doch als sie sich zwang, sich von dem Grab wegzudrehen, erstarrte sie. „Bonnie?“ rief sie. „Bonnie, was ist los?“

Bonnie schaute über den Friedhof. Ihre Augen waren so leer wie die des kleinen Engels aus Stein. Angst kroch in Elena hoch. „Bonnie, hör auf! Hör auf! Das ist nicht mehr lustig!“

Bonnie antwortete nicht.

„Bonnie!“ rief auch Meredith. Sie und Elena sahen sich an, und plötzlich wusste Elena, dass sie weg musste. Sie begann, den Pfad weiter entlangzulaufen, als plötzlich hinter ihr eine fremde Stimme ertönte. Erschrocken fuhr sie herum.

„Elena", sagte die Stimme. Sie gehörte nicht Bonnie, doch sie kam aus ihrem Mund. Bonnie starrte weiter über den Friedhof. Ihr Gesicht, das schneeweiß in der Dämmerung leuchtete, war völlig ausdruckslos.

„Elena", ertönte es wieder. Bonnies Kopf drehte sich in ihre Richtung, und das Fremde, das aus ihr sprach, fuhr fort: „Es wartet da draußen jemand auf dich."

Elena sollte nie erfahren, was in den nächsten Minuten wirklich geschah. Es schien etwas aus dem Gewirr der schwarzen, unförmigen Grabsteine auf sie zuzukommen. Es hob und senkte sich zwischen ihnen. Elena und Meredith schrien gleichzeitig auf und rannten los. Und plötzlich war auch Bonnie wieder sie selbst. Sie schrie ebenfalls und floh mit ihnen.

Elena raste den schmalen Pfad entlang. Hier und da stolperte sie über Steine und Grasbüschel. Fast schluchzend kämpfte Bonnie hinter ihr um Atem. Selbst die coole Meredith schnappte hektisch nach Luft. Plötzlich hörten sie ein wildes Flügelschlagen in der Eiche über ihnen, gefolgt von einem lauten, rauen Krächzen, und Elena merkte, dass sie noch schneller rennen konnte.

„Etwas ist hinter uns", rief Bonnie schrill. „Oh, Gott, was passiert mit uns?"

„Zur Brücke", keuchte Elena. Ihre Lungen fühlten sich an wie Feuer. Sie wusste nicht, warum, aber sie spürte, dass sie es dorthin schaffen mussten. „Bleib nicht stehen, Bonnie. Schau dich nicht um." Sie packte die Freundin am Ärmel und zog sie mit sich.

„Ich kann nicht mehr." Bonnies Tempo wurde langsamer.

„Oh, doch, du kannst", entgegnete Elena scharf, verstärkte ihren Griff und schleppte Bonnie hinter sich her. „Komm schon! Komm, komm, komm!"

Sie sah als Erste das silberne Glitzern des Wassers. Und da war die Lichtung zwischen den Eichen und die Brücke gleich dahinter. Elenas Beine fühlten sich an wie Gummi, und ihr Atem ging pfeifend, aber sie wollte auf keinen Fall zurückfallen. Jetzt konnte sie die hölzernen Planken des Fußwegs über den Fluss erkennen. Die Brücke war zwanzig Meter weg, zehn, fünf.

„Wir haben's geschafft", keuchte Meredith, als ihre Füße das Holz berührten.

„Nicht stehen bleiben! Auf die andere Seite!"

Die alte Brücke knarrte, als sie hinüberrannten. Ihre Schritten hallten unheimlich auf dem Wasser wider. Erst als Elena auf dem lehmigen Pfad auf der anderen Seite angekommen war, ließ sie Bonnies Ärmel los und blieb halb stolpernd vor Schwäche stehen.

Meredith beugte sich nach vorn, die Hände auf die Schenkel gestützt, und atmete tief ein und aus. Bonnie weinte.

„Was war das? Um Himmels willen, was war das?" wiederholte sie. „Kommt es immer noch hinter uns her?"

„Ich dachte, du wärst die Expertin", sagte Meredith mit unsicherer Stimme. „Mensch, Elena, schauen wir, dass wir so schnell wie möglich hier wegkommen."

„Nein, jetzt ist alles wieder in Ordnung", flüsterte Elena. Auch in ihren Augen standen Tränen, und sie zitterte am ganzen Körper. Aber der heiße Atem, den sie in ihrem Nacken gespürt hatte, war verschwunden. Der Fluss erstreckte sich zwischen ihr und dem geheimnisvollen Wesen. Seine dunklen Wasser waren aufgewühlt. „Es kann uns nicht hierher folgen."

Meredith starrte erst sie an, dann die andere Seite mit den dicht stehenden Eichen und schließlich Bonnie. Sie benetzte sich die Lippen und lachte kurz auf. „Klar. Es kann uns hierher nicht folgen. Aber lasst uns trotzdem nach Hause gehen, okay? Es sei denn, ihr zwei wollt die Nacht hier draußen verbringen."

Elena überlief ein unerklärlicher Schauder. „Nein, danke." Sie legte den Arm um Bonnie, die immer noch leise schniefte. „Es ist alles wieder gut, Bonnie. Wir sind jetzt in Sicherheit. Komm mit."

Merediths Blick schweifte wieder zur anderen Seite des Flusses. „Ich sehe da drüben gar nichts", sagte sie, ruhiger geworden. „Vielleicht sind wir überhaupt nicht verfolgt worden und nur in Panik geraten, weil wir uns selbst bange gemacht haben. Zugegebenenermaßen mit ein bisschen Hilfe unserer Druidenpriesterin hier."

Elena schwieg, als sie eng beieinander den Lehmpfad hinuntergingen. Aber sie machte sich so ihre Gedanken. Sehr viele Gedanken.

5. KAPITEL

Der Vollmond stand direkt über der kleinen Pension, als Stefan nach Hause kam. Er fühlte sich aufgekratzt und schwindlig, fast taumelte er, sowohl vor Müdigkeit wie auch vor Übersättigung von dem Blut, das er getrunken hatte. Es war schon lange her, dass er sich erlaubt hatte, so viel Nahrung zu sich zu nehmen. Aber der Ausbruch der rohen Urgewalt auf dem Friedhof hatte ihn in Raserei versetzt und die ohnehin schon geschwächte Kontrolle über seinen Hunger mit einem Schlag zerstört.

Er war sich immer noch nicht sicher, wie diese mysteriöse Kraft so plötzlich entstanden war. Aus den Schatten heraus hatte er die drei Mädchen beobachtet, als plötzlich hinter ihm die Luft förmlich explodiert war und die Mädchen in wilder Panik flohen. Er war hin- und hergerissen zwischen seiner Angst, sie könnten sich kopflos in den Fluss stürzen, und dem Verlangen, sein übersinnliches Talent zu nutzen, um den Ursprung des elementaren Ausbruchs festzustellen. Am Ende war er diesem Mädchen gefolgt. Er konnte nicht zulassen, dass ihr etwas geschah.

Ein schwarzer Schatten war auf den Wald zugeflogen, als die Mädchen die rettende Brücke erreicht hatten. Aber selbst Stefans empfindliches Nachtgespür hatte nicht feststellen können, was es war. Er hatte zugeschaut, wie sie und die beiden anderen in Richtung Stadt gegangen waren. Dann erst war er zum Friedhof zurückgekehrt.

Der Ort lag jetzt einsam und verlassen im Mondlicht da, frei von dem, was immer auch vorher dort gewesen war. Auf dem Boden fand Stefan ein Stückchen Seide, das für normale Augen in der Dunkelheit grau ausgesehen hätte. Aber er erkannte die echte Farbe, und als er es langsam an seine Lippen hob, konnte er den Duft ihrer Haare riechen. Die Erinnerung überwältigte ihn fast. Es war schlimm genug, wenn sie nicht da war, wenn die kühle Aura ihres Geistes sich nur neckend am Rand seines Unterbewusstseins aufhielt. Aber in der Schule im selben Raum mit ihr zu sitzen, sich ihrer Anwesenheit in jeder Sekunde bewusst zu sein, den Duft ihrer Haut zu riechen, das war fast mehr, als er ertragen konnte. Er dachte zurück an den vergangenen Tag ... Stefan hörte jeden leisen Atemzug, den sie machte, fühlte ihre Wärme in seinem Rücken, spürte jedes Klopfen ihres Pulses. Und schließlich, über sich selbst entsetzt, merkte er, wie er nachgab. Seine Zunge fuhr über die scharfen Zähne, er genoss den bittersüßen Schmerz, der langsam größer wurde, und fachte das Feuer noch an. Nach und nach ließ er zu, dass die Bilder kamen.

Er stellte sich vor, wie es wohl sein würde ... wie er ihren weichen Nacken erst sanft mit kleinen Küssen bedeckte. Hier und da bis hinunter zu der verlockenden Grube ihres Halses. Er liebkoste sie zärtlich dort, wo er unter ihrer zarten Haut den Schlag ihres Herzens auf seinen Lippen spürte. Bis sich sein Mund endlich öffnete und seine Zähne, jetzt scharf wie kleine Dolche, sich ...

Nein! Mit einem Schlag holte er sich aus seiner Trance. Sein Puls raste, und er zitterte am ganzen Körper. Die Unterrichtsstunde war zu Ende. Alle um ihn herum sprangen auf und bewegten sich Richtung Tür. Er konnte nur hoffen, dass ihn niemand genauer beobachtet hatte.

Als sie ihn angesprochen hatte, während das Feuer noch wie wild in seinen Adern raste, prickelten seine Zähne vor ungestilltem Verlangen. Er hatte große Angst gehabt, die Beherrschung zu verlieren, sie an den Schultern zu packen und seinen speziellen Hunger nach ihr vor aller Augen zu befriedigen. Wie er schließlich entkommen war, wusste er nachher nicht mehr.

Erst als er einige Zeit später seine ganze Willenskraft in das eiserne Footballtraining gesteckt hatte, wurde ihm verschwommen bewusst, dass er seine speziellen Kräfte hier auf keinen Fall benutzen durfte.

Es war im Grunde egal. Auch so war er den menschlichen Jungen überlegen, die mit ihm auf dem Footballfeld trainierten. Sein Auge war schärfer, seine Reflexe schneller, und seine Muskeln waren stärker. Plötzlich hatte er einen Klaps auf dem Rücken gespürt, und Matts Stimme klang in seinen Ohren.

„Herzlichen Glückwunsch! Willkommen im Team!“

Als Stefan in Matts offenes, ehrliches Gesicht blickte, schämte er sich sehr. Du würdest mich nicht anlächeln, wenn du wüsstest, was ich bin, dachte er bitter. Ich habe deinen Wettbewerb durch Betrug gewonnen. Und das Mädchen, das du liebst – du liebst sie doch, oder? – ist ständig in meinen Gedanken. Auch jetzt.

Und trotz aller Bemühungen an diesem Nachmittag konnte er sie nicht vergessen. Er war blindlings zum Friedhof gewandert, zu den Wäldern hingezogen von einer Kraft, die er nicht verstand. Einmal dort, hatte er sie beobachtet, hatte sich selbst bekämpft und sein immer größer werdendes Verlangen, bis der gewaltige Ausbruch der fremden Kraft die Mädchen in die Flucht getrieben hatte. Danach war er nach Hause gegangen. Aber erst, nachdem er sich gesättigt und dabei die Kontrolle über sich verloren hatte.

Er konnte sich nicht daran erinnern, was passiert war oder wie er es geschehen lassen konnte. Die fremde Kraft hatte es angefacht, sie hatte Dinge in ihm geweckt, die besser weitergeschlafen hätten. Den Jagdtrieb, die Lust, das Wild zu verfolgen, den Geruch seiner Angst zu spüren und den wilden Triumph beim Töten der Beute.

Es war Jahre, nein, Jahrhunderte her, dass dieses Verlangen ihn mit solcher Macht überfallen hatte. In seinen Adern raste das Feuer. Alle Vernunft war wie ausgelöscht. Er konnte an nichts anderes mehr denken als an den heißen, metallischen Geschmack, das Pulsieren der Lebenskraft unter seinen Lippen, an Blut.

Völlig aufgewühlt war er den Mädchen in ein oder zwei Schritten Entfernung gefolgt. Was hätte passieren können, wenn er nicht die Witterung des alten Mannes unter der Brücke aufgenommen hätte, daran dachte er besser nicht. Als er das Ende der Holzplanken erreicht hatte, bebten seine Nasenflügel. Ein Mensch!

Menschliches Blut. Die beste Nahrung für ihn, verboten und verlockend zugleich. Berauschender als jeder Alkohol, der Inbegriff der Lebenskraft. Und er war zu müde, gegen sein Verlangen anzukämpfen.

Unter der Brücke lag ein Haufen Stofffetzen, in dem sich etwas bewegte. Im nächsten Moment war Stefan geschmeidig wie eine Katze daneben gelandet. Er streckte die Hand aus, schob die Lumpen zur Seite und sah in ein verwittertes, ihn anblinzelndes Gesicht über einem faltigen Nacken. Stefan entblößte die Zähne.

Und dann hatte es kein Geräusch mehr gegeben als sein hastiges Trinken. Jetzt, als er die Treppe zur Pension hochstolperte, versuchte er nicht mehr daran zu denken – und auch nicht mehr an sie. An das Mädchen, das ihn mit seiner Wärme, seiner Sinnlichkeit so in Versuchung führte. Sie war es gewesen, die er in Wirklichkeit begehrt hatte. Aber er musste dem ein Ende setzen. In Zukunft musste er solche Gedanken im Keim ersticken. Ihr zuliebe und auch seiner selbst zuliebe. Er war das Schlimmste, was ihr zustoßen konnte, und sie wusste es nicht einmal.

„Wer ist da? Bist du das, mein Junge?“ rief eine brüchige Stimme. Eine der Türen auf dem zweiten Stock öffnete sich, und eine grauhaarige Frau schaute heraus.

„Ja, Signora. Ich meine, Mrs. Flowers. Es tut mir Leid, dass ich Sie gestört habe.“

„Ach, was. Es braucht mehr als nur ein knarrendes Dielenbrett, um mich zu stören. Hast du die Tür hinter dir abgeschlossen?“

„Ja, Signora. Sie ... Sie sind hier im Haus völlig sicher.“

„Das ist gut. Sicherheit ist wichtig. Wer weiß, was sich alles so in den Wäldern herumtreibt, nicht wahr?“

Stefan musterte das lächelnde Gesicht, das von feinen grauen Haarsträhnen umgeben war. Flinke, wache Augen musterten ihn. Verbarg sich ein Geheimnis in ihnen?

„Gute Nacht, Signora.“

„Gute Nacht, mein Junge.“ Sie schloss ihre Tür.

In seinem eigenen Zimmer ließ Stefan sich aufs Bett fallen und starrte auf die schräge Decke.

Meistens schlief er bei Nacht sehr schlecht, es war nicht seine gewohnte Zeit zu ruhen. Aber heute war er erschöpft. Es kostete so viel Kraft, sich immer aufs Neue dem Sonnenlicht zu stellen, und das üppige Mahl machte ihn zusätzlich müde. Obwohl er die Augen offen hatte, sah er die weiß gekalkte Decke über sich schon bald nicht mehr.

Erinnerungsfetzen kamen ihm wahllos ins Gedächtnis. Katherine, wunderschön, an jenem Abend beim Springbrunnen. Das Mondlicht schimmerte in ihrem hellgoldenen Haar. Er war so stolz gewesen, bei ihr zu sitzen und derjenige zu sein, der ihr Geheimnis teilte ... „Kannst du denn überhaupt im Sonnenlicht ausgehen?“

„Doch, solange ich dies hier trage.“ Sie hielt ihre schmale weiße Hand hoch, und der Mond beschien den Lapislazuli-Ring, den sie trug. „Aber die Sonne ermüdet mich sehr. Ich bin nie besonders kräftig gewesen.“

Stefan musterte sie, ihre zarten Gesichtszüge und den zierlichen Körper. Sie wirkte fast so unwirklich, als sei sie aus gesponnenem Glas. Nein, sie war nie stark gewesen.

„Als Kind war ich oft krank“, fuhr sie leise fort, den Blick auf das Wasserspiel des Springbrunnens gerichtet. „Das letzte Mal hat der Arzt schließlich gesagt, dass ich sterben werde. Ich erinnere mich daran, wie Papa geweint hat und wie ich in dem großen Bett lag, zu matt, um mich zu bewegen. Sogar das Atmen bereitete mir große Mühe. Ich war traurig, dass ich diese Welt verlassen musste, und mir war kalt, schrecklich kalt.“ Sie erschauderte und lächelte dann.

„Aber was ist geschehen?“

„Ich wachte mitten in der Nacht auf. Gudren, meine Magd, stand über mich gebeugt am Bett. Sie trat zur Seite, und ich sah den Mann, den sie mitgebracht hatte. Ich hatte Angst. Sein Name war Klaus. Die Leute im Dorf hielten ihn für böse und fürchteten ihn. Ich rief nach Gudren, sie solle mich beschützen, aber sie rührte sich nicht und beobachtete nur alles. Als er seinen Mund auf meinen Hals legte, glaubte ich, er würde mich töten.“

Sie hielt inne. Stefan betrachtete sie mit einer Mischung aus Entsetzen und Mitleid. Sie lächelte ihn tröstend an. „Eigentlich war es gar nicht so schrecklich. Zuerst hat es ein bisschen wehgetan, aber das verging schnell wieder. Und dann war das Gefühl sogar richtig schön. Er gab mir sein eigenes Blut zu trinken, und ich fühlte mich stark, wie schon seit Monaten nicht mehr. Gemeinsam warteten wir auf die Morgendämmerung. Als der Arzt kam, konnte er kaum glauben, dass ich mich aufsetzen und sprechen konnte. Papa hielt es für ein Wunder, und er weinte wieder. Diesmal vor Glück.“ Ihre Miene verdüsterte sich. „Ich werde Papa bald verlassen müssen. Eines Tages wird er merken, dass ich seit der Krankheit keine Stunde älter geworden bin."

„Und du wirst auch nie altern?"

„Nein. Das ist das Wunderbare daran, Stefan!" Sie schaute voll kindlicher Freude zu ihm hoch. „Ich werde niemals alt werden, und ich werde niemals sterben. Kannst du dir das vorstellen?"

Er konnte sie sich sowieso nicht anders vorstellen als in diesem Augenblick. So lieblich, so unschuldig, so perfekt. „Aber hat dir das anfangs keine Angst gemacht?"

„Ein wenig. Gudren hat mir gezeigt, was zu tun ist. Sie hat mir geraten, diesen Ring machen zu lassen, mit dem Edelstein, der mich vor der Sonne schützt. Während ich im Bett lag, brachte sie mir reichhaltige Brühe, später dann kleine Tiere, die ihr Sohn für mich fing."

„Keine ... Menschen?"

Katherine lachte. „Natürlich nicht. Alles, was ich in einer Nacht brauche, kann ich von einer Taube bekommen. Gudren sagte zwar, wenn ich richtig gesund und kräftig werden wollte, müsste ich menschliches Blut trinken, denn der Lebenssaft der Menschen wirkt am stärksten. Und Klaus hat mich auch dazu gedrängt. Er möchte, dass wir noch einmal unser Blut austauschen. Aber ich habe Gudren erklärt, dass ich so zufrieden bin. Und was Klaus angeht ..."

Sie hielt inne und senkte die Lider. Ihre dichten Wimpern warfen dunkle Schatten auf ihre Wangen, sie war für einen Moment ganz in sich gekehrt.

Als sie fortfuhr, war ihre Stimme ganz leise. „Ich glaube nicht, dass das eine Sache ist, die man leichtfertig tun sollte. Ich werde erst wieder menschliches Blut trinken, wenn ich meinen

Gefährten gefunden habe. Denjenigen, der bis in alle Ewigkeit an meiner Seite sein wird." Sie sah ihn ernst an.

Stefan lächelte. Er fühlte sich plötzlich wie beschwipst und platzte fast vor Stolz. Er konnte kaum verbergen, wie glücklich er sich in diesem Moment fühlte.

Aber das war gewesen, bevor sein Bruder von der Universität zurückgekehrt war. Bevor Damon in Katherines tiefblaue Augen geblickt hatte. In seinem Bett in dem kleinen Zimmer stöhnte Stefan auf. Dann zog ihn die Dunkelheit weiter hinab, und neue Bilder erschienen vor ihm.

Es waren verstreute Szenen aus der Vergangenheit, die in keiner Verbindung zueinander standen. Er sah sie kurz aufleuchten, wie eine Landschaft, die von einem grellen Blitz erhellt wird und dann wieder in der Schwärze der Nacht verschwindet.

Damons Gesicht, verzerrt vor ungeheurer Wut. Katherines blaue Augen, wie sie leuchteten, während sie mit einer kleinen Pirouette ihr neues weißes Kleid vorführte. Ein Schimmer von Weiß hinter dem Zitronenbaum. Das kalte Gefühl des Schwertes in Stefans Hand. Giuseppes Stimme, die von weit her etwas rief. Er durfte nicht hinter den Zitronenbaum gehen. Wieder sah er Damons Gesicht, aber diesmal lachte sein Bruder wie wild. Lachte und lachte, ein Geräusch wie zersplitterndes Glas. Und der Zitronenbaum rückte immer näher ...

„Damon, Katherine, nein!"

Stefan fuhr aus dem Bett hoch. Mit zitternden Hände strich er sich durchs Haar und versuchte, wieder ruhig zu atmen.

Ein schrecklicher Traum. Es war lange her, seit ihn diese Albträume zum letzten Mal gequält hatten, lange her, seit er überhaupt etwas geträumt hatte. In seinem Kopf spielten sich die letzten Sekunden immer wieder ab. Er sah den Zitronenbaum und hörte das Lachen seines Bruders.

Das nachhallende Echo war fast zu wirklich. Plötzlich stand Stefan am offenen Fenster, ohne sich bewusst zu sein, dass er sich überhaupt bewegt hatte. Er spürte die kühle Nachtluft auf seinen Wangen und sah hinaus in die silbrige Schwärze der Nacht.

„Damon?" Er schickte seine telepathischen Kräfte suchend aus. Dann fiel er in völlige Regungslosigkeit und lauschte. Alle seine Sinne waren angespannt.

Stefan fühlte nicht einmal einen Funken Antwort. Nahe am Fenster stiegen zwei Nachtvögel in die Luft. In der Stadt schliefen die meisten Menschen. In den Wäldern gingen die Nachttiere auf ihre heimliche Jagd.

Er seufzte und wandte sich vom Fenster ab. Vielleicht hatte er sich bei dem Lachen genauso geirrt wie bei der Bedrohung, die er auf dem Friedhof gespürt hatte. Fell's Church lag ruhig und friedlich da. Er sollte versuchen, es der Stadt gleichzutun. Denn er brauchte dringend Schlaf.

5. September (besser 6. September, ungefähr 1 Uhr nachts)
Liebes Tagebuch,
ich müsste eigentlich gleich zurück ins Bett gehen. Vor ein paar Minuten bin ich aufgewacht, weil ich glaubte, ein Rufen zu hören. Aber jetzt ist das Haus ganz still. Wahrscheinlich bin ich nur mit den Nerven total fertig, weil heute Abend so viele merkwürdige Dinge geschehen sind.
Jedenfalls fiel mir beim Aufwachen ein, was ich wegen Stefan unternehmen werde. Der ganze Ablauf stand mir plötzlich glasklar vor Augen. Plan B, Teil 1 beginnt morgen.

Frances' Augen funkelten, und ihre Wangen waren vor Aufregung ganz rot, als sie sich den drei Mädchen am Tisch näherte.

„Oh, Elena! Das musst du erfahren!"

Elena lächelte sie an. Höflich, aber nicht zu vertraulich. Frances senkte den Kopf. „Ich meine ... darf ich mich zu euch setzen? Ich hab gerade 'ne wilde Story über Stefan Salvatore gehört."

„Bitte", sagte Elena cool mit einer einladenden Handbewegung. „Aber", fügte sie hinzu und bestrich ihr Brötchen mit Butter, „an deinen Neuigkeiten sind wir nicht interessiert."

„Ihr seid nicht ...?" Frances fielen fast die Augen aus dem Kopf. Sie blickte erst zu Meredith, dann zu Bonnie. „Ihr macht Witze, stimmt's?"

„Keinesfalls." Meredith spießte eine grüne Bohne auf ihre Gabel und betrachtete sie nachdenklich. „Wir beschäftigen uns heute lieber mit anderen Sachen."

„Genau", stimmte Bonnie zu, nachdem sie vorher heftig zusammengezuckt war. „Stefan Salvatore ist doch Schnee von gestern. Total out. Mega-out." Sie beugte sich hinunter und rieb sich den Knöchel.

Frances sah Elena bittend an. „Aber ich dachte, du wolltest alles über ihn wissen?"

„Reines Plichtgefühl", erwiderte Elena gleichgültig. „Schließlich ist er ein Fremder, und ich wollte ihn lediglich in Fell's Church willkommen heißen. Natürlich bleibe ich nur Jean-Claude treu."

„Jean-Claude?"

„Ach, Jean-Claude." Meredith verdrehte die Augen und seufzte innig.

„Ja, Jean-Claude", wiederholte Bonnie brav.

Vorsichtig zog Elena mit Daumen und Zeigefinger ein Foto aus ihrer Tasche. „Hier steht er vor dem Häuschen, in dem wir gewohnt haben. Das war direkt, nachdem er mir eine Blume gepflückt und gesagt hatte ... nun ...“ Sie lächelte geheimnisvoll. „Das sollte ich wirklich nicht wiederholen.“

Frances starrte auf das Foto. Es zeigte einen jungen, braun gebrannten Mann vor einem Hibiskusbusch. Er trug kein Hemd und lächelte schüchtern in die Kamera. „Er ist älter, nicht wahr?“ sagte sie mit Respekt.

„Einundzwanzig. Natürlich ...“, Elena schaute über ihre Schulter, „... wäre meine Tante strikt gegen eine solche Verbindung. Deshalb schreiben wir uns nur heimlich, bis ich meine Abschlussprüfung habe.“

„Wie romantisch“, flüsterte Frances. „Von mir erfährt keiner ein Sterbenswort, das schwöre ich dir. Aber die Sache mit Stefan ...“

Elena lächelte sie überlegen an. „Also, was europäische Spezialitäten angeht, geht nichts über die französische und die italienische ... Küche. Was meinst du, Meredith?“

„Aber klar doch. Da kommt nichts ran. In jeder Hinsicht.“ Meredith und Elena zwinkerten einander verschwörerisch zu und wandten sich an Frances. „Findest du nicht auch?“

„Ja, aber sicher“, stotterte Frances hastig. Sie nickte mehrere Male, bevor sie einen schnellen Abgang machte.

Als sie weg war, klagte Bonnie: „Das bringt mich noch um, Elena. Ich werde sterben, wenn ich nicht den neuesten Klatsch über Stefan höre.“

„Wenn's weiter nichts ist. Damit kann ich dir helfen“, erwiderte Elena ruhig. „Sie wollte uns erzählen, dass Stefan Salvatore drogensüchtig ist.“

„Was!“ schrie Bonnie und brach einen Moment später in Gelächter aus. „Aber das ist doch totaler Quatsch. Welcher Junkie kann sich solch teure Klamotten leisten? Oder trägt andauernd ’ne Sonnenbrille? Ich meine, er hat doch alles getan, um die Aufmerksamkeit auf sich zu lenken ...“ Sie hielt inne. Plötzlich weiteten sich ihre braunen Augen. „Aber vielleicht ist das alles nur Mittel zum Zweck. Wer würde jemanden verdächtigen, der sich so auffällig benimmt? Er lebt allein, tut schrecklich geheimnisvoll ... Elena! Wenn das nun stimmt?“

„Er ist kein Junkie“, beruhigte sie Meredith.

„Woher willst du das wissen?“

„Weil ich das Gerücht in die Welt gesetzt habe.“ Als sie Bonnies entsetztes Gesicht sah, lächelte sie und fügte hinzu: „Auf Elenas ausdrücklichen Wunsch hin.“

„Oh.“ Bonnie schaute Elena bewundernd an. „Du bist eine ganz Schlimme. Darf ich dann allen erzählen, dass er an einer tödlichen Krankheit leidet?“

„Nein, darfst du nicht. Ich möchte nicht, dass sich alle Mädchen der Schule plötzlich zur Krankenschwester berufen fühlen und Schlange stehen, um voller Mitleid sein Händchen zu halten. Aber du kannst alles verbreiten, was dir zum Thema Jean-Claude so einfällt.“

Bonnie hob das Foto auf. „Wer ist das eigentlich in Wirklichkeit?“

„Der Gärtner. Er ist so stolz auf seine Hibiskusbüsche. Außerdem verheiratet und Vater von zwei Kindern.“

„Schade“, meinte Bonnie ernsthaft. „Und du hast Frances schwören lassen, niemandem davon zu erzählen.“

„Genau.“ Elena sah auf ihre Uhr. „Was bedeutet, dass es bis zwei Uhr die ganze Schule weiß.“ Nach der Schule gingen die

Mädchen zu Bonnie nach Hause. An der Tür wurden sie von einem schrillen Kläffen begrüßt. Als Bonnie aufschloss, versuchte ein sehr alter und genauso fetter Pekinese nach draußen zu flüchten. Sein Name war Yangtzee, und er war so verwöhnt, dass ihn niemand außer Bonnies Mutter leiden konnte. Er zwickte Bonnie in den Knöchel, als sie an ihm vorbeiging.

Das Wohnzimmer war dunkel und voll gestellt mit schweren Möbeln. An den Fenstern hingen schwere Vorhänge. Bonnies Schwester Mary war schon zu Hause und löste gerade die Schwesternhaube aus ihren roten Locken. Sie war zwei Jahre älter als Bonnie und arbeitete als Krankenschwester im Fell's-Church-Krankenhaus.

„Oh, Bonnie. Ich bin froh, dass du zurück bist. Hallo, ihr beiden", sagte sie zu Elena und Meredith, die sie ebenfalls grüßten.

„Was ist los? Du siehst müde aus", fragte Bonnie.

Mary ließ die Haube auf einen Beistelltisch fallen. Statt zu antworten, stellte sie ebenfalls eine Frage. „Letzte Nacht, als du so aufgewühlt nach Hause gekommen bist, wo wart ihr Mädels da gewesen?"

„Unten auf dem ... bei der Wickery-Brücke."

„Hab ich's mir doch gedacht." Mary holte tief Luft. „Jetzt hör mir mal gut zu, Bonnie McCullough. Du wirst nie wieder dort hingehen und auf gar keinen Fall allein und während der Dunkelheit. Hast du mich verstanden?"

„Und warum nicht?" fragte Bonnie erstaunt.

„Weil gestern Abend dort jemand überfallen worden ist, deshalb. Und weißt du, wo man ihn gefunden hat? Direkt unter der Wickery-Brücke."

Elena und Meredith starrten sie ungläubig an. Bonnie packte Elena am Arm. „Jemand ist unter der Brücke überfallen worden? Wer war das? Und was ist passiert?“

„Das weiß ich auch nicht“, erwiderte Mary geduldig. „Heute Morgen haben die Friedhofsgärtner ihn dort gefunden. Es war wahrscheinlich ein Obdachloser, der unter der Brücke geschlafen hat, als der Überfall stattfand. Er war halb tot, als man ihn bei uns einlieferte, und hat das Bewusstsein bis jetzt noch nicht wiedererlangt. Kann sein, dass er stirbt.“

Elena schluckte. „Wie hat sich der Überfall abgespielt?“

„Seine Kehle war halb herausgerissen. Er hat eine unglaubliche Menge Blut verloren. Zuerst tippte man auf ein wildes Tier. Aber Dr. Lowen meint jetzt, der Angreifer muss ein Mensch gewesen sein. Und die Polizei hält es für wahrscheinlich, dass sich der Täter irgendwo auf dem Friedhof versteckt.“

Mit zusammengepressten Lippen musterte Mary die Mädchen nacheinander scharf. „Wenn ihr also gestern Abend bei der Brücke oder auf dem Friedhof wart, dann könnte es gut möglich sein, dass sich der Verbrecher zur gleichen Zeit wie ihr dort aufgehalten hat. Habt ihr verstanden, was ich sagen will?“

„Du brauchst uns nicht noch mehr Angst zu machen“, wehrte Bonnie schwach ab. „Wir haben's kapiert, Mary.“

„Schön.“ Mary ließ die Schultern sacken und rieb sich müde den Nacken. „Ich werde mich eine Weile hinlegen. Entschuldigt, ich wollte nicht so barsch sein.“ Sie ging aus dem Zimmer.

Als sie allein waren, sahen die drei Mädchen sich an.

„Es hätte eine von uns erwischen können“, sagte Meredith leise. „Besonders dich, Elena. Du bist allein dorthin gegangen.“

Elenas Haut prickelte. Es war dasselbe schmerzhafte Gefühl der Wachsamkeit, das sie auf dem alten Friedhof gespürt hatte. Sie konnte den kühlen Wind auf ihrer Haut fühlen und sah die

Reihen der großen Grabsteine um sich herum. Der Sonnenschein und die High School schienen plötzlich so weit weg wie nie.

„Bonnie", begann sie zögernd. „Hast du da draußen jemanden gesehen? Hast du das damit gemeint, als du sagtest, dass jemand auf mich wartet?"

In dem dämmrigen Zimmer starrte Bonnie sie verständnislos an. „Wovon redest du? Ich hab das nie im Leben gesagt."

„Doch, hast du wohl."

„Nein. Niemals."

„Bonnie", mischte Meredith sich ein. „Wir haben dich beide gehört. Du hast über die alten Grabsteine hinweggestarrt und dann zu Elena gesagt ..."

„Ich weiß nicht, was ihr wollt. Und ich hab nichts gesagt!" Bonnie stampfte wütend mit dem Fuß auf. Aber in ihren Augen standen Tränen. „Ich möchte nicht mehr darüber reden."

Elena und Meredith sahen sich hilflos an. Draußen verschwand die Sonne hinter einer Wolke.

6. KAPITEL

26. September

Liebes Tagebuch,

es tut mir Leid, dass es so lange her ist, und ich kann wirklich nicht erklären, woran es lag, dass ich nichts eingetragen habe. Vielleicht daran, dass so viele Dinge geschehen sind, über die ich mich fürchte zu reden. Selbst mit dir.

Zunächst ist etwas Schreckliches passiert. An dem Tag, an dem Bonnie, Meredith und ich auf dem Friedhof waren, ist dort ein alter Mann angegriffen und fast getötet worden. Die Polizei hat den Täter immer noch nicht gefunden. Die Leute halten den Alten für verrückt, weil er etwas faselt von „im Dunkeln glühenden Augen“, von Eichen, in denen es spukt, und Ähnlichem. Aber ich erinnere mich, was uns in jener Nacht zugestoßen ist, und ich mache mir so meine Gedanken. Und bekomme Angst.

Alle gerieten zuerst in Panik. Die Kids durften nach Einbruch der Dunkelheit nicht mehr nach draußen, und wenn, dann nur in großen Gruppen. Aber das ist nun alles schon drei Wochen her. Es hat keine Überfälle mehr gegeben, und die Aufregung legt sich allmählich. Tante Judith meint, der Täter sei ein anderer Obdachloser gewesen. Tyler Smallwoods Vater hält es für möglich, dass der Alte sich die Verletzungen selbst beigebracht hat. Also, ich würde mal gern sehen, wie sich jemand in die eigene Kehle beißt.

Die meiste Zeit war ich jedoch mit Plan B beschäftigt. So weit klappt alles ganz gut. Ich habe mehrere Briefe und einen Strauß roter Rosen von „Jean-Claude“ bekommen. (Der Onkel von Meredith hat einen Blumenladen.) Alle scheinen vergessen zu haben, dass ich mich jemals für Stefan interessiert habe. Meine Position in der Schulhierarchie ist unangefochten. Selbst Caroline hat keinen Ärger mehr gemacht.

Im Grunde weiß ich gar nicht, was Caroline dieser Tage so treibt, und es ist mir auch egal. Ich sehe sie nie mehr während der Pause oder nach der Schule. Sie scheint sich von der alten Clique völlig zurückgezogen zu haben.

Es gibt nur einen, der mir im Moment wirklich etwas bedeutet: Stefan.

Selbst Bonnie und Meredith wissen nicht, wie wichtig er für mich ist. Ich habe Angst, es ihnen zu sagen. Und Angst davor, dass sie mich für verrückt halten. In der Schule bin ich cool und beherrscht. Alles nur Schauspielerei. In mir drinnen sieht es anders aus, und es wird mit jedem Tag schlimmer.

Tante Judith beginnt sich Sorgen um mich zu machen. Sie meint, ich würde nicht genug essen. Damit hat sie Recht. Der Unterricht fließt an mir vorbei, ohne dass ich viel davon mitbekomme. Selbst so lustige Sachen wie Vorbereitungen für das „Spukhaus" zu treffen, die alljährliche Wohltätigkeitsparty der Schule, macht mir keinen Spaß. Ich kann mich auf nichts mehr konzentrieren. Nur noch auf ihn. Und ich weiß selbst nicht, warum das so ist.

Seit unserem ersten Zusammentreffen, das ja für mich in einer Katastrophe endete, hat er nicht mehr mit mir gesprochen. Aber ich muss dir etwas Merkwürdiges erzählen, liebes Tagebuch. Letzte Woche im Geschichtsunterricht sah ich hoch und hab ihn erwischt, wie er mich anschaute. Wir sitzen ein paar Plätze voneinander entfernt. Er hatte sich auf seinem Stuhl ganz umgedreht und blickte mich an. Einen Moment lang fürchtete ich mich fast, und mein Herz begann wie wild zu klopfen. Wir starrten uns nur an. Dann sah er wieder weg. Aber seither ist das zweimal passiert, und jedes Mal habe ich seinen Blick gespürt, bevor ich hochschaute. Das ist die Wahrheit und keine Einbildung.

Er ist so ganz anders als die Jungs, die ich bisher kennen gelernt habe.

Irgendwie kommt er mir einsam vor. Er scheint sich jedoch aus freien Stücken abzukapseln. Im Footballteam kommt er sehr gut an, aber er hängt nie mit seinen Kumpels herum, außer vielleicht mit Matt. Matt ist der Einzige, mit dem er spricht.

Er hat auch keine Freundinnen. Vielleicht liegt das an dem Gerücht, er sei ein Junkie. Aber eigentlich ist es so, dass er andere Menschen mehr meidet, als sie ihn meiden. In den Pausen und nach dem Footballtraining verschwindet er. Ich habe ihn noch nie in der Cafeteria gesehen. Er lädt nie jemanden in sein Zimmer in der kleinen Pension ein. Und nach der Schule trifft man ihn auch nicht im Café.

Wie kann ich ihn also irgendwohin locken, wo er mir nicht entkommen kann? Das ist das größte Problem bei Plan B. Bonnie schlägt eine Scheune bei Gewitter vor, wo wir uns aneinander kuscheln müssen, um nicht zu frieren. Und Meredith meint, mein Auto sollte direkt vor seiner Pension den Geist aufgeben. Aber keine dieser Ideen ist vernünftig, und ich verliere noch den Verstand, weil mir nichts Besseres einfällt.

Mit jedem Tag wird es schlimmer. Meine Nerven sind zum Zerreißen gespannt. Wenn ich nicht bald einen Ausweg finde, werde ich ...

Ich wollte doch tatsächlich schreiben: sterben.

Die Lösung wurde Elena plötzlich und auf dem Silbertablett dargeboten.

Matt tat ihr Leid. Sie wusste, wie sehr ihn die ganzen Gerüchte um „Jean-Claude“ verletzen mussten. Seitdem die Story die Runde durch die Schule gemacht hatte, hatte er kaum mit ihr gesprochen. Mit einem kurzem Nicken war er meist an ihr vorbeigegangen. Als sie ihn eines Tages vor dem Klassenzimmer auf dem leeren Schulflur traf, wich er ihrem Blick aus.

„Matt“, begann sie. Sie wollte ihm alles erklären. Sie wollte ihm sagen, dass es nicht ihre Absicht war, ihn zu verletzen, und dass sie sich deswegen schrecklich fühlte. Aber sie wusste nicht, wo sie beginnen sollte. Schließlich stieß sie hervor: „Es tut mir Leid!“ und drehte sich um, um ins Klassenzimmer zu gehen.

„Elena.“ Matt hielt sie zurück. Erst jetzt sah er sie an. Zumindest streifte sein Blick ihre Lippen und ihre Haare. Dann schüttelte er den Kopf, als wollte er ausdrücken, dass er bei der ganzen Sache der Dumme war. „Ist das mit dem Franzosen echt?“ fragte er schließlich.

„Nein“, erwiderte Elena sofort. „Ich hab ihn erfunden, um allen zu zeigen, dass ich nicht gekränkt bin wegen ...“ Sie hielt inne.

„Wegen Stefan. Kapiere.“ Matt nickte ernst. Doch er schien Verständnis zu haben. „Hör zu, Elena. Er hat dich ziemlich schlimm behandelt. Ich kann verstehen, dass du gekränkt bist. Aber ich glaube nicht, dass er das persönlich gemeint hat. Er ist zu allen anderen auch so.“

„Außer zu dir.“

„Stimmt nicht ganz. Er redet manchmal mit mir. Aber das sind keine persönlichen Dinge. Er spricht nie von seiner Familie oder von dem, was er außerhalb der Schule macht. Er hat eine Mauer um sich errichtet, die auch ich nicht durchdringen kann. Wahrscheinlich wird er niemanden wirklich an sich ranlassen. Das ist sehr schade, denn ich glaube, dass er sich im Grunde ziemlich elend fühlt.“

Elena dachte darüber nach, fasziniert von diesem Blickpunkt, von dem aus sie Stefan bisher noch nie betrachtet hatte. Er war ihr immer so cool vorgekommen, so überlegen und durch nichts zu erschüttern. Aber sie wusste, dass auch sie selbst vielen Leuten so erschien. War es möglich, dass er hinter seiner Maske genauso verwirrt und unglücklich war wie sie?

Da hatte sie die Idee. Die Lösung war im Grunde ganz einfach. Nichts Kompliziertes wie Gewitterstürme oder kaputte Autos.

„Matt“, begann sie langsam. „Hältst du es nicht für eine gute Idee, wenn jemand versuchen würde, diese Mauer zu durchbrechen? Vielleicht müssen wir Stefan nur zu seinem Glück zwingen?“ Sie blickte ihn eindringlich an.

Er betrachtete sie kurz, dann schloss er einen Moment die Augen und schüttelte ungläubig den Kopf. „Elena, du bist unglaublich. Du wickelst die Leute um den kleinen Finger, wie's dir gerade passt, und weißt im Grunde nicht mal, was du tust. Jetzt willst du doch tatsächlich meine Hilfe, um Stefan zu überrumpeln. Blöd, wie ich bin, werde ich vermutlich auch noch Ja sagen.“

„Du bist nicht blöd, sondern ein Gentleman. Klar, ich möchte dich um einen Gefallen bitten. Allerdings nur, wenn du die Sache auch in Ordnung findest. Ich möchte weder dich noch Stefan verletzen.“

„Wirklich nicht?“

„Nein! Ich weiß, wie sich das anhören muss, aber es ist wahr. Ich will nur ...“ Sie hielt inne. Wie konnte sie ihm erklären, was sie wollte, wenn sie es nicht einmal selbst richtig wusste?

„Du möchtest nur, dass sich alles um Elena Gilbert dreht“, antwortete er bitter. „Weißt du, was dein Problem ist? Du willst nur das, was du nicht kriegen kannst.“

Schockiert trat Elena einen Schritt zurück und schaute ihn fassungslos an. Tränen traten ihr in die Augen.

„Nicht“, sagte Matt schnell. „Elena, sieh mich bitte nicht so an. Es tut mir Leid.“ Er seufzte. „Okay, was soll ich tun? Soll ich ihn geknebelt und gefesselt vor deiner Haustür abliefern?“

„Nein.“ Elena kämpfte darum, die Tränen zu unterdrücken.

„Ich möchte nur, dass du ihn überredest, zum Schulball nächste Woche zu kommen."

Matt war verblüfft. „Er soll zu der Fete kommen, das ist alles?"

Elena nickte.

„Okay. Ich bin ziemlich sicher, dass er da sein wird. Noch was, Elena ... Es gibt wirklich keine außer dir, mit der ich hingehen möchte."

„Gut", stimmte Elena nach kurzer Überlegung zu. „Und ... danke, Matt."

Matts Gesichtsausdruck war nicht zu deuten. „Danke mir nicht, Elena. Keine Ursache ... wirklich, keine Ursache."

Elena blickte Matt verwirrt nach, als er sich umdrehte und den Flur hinunterging. „Halt still", schalt Meredith und legte letzte Hand an Elenas Frisur.

„Ich finde, dass beide absolut wunderbar sind", seufzte Bonnie vom Fenstersitz aus.

„Wer?" fragte Elena abwesend.

„Als ob du das nicht wüsstest. Die beiden Typen von dir, die gestern bei dem Spiel in letzter Minute das Wunder vollbracht haben. Als Stefan diesen schwierigen Passierball gefangen hat, wäre ich fast ohnmächtig geworden. Oder hätte mich übergeben."

„Bonnie, bitte!" warnte Meredith.

„Und Matt, wie der sich bewegt ... absolut sexy."

„Keiner von beiden gehört mir", stellte Elena nüchtern richtig. Unter Merediths geschickten Fingern verwandelte sich ihr hellblondes, dichtes Haar in ein wahres Kunstwerk. Das Kleid war ebenfalls ideal. Das helle Violett brachte Elenas dunkelblaue Augen vorteilhaft zur Geltung. Aber selbst sie musste zugeben, dass sie blass und angespannt aussah. Ihr Gesicht war nicht rosig überhaucht in freudiger Erwartung, sondern bleich und entschlossen wie das eines sehr jungen Soldaten, der in die vordersten Linien geschickt wird.

Gestern, in der Pause des Footballspiels, war die diesjährige Ballkönigin bekannt gegeben worden. Als Elena ihren Namen aus den Lautsprechern hörte, hatte sie nur ein Gedanke beherrscht: Jetzt konnte er sich nicht weigern, mit ihr zu tanzen. Wenn er überhaupt kam, konnte er der Ballkönigin schlecht einen Tanz abschlagen. Und jetzt vor dem Spiegel wiederholte Elena sich das immer wieder.

„Heute Abend wird dir keiner widerstehen können", versuchte Bonnie sie zu beruhigen. „Wenn du Matt abschiebst, darf ich ihn dann trösten?"

„Und was soll Raymond davon halten?" fragte Meredith ätzend.

„Och, den kannst du trösten. Aber ehrlich, Elena. Ich mag Matt. Wenn's zwischen dir und Stefan erst mal gefunkt hat, ist er doch sowieso außen vor. Also ..."

„Mach, was du willst. Matt verdient es, dass man sich ein bisschen um ihn kümmert." Und ich werde nicht diejenige sein, dachte Elena. Sie konnte immer noch nicht recht glauben, dass sie ihm das antat. Aber im Moment konnte sie sich keine Gewissensbisse leisten. Sie brauchte all ihre Kraft und Konzentration.

„Fertig." Meredith befestigte die letzte Haarnadel in Elenas Haar. „Achtung, Bühne frei für die Ballkönigin und ihren Hofstaat. Na, jedenfalls für einen Teil des Hofstaats. Sind wir nicht wunderschön?"

„Du meinst natürlich nur mich mit diesem königlichen

‚wir'“, scherzte Elena. Aber Meredith hatte Recht. Sie sahen alle drei super aus. Merediths Kleid aus burgunderfarbenem Satin hatte eine enge Taille und fiel von der Hüfte aus in Falten bis auf den Boden. Sie trug ihr langes schwarzes Haar offen. Bonnie sah in ihrem pinkfarbenen Kleid mit den schwarzen Pailletten zum Anbeißen aus.

Und sie selbst ... Elena betrachtete sich kritisch und überlegte. Das Kleid war in Ordnung. Es erinnerte sie an kristallisierte Veilchen. Ihre Großmutter hatte ein kleines Glas davon besessen. Es waren richtige Blüten, die in Zucker getaucht und dann gefroren wurden.

Sie gingen gemeinsam nach unten, wie sie das seit der siebten Klasse bei jedem Schulball getan hatten. Doch in den Jahren zuvor war Caroline bei ihnen gewesen. Leicht überrascht stellte Elena fest, dass sie nicht einmal wusste, mit wem Caroline heute Abend zum Schulball kam.

Tante Judith und Robert, der bald Onkel Robert werden sollte, warteten zusammen mit Margaret im Wohnzimmer. Die Kleine war schon im Schlafanzug.

„Oh, ihr drei Mädchen seht ja wunderschön aus!“ Tante Judith war so aufgeregt, als würde sie selbst zum Ball gehen. Sie küsste Elena. Margaret wollte von Elena umarmt werden.

„Du bist hübsch“, sagte sie bewundernd.

Robert musterte Elena ebenfalls. Er blinzelte, öffnete den Mund und schloss ihn wieder.

„Was ist los, Bob?“

„Oh.“ Er blickte rasch zu Judith. Das Ganze schien ihm peinlich zu sein. „Nun, mir ist gerade eingefallen, dass Elena eine andere Version des Namens Helena ist. Und da musste ich an die schöne Helena aus dem alten Troja denken.“

„Schön und verdammt", gab Bonnie begeistert ihren Senf dazu.

„Wenn man so will", erwiderte Robert und machte dabei gar keinen glücklichen Eindruck.

Es klingelte an der Tür. Matt stand draußen. Er trug seinen gewohnten blauen Sportmantel. Bei ihm waren Ed Goff, Meredith' Freund, und Raymond Hernandez, der mit Bonnie ging. Elena suchte nach Stefan.

„Er ist vermutlich schon da." Matt hatte ihren Blick aufgefangen. „Hör mal, Elena ..."

Aber was immer er sagen wollte, ging im Geplauder der beiden anderen Paare unter. Bonnie und Raymond fuhren in Matts Auto mit und gaben bis zur Schule witzige Bosheiten über alles und jeden von sich.

Musik erklang aus den offenen Türen der festlich geschmückten Turnhalle. Beim Aussteigen packte Elena ein merkwürdiges Gefühl, während sie das hässliche Schulgebäude betrachtete. Etwas Entscheidendes würde heute passieren, das wusste sie ganz genau. Nach den friedlichen letzten Wochen schaltete ihr innerer Motor wieder auf Höchststufe.

Ich bin bereit, dachte sie. Und hoffte, dass es auch stimmte. Drinnen herrschte reges Treiben. Sie und Matt wurden sofort umringt. Es hagelte Komplimente. Für Elenas Kleid ... ihr Haar ... ihre Blumen. Und Matt war auf dem besten Weg, ein Held zu werden, der nächste Footballstar der Nation, ein sicherer Kandidat für ein Sportstipendium.

In dem Schwindel erregenden Durcheinander, das Elena eigentlich gewohnt war, suchte sie nur nach einem ...

Tyler Smallwood drängte sich an sie. Er roch nach einer Mischung aus Punsch, Eau de Toilette und Pfefferminzkaugummi.

Seine Freundin versuchte Elena mit Blicken zu erdolchen. Elena achtete nicht auf Tyler und hoffte, dass er wieder abziehen würde.

Mr. Tanner kam vorbei. Er hielt einen durchweichten Pappbecher in der Hand und sah aus, als würde sein Kragen ihn erwürgen. Sue Carson, die zweite Ballkönigin, beglückwünschte Elena zu ihrem violetten Kleid. Bonnie war bereits auf der Tanzfläche. Ihre schwarzen Pailletten glitzerten im Licht. Doch nirgendwo konnte Elena Stefan entdecken.

Noch eine Brise Kaumgummiatem, und mir wird schlecht, dachte Elena verzweifelt. Sie wedelte mit der Hand, doch Tyler verstand nicht. Endlich stieß Elena Matt an. Sie flohen gemeinsam zum kalten Buffet, wo Trainer Lyman gerade einen Vortrag über das letzte Footballspiel hielt. Wieder kamen Paare und ganze Cliquen zu ihnen, redeten ein paar Minuten mit ihnen und machten dann Platz für die nächsten in der Schlange. Genauso, als ob wir wirklich ein Königspaar wären, dachte Elena und war nahe daran, hysterisch zu lachen. Sie sah Matt an, um festzustellen, ob er das Ganze auch lustig fand, doch er schaute starr nach links.

Elena folgte seinem Blick. Dort, halb verborgen hinter ein paar Footballspielern, befand sich die Person, nach der sie den ganzen Abend gesucht hatte. Selbst im dämmrigen Licht war keine Verwechslung möglich. Ein Schauder, so heftig, dass es fast schmerzte, überlief Elena.

„Was jetzt?“ fragte Matt ernst. „Soll ich ihn fesseln?“

„Nein. Ich werde ihn um einen Tanz bitten, das ist alles. Wenn du willst, warte ich, bis wir zweimal getanzt haben.“

Er schüttelte den Kopf, und Elena machte sich durch die Menge auf den Weg zu Stefan.

Während sie sich ihm näherte, sog sie jede Einzelheit an ihm in sich auf. Sein schwarzer Blazer war eine Spur eleganter geschnitten als die der anderen Jungs, und er trug darunter einen weißen Cashmere-Pulli. Er stand ganz still da und hielt ein wenig Abstand von der Gruppe um ihn herum. Obwohl Elena ihn nur im Profil sehen konnte, erkannte sie, dass er keine Sonnenbrille trug.

Natürlich nahm er die Sonnenbrille auch zum Footballspielen ab, aber sie hatte ihn noch nie aus der Nähe ohne gesehen. Das versetzte sie in eine freudige Erregung. Sie kam sich vor wie beim Kostümball um Mitternacht, wenn es Zeit war, die Masken abzunehmen. Sie konzentrierte sich auf seine Schulter, die Linie seines Kinns, als er sich plötzlich umdrehte und sie ansah.

In diesem Moment wusste Elena, dass sie schön war. Es lag nicht nur an dem Kleid oder an ihrer Frisur. Sie selbst war schön. Stefans Blick bestätigte es. Sie sah, wie sich seine Lippen unwillkürlich öffneten und wieder schlossen. Dann schaute sie ihm in die Augen.

„Hallo." War das ihre eigene Stimme? So ruhig, so selbstbewusst? Seine Augen waren grün. Grün wie die Eichenblätter im Sommer. „Amüsierst du dich gut?" fragte sie.

Jetzt, ja. Er sagte es nicht, aber sie wusste, was er dachte. Sie konnte es an der Art erkennen, wie er sie anstarrte. Niemals zuvor war sie sich ihrer weiblichen Macht so sehr bewusst gewesen. Trotzdem sah Stefan nicht so aus, als ob er tatsächlich Spaß hatte. Er machte einen gepeinigten Eindruck, wie jemand, der Schmerz erleidet und es kaum eine Minute länger ertragen kann.

Die Band spielte einen langsamen Song. Stefan starrte sie

immer noch an, schien sich an ihrem Anblick zu berauschen. Seine grünen Augen wurden ganz dunkel vor Verlangen. Elena hatte das Gefühl, dass er sie plötzlich an sich reißen und sie, ohne ein Wort der Erklärung, leidenschaftlich küssen könnte.

„Möchtest du gern tanzen?“ fragte sie leise. Ich spiele mit dem Feuer, mit etwas, was ich nicht verstehe, dachte sie. Und genau in diesem Moment bekam sie Angst. Ihr Herz begann wie wild zu schlagen. Es war, als würden diese grünen Augen einen tief im Inneren verborgenen Teil ihres Ichs ansprechen. Flieh, lauf weg! schrie alles in ihr.

Elena bewegte sich nicht. Dieselbe Kraft, die ihr Angst einjagte, hielt sie fest. Alles gerät außer Kontrolle, dachte sie plötzlich. Was immer auch im Moment passierte, es ging über ihren Verstand. Es war weder normal noch mit Worten erklärbar. Doch es gab kein Zurück mehr. Obwohl sie sich fürchtete, genoss sie gleichzeitig das Gefühl, das er in ihr auslöste. Noch nie hatte sie das Zusammensein mit einem Jungen so intensiv erlebt wie mit Stefan in diesem Moment. Und doch war gar nichts passiert. Er schaute sie nur wie hypnotisiert an. Sie erwiderte seinen Blick, und die Luft zwischen ihnen schien elektrisch geladen zu sein. Sie sah, wie seine Augen noch dunkler wurden, wie er sich geschlagen gab. Ihr Herz tat einen wilden Sprung, als er langsam die Hand ausstreckte.

Und dann war mit einem Schlag alles zerstört.

„Nein, Elena, wie süß du aussiehst“, sagte eine Stimme, und Elena wurde fast geblendet von dem gleißenden Gold, das plötzlich vor ihr auftauchte. Es war Caroline. Sie trug ein Kleid aus purem Goldlamé, das fast unanständig viel von ihrer perfekt gebräunten Haut zeigte. Rötliche Lichter schimmerten in ihrem dichten, kastanienbraunen Haar. Besitzergreifend hakte sie sich bei Stefan ein und lächelte ihn verführerisch an. Die beiden ergaben ein tolles Paar. Sie sahen aus wie zwei Topmodels, die sich aus Versehen auf einen High-School-Ball verirrt hatten.

„Und dein Kleidchen ist so niedlich“, fuhr Caroline fort, während Elena wie gelähmt dastand. Der wie zufällig um Stefan geschlungene Arm sagte ihr alles. Jetzt war ihr klar, wo Caroline in den vergangenen Wochen die Pausen verbracht und was sie im Schilde geführt hatte. „Ich hab Stefan versprochen, dass wir nur für einen Moment hereinschauen, aber nicht lange bleiben werden. Du hast doch nichts dagegen, dass ich ihn für die paar Tänze für mich selbst reserviere, oder?“

Elena war jetzt merkwürdig ruhig, ihr Verstand war wie leer gefegt. Sie hörte sich wie mechanisch sagen, nein, sie hätte nichts dagegen, und sah zu, wie Caroline zur Tanzfläche ging. Stefan folgte ihr.

Ein paar Leute umringten Elena. Sie wandte sich ab und stand Matt gegenüber.

„Du wusstest, dass er mit ihr kommen würde“, sagte sie tonlos.

„Ich hab nur gehört, dass sie ihn als Begleiter wollte. Sie ist ihm in den Pausen und nach der Schule gefolgt. Hat sich ihm richtig aufgedrängt. Aber ...“

„Verstehe.“ Immer noch unnatürlich ruhig glitt ihr Blick suchend über die Menge. Sie sah, dass Bonnie auf sie zukam und Meredith ihren Tisch verließ. Sie hatten also alles mitbekommen. Wie vermutlich jeder im Saal. Ohne ein weiteres Wort zu Matt ging sie auf ihre Freundinnen zu und unwillkürlich in Richtung des Waschraums für Mädchen.

Dort war es brechend voll. Meredith und Bonnie achteten

darauf, dass sie sich nur über Belangloses unterhielten, während sie Elena voll Sorge ansahen.

„Hast du Carolines Kleid gesehen?“ fragte Bonnie, während sie Elenas Hand heimlich mitfühlend drückte. „Das Vorderteil muss mit Klebstoff befestigt sein. In was wird sie sich wohl beim nächsten Ball wickeln? In Cellophan?“

„In Frischhaltefolie“, erwiderte Meredith trocken und fügte leise hinzu: „Bist du okay?“

„Ja.“ Elena betrachtete sich im Spiegel. Ihr Augen glänzten fiebrig, und auf jeder ihrer Wangen war ein hektischer roter Fleck aufgetaucht. Sie glättete ihr Haar und drehte sich um.

Der Raum leerte sich. Schließlich waren die drei allein. Bonnie spielte nervös mit der paillettenbesetzten Schleife ihres Kleides. „Vielleicht ist es ganz gut so“, meinte sie ruhig. „Schau mal, seit Wochen denkst du nur noch an ihn. Ach, Quatsch, seit über einem Monat schon. Jetzt kannst du mal was anderes machen, als nur ... hinter ihm herzujagen.“

Ist ja toll, wie du dich an unseren Schwur erinnerst, dachte Elena. „Danke für deine liebe Unterstützung“, sagte sie laut.

„Komm, Elena, sei nicht so ätzend“, warf Meredith ein. „Sie wollte dich nicht verletzen, sie glaubt nur ...“

„Und das glaubst du auch, habe ich Recht? Na, prima. Gut, wie ihr wollt. Ich werde jetzt rausgehen und mich mit anderen Dingen beschäftigen. Mir neue Freundinnen suchen, zum Beispiel.“ Sie wirbelte herum und rannte hinaus. Bonnie und Meredith starrten ihr fassungslos nach. In der Turnhalle schmiss Elena sich voll ins Geschehen. Sie war witziger als je zuvor bei einem Ball. Sie tanzte mit jedem, lachte zu laut und flirtete zu heftig.

Man rief sie zur Krönung. Sie stand auf der Bühne und blickte hinunter auf die bunte Menge. Jemand überreichte ihr Blumen, ein anderer drückte ihr die Strasskrone aufs Haar. Es gab Applaus. Elena erschien alles unwirklich wie ein Traum.

Sie flirtete mit Tyler, weil er am nächsten stand, als sie von der Bühne kam. Dann fiel ihr wieder ein, was er und Dick mit Stefan veranstaltet hatten, und sie gab ihm eine Rose aus ihrem Blumenstrauß. Matt sah mit zusammengekniffenem Mund von der Seitenlinie aus zu. Tylers vergessene Freundin war den Tränen nah.

Elena konnte jetzt den Alkohol in Tylers Atem riechen. Sein Gesicht war rot. Seine Kumpel standen um sie herum, eine schreiende, lachende Meute. Sie beobachtete, wie Dick etwas aus einer braunen Papiertüte in seinen Punsch goss.

Sie war noch nie mit dieser Clique zusammengewesen. Man hieß sie herzlich willkommen, bewunderte sie, und die Jungs kämpften um ihre Aufmerksamkeit. Witze wurden gerissen, und auch wenn sie keinen Sinn ergaben, lachte Elena. Tyler legte den Arm um ihre Taille, und sie lachte noch mehr. Aus den Augenwinkeln sah sie, wie Matt den Kopf schüttelte und wegging. Die Mädchen wurden schriller, und die Jungs wurden mutiger. Tyler pflanzte nasse Küssen auf Elenas Hals.

„Ich hab eine Idee!" verkündete er der Clique und presste Elena enger an sich. „Gehen wir irgendwohin und machen ein Fass auf."

Jemand schrie: „Und wohin, Tyler? Zu dir nach Hause?"

Tyler grinste sorglos und alkoholumnebelt. „Nein. Das ist doch langweilig. Wir wollen doch was erleben. Wie wär's mit dem Friedhof?"

Die Mädchen kreischten auf, und die Jungs stießen einander an.

Tylers Freundin stand immer noch außerhalb des Kreises. „Tyler, das ist verrückt“, sagte sie mit hoher, dünner Stimme. „Du weißt, was dem alten Mann zugestoßen ist. Ich werde nicht mitgehen.“

„Super, dann bleibst du eben hier.“ Tyler holte seine Autoschlüssel aus der Tasche und wedelte mit ihnen herum. „Wer hat keine Angst?“ rief er herausfordernd.

„He, ich bin dabei“, sagte Dick, und die anderen stimmten laut zu.

„Ich auch“, meldete Elena sich trotzig. Sie lächelte Tyler an, und er riss sie fast von den Füßen.

Dann führten Tyler und sie die laute, wilde Gruppe zum Parkplatz, wo sie sich auf verschiedene Autos verteilten. Tyler machte das Verdeck seines Sportcabrios auf. Elena stieg bei ihm ein. Dick und ein Mädchen namens Vickie Bennett quetschten sich auf den Rücksitz.

„Elena!“ rief jemand von weit her aus der erleuchteten Tür der Turnhalle.

„Fahr los!“ befahl sie Tyler und nahm ihre Krone ab. Der Motor heulte auf. Mit qualmenden Reifen ließen sie die Schule hinter sich. In der Luft lag der Geruch von verbranntem Gummi, und der kühle Nachtwind blies Elena ins Gesicht.

7. KAPITEL

Mit geschlossenen Augen genoss Bonnie auf der Tanzfläche die Musik. Als sie sie einen Moment öffnete, sah sie, wie Meredith sie von der Seitenlinie zu sich heranwinkte. Bonnie schob trotzig das Kinn vor, doch als Meredith' Gesten drängender wurden, schaute sie bedauernd zu Raymond hoch und gehorchte. Raymond folgte ihr.

Matt und Ed standen hinter Meredith. Matts Miene war düster. Ed fühlte sich in seiner Haut sichtlich unwohl.

„Elena ist gerade gegangen", begann Meredith.

„Das hier ist ein freies Land." Bonnie zuckte mit den Schultern.

„Sie ist mit Tyler Smallwood weg", erklärte Meredith. „Matt, hast du wirklich nicht gehört, wo sie hin wollten?"

Matt schüttelte den Kopf. „Egal, was passiert, sie hat es sich eigentlich selbst zuzuschreiben. Aber irgendwie ist alles auch meine Schuld", meinte er ernst. „Wir sollten nach ihr suchen."

„Jetzt?" fragte Bonnie ungläubig. Sie schaute zu Meredith, die mit den Lippen lautlos die Worte formte „Du hast es versprochen". „Das glaub ich einfach nicht", murmelte sie wütend.

„Keine Ahnung, wie wir sie finden sollen, aber wir müssen's zumindest versuchen", sagte Meredith fest. Dann fügte sie seltsam zögernd hinzu: „Bonnie, du weißt nicht zufällig, wo sie ist?"

„Was? Natürlich nicht. Ich hab getanzt. Du hast doch sicher schon davon gehört. Wozu geht man zu einem Ball? Zum Tanzen!"

„Ed und Ray, ihr bleibt hier", befahl Matt. „Sollte sie zurückkommen, sagt ihr, dass wir draußen nach ihr suchen."

„Wenn's schon sein muss, dann machen wir uns besser gleich

auf den Weg." Bonnie drehte sich um und rannte prompt jemandem in die Arme.

„Entschuldige", sagte sie schnippisch, schaute hoch und erkannte Stefan Salvatore. Schweigend beobachtete er, wie Bonnie, Meredith und Matt zur Tür gingen. Ed und Ray schauten ihnen mit unglücklichen Gesichtern nach. Weit entfernt am wolkenlosen Nachthimmel glitzerten die Sterne. Elena fühlte sich mit ihnen verwandt. Ein Teil von ihr schrie und lachte mit Dick, Vickie und Tyler gegen das Brausen des Windes an. Ein anderer Teil jedoch beobachtete das Geschehen wie aus großer Entfernung.

Tyler hatte das Auto auf halber Höhe zur Kirchenruine auf dem Hügel geparkt. Er hatte die Scheinwerfer angelassen, als sie ausstiegen. Obwohl ihnen mehrere Autos von der Schule aus gefolgt waren, schienen sie die Einzigen zu sein, die wirklich bis zum Friedhof gefahren waren.

Tyler öffnete den Kofferraum und holte ein Paket Bierdosen heraus. „Okay, bleibt für uns eben mehr." Er bot Elena ein Bier an, die den Kopf schüttelte und versuchte, das elende Gefühl, das sich in ihrem Magen ausbreitete, zu verdrängen. Sie wusste, sie gehörte nicht hierher, doch um nichts in der Welt hätte sie das zugegeben.

Sie kletterten den Weg hoch. Die Mädchen stolperten auf ihren hohen Absätzen und lehnten sich an die Jungs. Als sie oben angekommen waren, holte Elena erschrocken Luft, und Vickie stieß einen kleinen Schrei aus.

Etwas Großes, Rotes hing am Horizont. Elena brauchte einen Moment, um zu erkennen, dass es der Mond war. Er war so riesig und unwirklich wie aus einem alten Science-Fiction-Film. Ein gespenstisches Licht ging von ihm aus.

„He, sieht aus wie ein verfaulter Kürbis!“ schrie Tyler und warf einen Stein in die Richtung. Elena zwang sich, ihn strahlend anzulächeln.

„Warum gehen wir nicht dort rein?“ Vickie zeigte auf das Loch, wo einmal die Kirchentür gewesen war.

Fast das ganze Dach war eingefallen, obwohl der Glockenturm noch intakt war. Er ragte hoch in den Nachthimmel hinein. Drei der Wände standen noch, die vierte war nur kniehoch. Überall lagen Haufen von losem Gestein herum.

Neben Elenas Wange flammte ein Licht auf. Erschrocken drehte sie sich um. Tyler hatte sein Feuerzeug angezündet. Er grinste breit. „Na, wollen wir ein bisschen mit dem Feuer spielen?“

Elena lachte am lautesten, um ihre Befangenheit zu verbergen. Sie nahm das Feuerzeug und beleuchtete das Grab auf der anderen Seite der Kirche. Es war einzigartig auf dem Friedhof. Elenas Vater hatte ihr erzählt, dass er ähnliche Grabstätten in England gesehen hatte. Das Grab glich einem großen Steinkasten, es bot Platz für zwei Menschen. Zwei Marmorstatuen lagen wie schlafend auf dem Deckel.

„Thomas Fell und Honoria Fell“, sagte Tyler mit einer großen Geste, als wollte er die beiden vorstellen. „Der alte Tom hat seinerzeit Fell’s Church gegründet. Obwohl, die Smallwoods gab’s damals auch schon. Der Ururgroßvater meines Urgroßvaters lebte in dem Tal bei Drowning Creek ...“

„... bis er von den Wölfen gefressen wurde.“ Dick legte den Kopf zurück, um einen Wolf nachzuahmen. Dabei entfuhr ihm ein Rülpser. Vickie kicherte. Einen Moment lang sah Tyler ziemlich ärgerlich aus, doch dann zwang er sich zu lächeln.

„Thomas und Honoria sind ziemlich blass“, erklärte Vickie,

immer noch kichernd. „Ich glaube, sie brauchen ein bisschen Farbe." Sie holte einen Lippenstift aus ihrer Tasche und begann, die Marmorlippen der weiblichen Statue dunkelrot zu beschmieren. Wieder stieg Übelkeit in Elena auf. Als Kind hatte sie großen Respekt gehabt vor der bleichen Lady und dem ernsten Mann, die dort mit geschlossenen Augen und über der Brust gekreuzten Armen ruhten. Nachdem ihre Eltern gestorben waren, hatte sie sich gern vorgestellt, wie sie Seite an Seite wie diese Statuen in ihrem Grab lagen. Trotzdem spendete sie Vickie mit dem Feuerzeug Licht, während diese mit dem Lippenstift Thomas Fell einen Schnurrbart und eine Clownsnase verpasste.

Tyler beobachtete sie. „He, jetzt sind die aufgetakelt, aber weit und breit ist keine Party." Er legte seine Hände auf den Rand des Steindeckels, lehnte sich darauf und versuchte, ihn seitlich wegzuschieben. „Was meinst du, Dick? Sollen wir ihnen heute Nacht einen kleinen Stadtbummel gönnen?"

Nein, schrie Elena innerlich auf, während Dick blöd grinste und Vickie an ihrem Lachen fast erstickte. Dick stellte sich neben Tyler. Er sammelte seine Kraft und packte den Steindeckel.

„Bei drei", erklärte Tyler und begann zu zählen: „Eins, zwei, drei."

Elenas Blick war starr auf das schreckliche Clownsgesicht von Thomas Fell gerichtet, während die Jungen sich ächzend anstrengten. Der Deckel bewegte sich keinen Zentimeter.

„Das verdammte Ding muss irgendwie befestigt sein", sagte Tyler schließlich ärgerlich und gab auf.

Elena wurde fast schwach vor Erleichterung. Sie versuchte, ganz lässig zu wirken, als sie sich gegen den Deckel lehnte, um sich abzustützen. Und genau da geschah es.

Sie hörte das Knirschen von Steinen und fühlte gleichzeitig, wie sich der Deckel unter ihrer linken Hand bewegte. Er glitt von ihr weg, und sie verlor das Gleichgewicht. Das Feuerzeug flog ihr aus der Hand. Elena schrie und schrie, während sie versuchte, auf den Beinen zu bleiben. Sie drohte in das offene Grab zu fallen. Um sie herum peitschte ein eisiger Wind. Schreckliche Schreie hallten in ihren Ohren.

Dann war sie plötzlich draußen. Das Mondlicht war jetzt hell genug, dass sie die anderen erkennen konnte. Sie mussten sie stützen. Elena schaute sich mit wildem Blick um.

„Bist du wahnsinnig? Was ist passiert?“ Tyler schüttelte sie.

„Er hat sich bewegt! Der Deckel! Er ging auf, und ich ... ich weiß nicht, ich wäre beinahe hineingefallen. Es war so kalt ...“

Die Jungen lachten. „Armes Baby, hat ’ne Heidenangst“, spottete Tyler. „Komm, Dickieboy, lass uns mal nachsehen.“

„Nein, Tyler, nicht ...“

Doch sie gingen trotzdem hinein. Vickie blieb in der Türöffnung stehen und sah zu, während Elena ein Schauder nach dem anderen überlief. Schließlich winkte Tyler sie zu sich.

„Schau“, sagte er, während sie zögernd eintrat. Er hatte das Feuerzeug wiedergefunden und beleuchtete die Statue von Thomas Fell. „Der Deckel sitzt ganz fest. Siehst du?“

Elena starrte das Grab fassungslos an. „Er hat sich bewegt. Ich bin fast reingefallen ...“

„Okay, wie du meinst, Baby.“ Tyler legte die Arme um Elena und presste sie mit dem Rücken an sich.

Elena sah, dass Dick und Vickie sich in derselben Position befanden. Nur hatte Vickie die Augen geschlossen und schien es sehr zu genießen. Tyler rieb mit dem Kinn über Elenas Haar.

„Ich möchte jetzt gern zurück zum Ball", erklärte sie nüchtern.

Tyler hielt inne. Dann seufzte er. „Okay, Baby." Er schaute zu Dick und Vickie. „Was ist mit euch beiden?"

Dick grinste. „Wir bleiben noch ein bisschen hier." Vickie kicherte mit geschlossenen Augen.

„Okay." Elena fragte sich, wie die beiden zurückkommen wollten, aber sie folgte Tyler. Draußen jedoch blieb er stehen.

„Ich kann dich nicht gehen lassen, bevor du den Grabstein meines Großvaters gesehen hast", erklärte er. „Nun komm, Elena", drängte er, als sie protestieren wollte. „Du willst doch meine Gefühle nicht verletzen. Das Grab ist der Stolz der ganzen Familie."

Elena zwang sich zu lächeln, obwohl ihr Magen sich anfühlte wie ein Klumpen Eis. Wenn sie ihn bei Laune hielt, würde er sie sicher zurückfahren. „Gut", sagte sie und ging in Richtung Friedhof.

„Nein, nicht da lang. Hier." Einen Moment später führte er sie zum alten Teil des Friedhofs. „Es liegt nah beim Weg. Ehrlich. Da drüben. Siehst du?" Er deutete auf etwas, das im Mondlicht leuchtete.

Elena holte erschrocken Luft. Sie fühlte, wie ihr Herz sich verkrampfte. Es schien, als würde dort drüben ein Mensch stehen. Ein Riese mit einem runden, kahlen Kopf. Mit einem Mal wollte sie nur noch weg von hier. Weg von den verfallenen, jahrhundertealten Grabsteinen. Das helle Mondlicht warf seltsame Schatten, und überall gab es Stellen von undurchdringlicher Dunkelheit.

„Das ist nur die Kugel oben drauf. Nichts, wovor man sich fürchten muss." Tyler zog sie weiter den Pfad entlang zu dem glänzenden Grabstein hin. Er war aus rotem Marmor, und die riesige Kugel, die den Stein krönte, erinnerte sie an den Mond von vorhin. Jetzt strahlte derselbe Mond ein weißes Leuchten aus, weiß wie die Hände der Statue von Thomas Fell. Elena erschauderte.

„Armes Baby friert. Muss dich wärmen", flüsterte Tyler. Elena wollte ihn wegstoßen, doch er war zu stark für sie. Er zog sie in seine Arme.

„Tyler, ich will zurück. Und zwar jetzt sofort ..."

„Klar, Baby. Gleich. Aber zuerst müssen wir dich aufwärmen. Mensch, du bist ja eiskalt."

„Tyler, hör auf." Seine Umarmung war ihr erst nur lästig gewesen, doch jetzt merkte sie erschrocken, wie seine Hände grapschend nach ihrer nackten Haut suchten.

Noch nie in ihrem Leben hatte Elena sich in einer solchen Situation befunden, so weit weg von jeder Hilfe. Sie zielte mit ihrem spitzen Absatz zwischen seine Beine, aber er wich geschickt aus. „Tyler, nimm die Hände weg!"

„Komm, Elena. Stell dich nicht so an. Ich möchte dich nur am ganzen Körper aufwärmen ..."

„Lass mich gehen." Sie versuchte, sich von ihm zu befreien. Tyler stolperte und presste plötzlich sein ganzes Gewicht gegen sie. Elena fiel zu Boden und landete in einem Gestrüpp aus Efeu und Unkraut. „Ich bring dich um, Tyler. Das ist kein Witz! Geh von mir runter!"

Tyler machte einen halbherzigen Versuch, zur Seite zu rollen, kicherte plötzlich und blieb mit schlappen Gliedern liegen. „Mensch, Elena. Nun werd nicht gleich sauer. Ich wärme dich doch bloß. Elena, die Eisprinzessin, wird jetzt aufgetaut. Na, wie gefällt dir das?"

Sie fühlte seinen Mund nass und heiß auf ihrem Gesicht. Sie war unter ihm gefangen und spürte mit hilfloser Wut, wie seine Küsse ihren Hals hinunterwanderten. Plötzlich hörte sie das Reißen von Stoff.

„Oh, je“, murmelte Tyler. „Tut mir Leid.“

Elena drehte den Kopf. Ihr Mund berührte Tylers Hand, die linkisch ihre Wange streichelte. So fest sie konnte biss sie zu. Sie schmeckte Blut, und Tyler schrie auf. Die Hand wurde weggerissen.

„He, ich hab mich doch entschuldigt.“ Tyler betrachtete wehleidig die kleine Wunde. Dann verdüsterte sich seine Miene, und er ballte die Hand langsam zur Faust.

Das war's, dachte Elena mit albtraumhafter Ruhe. Er wird mich bewusstlos schlagen oder sogar töten. Sie machte sich auf den ersten Schlag gefasst. Stefan hatte sich dagegen gewehrt, zum Friedhof zu gehen. Alles in ihm hatte sich gesträubt. Das letzte Mal war er an dem Abend dort gewesen, an dem er den Alten ...

Horror überfiel ihn, wenn er daran dachte. Er hätte geschworen, dass er dem alten Mann nur so viel Blut abgenommen hatte, dass es nicht schädlich war. Aber alles in dieser Nacht, was nach dem Ausbruch der geheimnisvollen Kraft geschehen war, war verschwommen. Wenn es überhaupt einen solchen Ausbruch gegeben hatte. Vielleicht war er nur seiner Fantasie entsprungen, oder er hatte ihn selbst ausgelöst. Merkwürdige Dinge konnten geschehen, wenn das Verlangen zu groß wurde.

Stefan schloss die Augen. Als er gehört hatte, dass der alte Mann, dem Tode nah, im Krankenhaus lag, war sein Schock zu groß gewesen, um ihn in Worte zu fassen. Wie konnte er so die

Kontrolle über sich verlieren? Fast zu töten, dabei hatte er nicht mehr getötet, seit ...

Er wollte nicht daran denken.

Jetzt stand er in der mitternächtlichen Dunkelheit vor dem Tor des Friedhofs und wollte nichts mehr als sich umdrehen und weggehen. Zurück zum Ball, wo er Caroline zurückgelassen hatte. Caroline, die bei all ihrer dunklen Schönheit sicher war, weil sie ihm absolut nichts bedeutete.

Aber er konnte nicht zurück, denn Elena befand sich auf dem Friedhof. Er konnte sie spüren, konnte ihre steigende Angst fühlen. Elena war in Schwierigkeiten, und er musste sie finden.

Er war halb den Hügel hoch, als ihn der Schwindel überfiel. Schwankend lief er auf die Kirchenruine zu, weil sie das Einzige war, was er noch einigermaßen erkennen konnte. Graue Nebelschleier hüllten seinen Verstand ein, und er musste um jeden Schritt kämpfen. Schwach, er war so schwach. Und hilflos gegen das übermächtige Schwindelgefühl.

Er musste ... Elena finden. Aber er hatte keine Kraft mehr. Er durfte nicht ... schwach sein, wenn er ... Elena helfen wollte. Er musste unbedingt ...

Vor ihm erschien wie ein gähnender Schlund das dunkle Loch der Kirchentür.

Elena blickte auf den Mond über Tylers linker Schulter. Es schien ihr irgendwie passend, dass er das Letzte war, was sie auf dieser Welt sehen würde. Ein Schrei war ihr vor lauter Angst in der Kehle stecken geblieben.

Und dann wurde Tyler hochgerissen und gegen den Grabstein seines Großvaters geschleudert.

Jedenfalls kam es Elena so vor. Keuchend rollte sie sich zur

Seite, hielt mit einer Hand das zerrissene Kleid zusammen und suchte mit der anderen nach einer Waffe.

Sie brauchte keine. Etwas bewegte sich in der Dunkelheit, und sie erkannte, wer Tyler hochgehoben hatte. Stefan Salvatore. Noch nie hatte sie ihn so erlebt. Sein aristokratisches Gesicht war weiß vor Wut. In seinen grünen Augen tanzte ein mörderisches Licht. Auch ohne sich zu bewegen, strahlte er so viel Zorn aus, dass Elena sich jetzt vor ihm mehr fürchtete als vorhin vor Tyler.

„Schon als ich dir zum ersten Mal begegnet bin, war mir klar, dass du nie Manieren lernen würdest", sagte Stefan. Seine Stimme war kalt und leise. Irgendwie machte ihr Klang Elena schwindlig. Sie konnte den Blick nicht abwenden, als Stefan sich Tyler näherte, der benommen den Kopf schüttelte und Anstalten machte, aufzustehen. Stefan bewegte sich leichtfüßig wie ein Tänzer. Er hatte jeden Muskel unter Kontrolle. „Aber ich hatte keine Ahnung, dass du so charakterlos bist."

Tyler war größer und kräftiger als Stefan. Er ballte die Faust, doch bevor er etwas tun konnte, traf Stefans Hand ihn wie nebenbei auf die Wange.

Tyler flog gegen einen anderen Grabstein. Er rappelte sich hoch und blieb keuchend stehen. Blut tropfte aus seiner Nase. Dann griff er wie ein wilder Stier an.

„Ein Gentleman drängt sich niemandem auf", fuhr Stefan fort und schlug zu. Wieder ging Tyler zu Boden und landete mit dem Gesicht nach unten in Unkraut und Dornen. Diesmal stand er langsamer auf. Blut floss jetzt aus beiden Nasenlöchern und aus dem Mund. Er schnaubte wie ein verängstigtes Pferd, als er sich erneut auf Stefan stürzte.

Stefan packte Tyler an den Jackenaufschlägen. Er schüttelte

ihn zweimal hart, während die großen Fäuste seines Gegners um ihn herumwirbelten, unfähig, auch nur einen Treffer zu landen. Dann ließ er Tyler fallen.

„Und er beleidigt keine Frau", setzte er seine Rede fort. Tylers Gesicht war schmerzverzogen, seine Augen rollten, doch er griff nach Stefans Bein. Stefan riss ihn auf die Füße und schüttelte ihn wieder. Tyler wurde schlaff wie eine Marionette, der man die Fäden durchgeschnitten hatte. Er verdrehte die Augen. Stefan redete weiter. Er hielt den schweren Körper aufrecht und unterstrich jedes seiner Worte mit einem heftigen Schütteln. „Und vor allem tut er ihr nicht weh ..."

„Stefan!" schrie Elena. Tylers Kopf wurde bei jedem Mal vor- und zurückgeschleudert. Sie hatte Angst vor dem, was sie sah, Angst vor dem, was Stefan noch tun könnte. Aber am meisten fürchtete sie sich vor Stefans Stimme, dieser kalten Stimme, die einem tanzenden Degen glich, schön, tödlich und absolut unbarmherzig. „Stefan, hör auf!"

Er wandte ihr ruckartig den Kopf zu, überrascht, als hätte er ihre Anwesenheit vergessen. Einen Moment lang sah er sie an, ohne sie zu erkennen. Seine Augen waren im Mondlicht ganz schwarz. Er erinnerte sie an ein Raubtier, einen großen Vogel oder einen geschmeidigen Panther, der keine menschliche Regung kennt. Dann schien ihm plötzlich etwas einzufallen, und sein Blick erhellte sich ein wenig.

Er blickte auf Tylers schwach herabhängenden Kopf und setzte den Jungen sanft gegen den roten Marmorgrabstein. Tylers Knie gaben nach, und er glitt zur Seite. Elena sah jedoch erleichtert, dass sich seine Augen öffneten. Zumindest das linke, das rechte schwoll zu einem Schlitz an.

„Er kommt wieder in Ordnung", erklärte Stefan ausdruckslos.

Als ihre Furcht nachließ, fühlte sich Elena wie ausgelaugt. Das ist der Schock. Wahrscheinlich fange ich gleich an, wie hysterisch zu schreien, dachte sie.

„Kann dich jemand nach Hause bringen?“ Stefans Stimme war immer noch völlig leer.

Elena dachte an Vickie und Dick, die gerade neben Thomas Fells Statue weiß der Himmel was trieben. „Nein“, sagte sie. Ihr Verstand begann wieder zu arbeiten, und sie nahm die Dinge um sie herum wahr.

Ihr violettes Kleid war vorne ganz aufgerissen. Es war ruiniert. Wie mechanisch zog sie es über ihrer Unterwäsche zusammen.

„Ich fahre dich.“

Obwohl sie noch halb betäubt war, spürte Elena doch einen kurzen Moment Angst. Sie sah ihn an, seine Gestalt wirkte selbst zwischen den Grabsteinen merkwürdig elegant, sein Gesicht leuchtete weiß im Mondlicht. Er war ihr noch nie so ... attraktiv vorgekommen, aber seine Schönheit hatte etwas fast Fremdes, direkt Unmenschliches, denn kein Mensch konnte eine derartige Kraft ausstrahlen oder eine solche Unnahbarkeit.

„Danke. Das wäre nett“, antwortete sie langsam. Was blieb ihr sonst übrig?

Sie ließen Tyler zurück, der sich vor Schmerzen stöhnend am Grabstein seines Großvaters hochrappelte. Elena überlief ein weiterer Schauder, als sie den Pfad erreichten und Stefan sich zur Wickery-Brücke wandte.

„Ich habe das Auto bei meiner Pension stehen lassen“, erklärte er. „Das hier ist der schnellste Weg zurück.“

„Bist du auch so hergekommen?“

„Nein, ich habe die Brücke nicht überquert. Aber es ist sicher.“

Elena glaubte ihm. Bleich und schweigend ging er neben ihr. Er berührte sie nur einmal, um ihr sein Jackett über die nackten Schultern zu legen. Mit merkwürdiger Klarheit wusste sie, dass er jeden töten würde, der versuchte, ihr etwas anzutun.

Die Wickery-Brücke lag weiß im Mondlicht da. Unter ihr rauschte das eiskalte Wasser über die uralten Steine. Die ganze Welt war ruhig, wunderschön und kalt, als sie durch die Eichen zu der kleinen Landstraße gingen.

Sie kamen an eingezäuntem Weideland und dunklen Feldern vorbei, bis sie eine lange, gewundene Auffahrt erreichten. Die Pension war ein geräumiges Gebäude aus roten Ziegelsteinen, die aus der Tonerde der Gegend gebrannt worden waren. Rechts und links davon befanden sich uralte Zedern und Ahornbäume. Außer einem Fenster waren alle dunkel.

Stefan schloss eine der Doppeltüren auf, und sie traten in einen kleinen Flur, der direkt zu einer Treppe führte. Das Geländer war wie die Türen aus Eichenholz und so poliert, dass es zu leuchten schien.

Sie gingen die Treppe hoch in den zweiten Stock, der nur spärlich beleuchtet war. Zu Elenas Überraschung führte Stefan sie in eins der Schlafzimmer und öffnete eine Tür, die zu einem Schrank zu gehören schien. Dahinter jedoch befand sich eine sehr steile, sehr enge Treppe.

Was für ein merkwürdiger Ort, dachte sie. Diese geheime Treppe, mitten im Haus verborgen, wo kein Geräusch von außen mehr hineindrang. Sie stieg hinauf und kam in ein großes Zimmer, das den gesamten dritten Stock des Hauses bildete.

Das Licht hier war fast so schlecht wie unten, doch Elena

konnte den befleckten Holzfußboden und die bloßliegenden Balken der schrägen Decke erkennen. An allen Seiten gab es hohe Fenster. Zwischen den wenigen schweren Möbelstücken standen viele große Koffer herum.

Sie merkte, dass er sie beobachtete. „Gibt's hier ein Badezimmer, wo ich ...?"

Er deutete auf eine Tür. Sie nahm das Jackett ab, reichte es ihm, ohne ihn anzusehen, und ging hinein.

8. KAPITEL

Elena war leicht betäubt in das Badezimmer gegangen und hatte einen stillen Dank gemurmelt. Doch als sie wieder rauskam, war sie wütend.

Sie war nicht ganz sicher, wie diese Verwandlung stattgefunden hatte. Aber während sie die Kratzer auf Gesicht und Armen wusch und sauer darüber war, dass es hier keinen Spiegel gab und sie ihre Handtasche bei Tyler im Auto gelassen hatte, kehrten ihre Gefühle zurück. Und was sie fühlte, war Wut.

Zur Hölle mit Stefan Salvatore. So kalt und beherrscht, selbst als er ihr das Leben gerettet hatte. Zur Hölle mit seiner Höflichkeit, seiner Ritterlichkeit und den Mauern um ihn herum, die höher und dicker denn je zu sein schienen.

Sie zog die übrig gebliebenen Nadeln aus ihrem Haar und benutzte sie, um ihr Kleid vorne zusammenzustecken. Dann fuhr sie schnell mit einem verzierten Elfenbeinkamm, den sie beim Becken gefunden hatte, durch ihr offenes Haar. Mit zusammengekniffenen Augen und trotzig vorgerecktem Kinn trat sie aus dem Bad.

Er hatte sein Jackett nicht wieder angezogen. Wartend stand er mit gebeugtem Kopf in seinem weißen Cashmere-Pulli am Fenster und wirkte angespannt. Ohne den Kopf zu heben, deutete er auf ein großes Stück schwarzen Samt, das über einer Stuhllehne hing.

„Vielleicht möchtest du das gern über dein Kleid anziehen."

Es war ein bodenlanger Mantel mit Kapuze, der himmlisch weich war. Elena zog den schweren Stoff über ihre Schultern. Aber dieses Angebot stimmte sie nicht milder. Ihr war aufgefallen, dass Stefan weder näher herangekommen war noch sie angesehen hatte, während er sprach.

Absichtlich forderte sie ihn heraus. Sie kuschelte sich enger in den Mantel und genoss, wie die schweren Falten ihren Körper umhüllten und hinter ihr über den Boden schleiften. Langsam ging sie zu Stefan, stellte sich dicht neben ihn und musterte die schwere Mahagonitruhe beim Fenster.

Darauf lagen ein gefährlich aussehender Dolch mit Elfenbeingriff und ein wunderschöner Achatbecher, der in Silber gefasst war. Außerdem sah sie eine goldene Kugel mit einer Art Zifferblatt und einige Münzen.

Elena nahm eine der Münzen in die Hand. Zum Teil, weil sie sich dafür interessierte, aber auch, weil sie wusste, dass es ihn ärgern würde, wenn sie seine Sachen anfasste. „Was ist das?"

Es dauerte einen Moment, bevor er antwortete. „Ein Goldflorin. Ein Geldstück aus Florenz."

„Und das?"

„Eine deutsche Taschenuhr. Spätes fünfzehntes Jahrhundert", erklärte er abwesend. „Elena ..."

Sie griff nach einer kleinen Eisenkiste, deren Deckel mit einem Scharniergelenk versehen war. „Kann man die öffnen?"

„Nein." Er hatte die Reflexe einer Katze. Seine Hand schlug auf die Kiste und hielt den Deckel fest.

„Das ist privat." Der Stress in seiner Stimme war deutlich hörbar.

Elena bemerkte, dass er nur den Deckel berührte und nicht ihre Hand. Sie hob die Finger, und er zog sich sofort zurück.

Plötzlich war ihre Wut zu groß, um sie noch länger zu unterdrücken. „Vorsicht", zischte sie. „Fass mich bloß nicht an, sonst könntest du dir eine Krankheit holen."

Er wandte sich wieder dem Fenster zu.

Doch selbst während sie zur Mitte des Zimmers zurückging, spürte sie, wie er ihr Spiegelbild in der Scheibe beobachtete. Plötzlich wusste sie, wie sie für ihn aussehen musste, in dem zu großen Mantel, den sie vorn mit einer Hand zusammenhielt, und dem wilden blonden Haar, das offen über den nachtschwarzen Samt fiel. Wie eine Prinzessin, die unter die Räuber gefallen war und jetzt rachedurstig in ihrem Turm herumwanderte.

Sie legte den Kopf weit zurück, um die Falltür in der Treppe zu betrachten, und hörte ein leises Aufseufzen. Als sie sich umwandte, war sein Blick auf ihren nackten Hals gerichtet. Der Blick in seinen Augen verwirrte sie. Aber im nächsten Moment verhärteten sich seine Züge, und er schloss sie wieder aus.

„Ich glaube, ich bringe dich jetzt besser nach Hause", sagte er.

In diesem Augenblick wollte sie nur noch eins, ihn verletzen. Er sollte sich genauso elend fühlen wie sie.

Aber sie wollte auch die Wahrheit. Sie war dieses Spiel leid. Sie war es müde, sich etwas auszudenken, zu planen und zu versuchen, Stefan Salvatores Gedanken zu lesen. Es war beängstigend und gleichzeitig herrlich befreiend, als sie sich die Worte sagen hörte, die sie so lange schon beschäftigt hatten.

„Warum hasst du mich?“

Er starrte sie an. Einen Moment lang schien er sprachlos. „Ich hasse dich nicht“, antwortete er schließlich.

„Doch“, erwiderte Elena. „Ich weiß, es ist nicht gerade ... höflich, so was jemandem ins Gesicht zu sagen, aber das ist mir jetzt egal. Ich weiß, dass ich dir dankbar sein sollte, weil du mir das Leben gerettet hast, auch das ist mir egal. Ich hab dich schließlich nicht darum gebeten. Eigentlich weiß ich gar nicht, warum du überhaupt auf dem Friedhof warst. Und mir ist völlig schleierhaft, aus welchem Grund du es getan hast, wenn deine Gefühle für mich so sind.“

Er schüttelte den Kopf, aber seine Stimme war sanft. „Ich hasse dich nicht.“

„Von Anfang an hast du mich gemieden, als wäre ich ... eine Aussätzige. Ich wollte freundlich zu dir sein, aber was war der Dank dafür? Benimmt sich so ein Gentleman, wenn jemand ihn willkommen heißen will?“

Er wollte jetzt etwas sagen, aber Elena überrumpelte ihn einfach: „Du hast mich mehrmals vor der ganzen Meute bloßgestellt, du hast mich in der Schule gedemütigt. Du würdest auch jetzt nicht mit mir sprechen, wenn es nicht um Leben und Tod gegangen wäre. Muss man so weit gehen, um dir ein Wort zu entlocken? Muss man sich fast umbringen lassen? Und selbst jetzt meidest du meine Nähe“, fuhr sie bitter fort. „Was ist los mit dir, Stefan Salvatore, dass du ein solches Leben führen musst? Dass du Mauern um dich errichten musst, damit die anderen nur ja draußen bleiben? Dass du niemandem trauen kannst? Was stimmt nicht mit dir?“

Er schwieg jetzt mit abgewandtem Gesicht. Sie holte tief Luft, richtete die Schultern auf und hielt den Kopf hoch, obwohl in ihren Augen Tränen brannten. „Und was stimmt nicht mit mir“, fügte sie leiser hinzu, „dass du mich nicht einmal ansehen willst, aber zulässt, dass Caroline Forbes praktisch über dich herfällt? Zumindest habe ich ein Recht, es zu erfahren. Danach werde ich dich nie wieder belästigen. Ich werde dich sogar in der Schule nicht mehr ansprechen, aber ich will die Wahrheit wissen, bevor ich gehe. Warum hasst du mich so sehr, Stefan?“

Er drehte sich langsam um und hob den Kopf. Sein Blick war leer, und Elena wurde wider Willen von der Qual berührt, die seine Züge überschattete.

Er hatte seine Stimme gerade noch unter Kontrolle. Sie konnte hören, wie viel Mühe ihn das kostete.

„Ja“, begann er. „Ich glaube, du hast ein Recht, es zu erfahren, Elena.“ Er sah ihr in die Augen, und sie dachte: So schlimm? Was kann so schlimm sein?

„Ich hasse dich nicht.“ Er betonte jedes Wort sorgfältig. „Ich habe dich niemals gehasst. Aber du ... erinnerst mich an jemanden.“

Elena war total überrascht. Was immer sie auch erwartet hatte, das war es nicht gewesen. „Ich erinnere dich an jemanden, den du kennst?“

„Den ich gekannt habe“, antwortete er leise. „Aber“, fügte er so langsam hinzu, als müsste er sich erst selbst über etwas klar werden, „du bist eigentlich nicht wie sie. Vom Aussehen her schon, aber sie war zart, zerbrechlich. Und sehr verletzlich, innerlich wie äußerlich.“

„Und ich bin das nicht?“

Er gab ein Geräusch von sich, das wie ein Lachen klang. Nur lag keine Spur Humor darin. „Nein. Du bist eine Kämpferin. Du bist ganz ... du selbst.“

Elena schwieg einen Moment. Den Schmerz in seinem Gesicht sehend, konnte sie nicht länger zornig sein. „Du hast ihr sehr nahe gestanden?“

„Ja.“

„Was ist passiert?“

Es entstand eine Pause, so lang, dass Elena fürchtete, er würde ihr nicht antworten. Schließlich sagte er: „Sie starb.“

Elena atmete hörbar aus. Auch der letzte Rest Wut war jetzt verschwunden. „Das muss ja schrecklich für dich gewesen sein“, sagte sie leise und dachte an den weißen Grabstein ihrer Eltern. „Es tut mir Leid.“

Er schwieg. Sein Gesicht war wieder verschlossen. Er schien in weite Ferne zu blicken und dort etwas zu sehen. Etwas Schreckliches und Herzzerreißendes, was nur für ihn allein bestimmt war. Aber es lag nicht nur Trauer in seinem Blick. Hinter all den Mauern, hinter seiner mühsam aufrecht gehaltenen Selbstbeherrschung spürte Elena die Schuldgefühle und die Einsamkeit. Stefans Blick war so verloren und gehetzt, dass sie zu ihm ging, bevor sie wusste, was sie da tat.

„Stefan“, flüsterte sie. Versunken in seinen eigenen Schmerz, schien er sie nicht zu hören.

Elena legte unwillkürlich ihre Hand auf seinen Arm. „Stefan, ich weiß, wie weh das tun kann ...“

„Nichts weißt du!“ explodierte er. Seine ganze Beherrschtheit verwandelte sich in puren Zorn. Er blickte auf Elenas Hand, als habe er gerade erst gemerkt, dass sie gewagt hatte, ihn anzufassen. Die Pupillen seiner grünen Augen waren unnatürlich erweitert, als er ihren Griff abschüttelte und gleichzeitig den Arm hob, um zu verhindern, dass sie ihn wieder berührte ...

Doch irgendwie hielt er plötzlich stattdessen ihre Hand. Seine Finger waren so fest um ihre geschlungen, als wollte er sie nie mehr loslassen. Er schaute verwundert auf ihre miteinander verbundenen Hände. Langsam wanderte sein Blick zu Elenas Gesicht.

„Elena ...", flüsterte er. In seinen Augen las sie, dass er nicht länger kämpfen konnte. Sein Widerstand war gebrochen, die Mauern fielen zusammen, und sie sah, was sich dahinter befand. Und dann beugte er wie hilflos den Kopf, um ihre Lippen zu berühren.

„Warte mal hier", sagte Bonnie. „Ich glaube, ich hab was gesehen."

Matts verbeulter Ford fuhr langsamer und näherte sich der Straßenseite, wo sich dichtes Gebüsch befand. Etwas Weißes schimmerte durch und kam auf sie zu.

„Oh, nein. Es ist Vickie Bennett", rief Meredith.

Das Mädchen stolperte ins Scheinwerferlicht und blieb schwankend stehen, während Matt scharf bremste. Vickies hellbraunes Haar war völlig durcheinander, und ihre Augen blickten glasig aus einem Gesicht, das schmutzbeschmiert war. Sie trug nur noch ihre dünne weiße Unterwäsche.

„Schafft sie ins Auto", befahl Matt. Meredith öffnete bereits die Tür. Sie sprang hinaus und lief auf das benommene Mädchen zu.

„Vickie, bist du okay? Was ist mit dir geschehen?"

Vickie stöhnte und starrte geradeaus. Dann plötzlich schien sie Meredith zu erkennen und klammerte sich an sie. Ihre Fingernägel gruben sich in Merediths Arme.

„Schnell weg hier." Ihre Stimme klang fremd und belegt, als hätte sie etwas im Mund. „Ihr alle, schnell weg hier. Es kommt!"

„Was kommt, Vickie? Wo ist Elena?"

„Wir müssen fort ..."

Meredith blickte die Straße entlang und führte das zitternde Mädchen zurück zum Auto. „Wir werden dich von hier fortbringen", versuchte sie Vickie zu beruhigen. „Aber du musst uns erzählen, was passiert ist. Bonnie, gib mir deinen Schal. Sie ist total durchgefroren."

„Und verletzt", fügte Matt grimmig hinzu. „Außerdem hat sie einen Schock. Die Frage ist, wo sind die anderen? Vickie, war Elena bei dir?"

Vickie schluchzte und verbarg das Gesicht in den Händen, während Meredith ihr Bonnies pinkfarbene Stola um die Schultern legte. „Nein ... Dick", stieß Vickie hervor. Das Reden schien ihr Schmerzen zu bereiten. „Wir waren in der Kirche ... Es war schrecklich. Es kam ... wie Nebel. Schwarzer Nebel. Und Augen. Ich sah seine Augen in der Dunkelheit glühen. So heiß. Sie haben mich verbrannt ..."

„Sie fantasiert", erklärte Bonnie nüchtern. „Völlig hysterisch. Oder wie man's sonst nennen will."

Matt sprach ganz langsam und deutlich. „Vickie, bitte sag uns nur eins. Wo ist Elena? Was ist mit ihr geschehen?"

„Ich weiß es nicht. Ehrlich." Vickie hob ihr tränenbeschmiertes Gesicht. „Dick und ich waren allein. Wir haben ... dann war es plötzlich überall um uns herum. Ich konnte nicht fortlaufen. Elena hat behauptet, das Grab hätte sich geöffnet. Vielleicht ist es dorther gekommen. Es war entsetzlich ..."

„Sie waren auf dem Friedhof in der Kirchenruine", übersetzte Meredith das Gestammel. „Und Elena war bei ihnen. Schaut euch das mal an.“ Im Deckenlicht des Autos konnten sie die frischen, tiefen Kratzer erkennen, die von Vickies Hals hinunter bis zu ihrem Spitzen-BH liefen.

„Das sieht aus wie von einem Tier“, meinte Bonnie. „Wie die Krallen einer Katze, zum Beispiel.“

„Es war keine Katze, die sich den Alten unter der Brücke vorgeknöpft hat“, sagte Matt. Sein Gesicht war bleich und angespannt.

Meredith folgte seinem Blick die Straße hinunter und schüttelte den Kopf.

„Matt, wir müssen zuerst zurück. Das ist unsere Pflicht“, erklärte sie eindringlich. „Hör auf mich. Ich mach mir genauso große Sorgen um Elena wie du. Aber Vickie braucht einen Arzt, und wir müssen die Polizei verständigen. Wir haben keine andere Wahl. Wir müssen zurück.“

Matt starrte noch einen langen Moment die dunkle Straße entlang, dann atmete er seufzend aus. Er schlug die Wagentür heftig zu, ließ ruckartig den Motor an und wendete.

Auf dem ganzen Weg in die Stadt stammelte Vickie stöhnend etwas von glühenden Augen. Elena spürte Stefans Lippen auf ihren.

Und ... es war so einfach. Alle Fragen waren beantwortet, alle Ängste beschwichtigt und alle Zweifel beseitigt. Was sie fühlte, war nicht nur Leidenschaft, sondern auch überwältigende Zärtlichkeit und eine Liebe, die so stark war, dass sie davon bis ins Mark erschüttert wurde. Das Ausmaß ihrer Gefühle hätte ihr Angst einjagen können. Aber während sie bei ihm war, fürchtete sie sich vor nichts.

Sie war nach Hause gekommen.

Hier gehörte sie hin, und endlich hatte sie es gefunden. Ihr Platz war an Stefans Seite.

Er zog sich ein wenig zurück, und sie fühlte, wie er zitterte.

„Oh, Elena“, flüsterte er gegen ihre Lippen. „Wir können nicht ...“

„Es ist bereits geschehen“, antwortete sie leise und zog ihn wieder an sich.

Es war fast so, dass sie seine Gedanken hören, seine Gefühle spüren konnte. Eine Welle von Lust und Begehren trug sie davon, band sie fester aneinander. Doch Elena erkannte auch, was ihn noch bewegte. Er wollte sie für immer festhalten, sie vor allem Bösen beschützen. Er wollte sein Leben mit ihrem verbinden.

Sie fühlte den sanften Druck seiner Lippen auf ihren, und was er in ihr auslöste, war so süß, dass sie es kaum ertragen konnte. Ja, dachte sie. Stefans Liebe hüllte sie ein, erwärmte sie und erhellte jede dunkle Ecke ihrer Seele wie die Sonne. Sie zitterte vor Liebe und vor Verlangen.

Er hob langsam den Kopf, als könnte er es nicht ertragen, von ihr getrennt zu sein. Sie sahen sich an mit Blicken, in denen sich kindliche Verwunderung mit grenzenloser Freude mischte.

Worte waren unnötig. Er strich ihr so sanft übers Haar, als hätte er Angst, sie könnte unter seinen Händen zerbrechen. Elena wusste jetzt, dass es nicht Hass gewesen war, weswegen er sie so lange gemieden hatte. Nein, Hass war es nicht gewesen.

Elena hatte keine Ahnung, wie viel Zeit vergangen war, bis sie wieder leise die Treppen der Pension hinunterstiegen. Zu jedem anderen Zeitpunkt wäre sie begeistert gewesen, in Stefans schwarzen Sportwagen einsteigen zu können. Aber heute

Nacht achtete sie kaum darauf. Stefan hielt ihre Hand, während sie durch die verlassenen Straßen fuhren.

Das Erste, was Elena sah, als sie sich ihrem Haus näherten, waren die Lichter.

„Die Polizei ist da." Ihre Stimme gehorchte ihr nicht gleich. Es war merkwürdig, nach so langem Schweigen wieder zu sprechen. „Und Roberts Auto steht in der Einfahrt. Matts auch", fügte sie hinzu. Sie sah Stefan an, und der Friede, der sie erfüllt hatte, schien plötzlich zerbrechlich. „Ich frage mich, was passiert ist. Glaubst du, Tyler hat ihnen schon alles erzählt?"

„Selbst Tyler würde nicht so blöd sein", erwiderte Stefan.

Er parkte hinter einem der Polizeiautos. Elena ließ widerwillig seine Hand los. Sie wünschte sich von ganzem Herzen, dass sie und Stefan allein sein könnten, dass sie sich nie mehr der Welt stellen mussten.

Doch es half nichts. Sie gingen zur Haustür, die offen stand. Drinnen war alles hell erleuchtet.

Elena trat ein. Dutzende von Köpfen fuhren herum. Sie sah sich plötzlich selbst da in der Tür stehen, in dem langen, schwarzen Samtmantel, mit Stefan Salvatore an ihrer Seite. Dann stieß Tante Judith einen Schrei aus, riss sie in ihre Arme, schüttelte sie und umarmte sie gleichzeitig.

„Elena! Gott sei Dank, dir ist nichts geschehen. Wo bist du gewesen? Warum hast du nicht angerufen? Kannst du dir vorstellen, was wir deinetwegen durchgemacht haben?"

Elena blickte sich verwirrt im Zimmer um. Sie verstand nichts.

„Wir sind froh, dass du wieder da bist", mischte Robert sich ruhig ein.

„Ich war mit Stefan in seiner Pension", erklärte sie langsam.

„Tante Judith, das ist Stefan Salvatore. Er hat dort ein Zimmer gemietet. Er hat mich zurückgebracht."

„Danke", sagte Tante Judith zu Stefan über Elenas Kopf hinweg. Sie trat einen Schritt zurück und musterte Elena. „Aber dein Kleid, dein Haar ... Was ist passiert?"

„Wisst ihr es denn nicht? Dann hat Tyler euch nichts erzählt? Aber warum ist die Polizei da?" Elena drängte sich instinktiv enger an Stefan. Sie fühlte, wie auch er, um sie zu beschützen, näher zu ihr kam.

„Die Beamten sind da, weil Vickie Bennett heute Nacht auf dem Friedhof überfallen worden ist", erklärte Matt. Er, Bonnie und Meredith standen hinter Tante Judith und Robert. Die drei sahen erleichtert, ein wenig verlegen und sehr, sehr müde aus. „Wir haben sie vor ungefähr zwei, drei Stunden gefunden und seither nach dir gesucht."

„Überfallen?" rief Elena erstaunt. „Von wem?"

„Keine Ahnung", erwiderte Meredith.

„Nun, vielleicht ist alles nur halb so schlimm", tröstete Robert. „Der Arzt sagt, dass sie einen schlimmen Schock hat. Außerdem hatte sie Alkohol im Blut. Kann sein, dass sie sich alles nur eingebildet hat."

„Diese Kratzer waren echt", warf Matt höflich, aber beharrlich ein.

„Welche Kratzer? Wovon redet ihr?" fragte Elena und sah einen nach dem anderen an.

„Okay, ich erklär's dir." Meredith erzählte in kurzen Worten, wie sie und die anderen Vickie gefunden hatten. „Sie hat andauernd wiederholt, dass sie nicht weiß, wo du bist, und dass sie mit Dick allein war, als es geschah. Wir brachten sie zurück, aber der Arzt konnte auch keinen Hinweis finden, was genau passiert war. Abgesehen von den Kratzern ist sie unverletzt, und die könnten auch von einer Katze stammen."

„Und sie hatte keine anderen Wunden?" fragte Stefan scharf. Es war das erste Mal, dass er sich zu Wort meldete, seit sie das Haus betreten hatten. Elena sah ihn an, überrascht von seinem Tonfall.

„Nein", erwiderte Meredith. „Natürlich zieht ihr eine Katze nicht die Kleider aus. Aber das könnte Dick getan haben. Ach, noch was, ihre Zunge war zerbissen."

„Was?" Elena fasste es nicht.

„Ja. Ziemlich schlimm. Muss höllisch geblutet haben. Und sie hat Schmerzen, wenn sie redet."

Stefan war neben Elena ganz still geworden. „Hat sie eine Erklärung dafür, was passiert ist?"

„Sie war hysterisch", sagte Matt. „Total hysterisch. Man kriegte kein klares Wort aus ihr heraus. Sie faselte was von Augen, dunklem Nebel und dass sie nicht davonlaufen konnte. Der Arzt hält das für eine Art Halluzination, er hat ihr ein Mittel zur Beruhigung gegeben. Aber die Fakten sind, dass Dick und sie allein um Mitternacht in der Kirchenruine beim Friedhof waren und dass etwas hereingekommen ist und sie angegriffen hat."

„Dick ist nichts geschehen", fügte Bonnie hinzu. „Das zeigt zumindest, dass der Täter Geschmack hatte. Die Polizei fand Dick bewusstlos auf dem Kirchenboden. Er erinnert sich an nichts."

Aber Elena hörte die letzten Worte kaum. Stefans Verhalten hatte sich dramatisch verändert.

Sie hatte keine Ahnung, woher sie es wusste, aber sie war sich ganz sicher. Bei Matts letzten Worten hatte er sich plötzlich angespannt, und obwohl er sich nicht bewegt hatte, kam es ihr so vor, als würden sie mit einem Mal Welten trennen.

„In der Kirche, Matt?“ fragte er mit dieser schrecklich kalten, gefassten Stimme, die sie schon vorhin in seinem Zimmer gehört hatte.

„Ja, in der alten Ruine.“

„Bist du sicher, dass sie gesagt hat, es war um Mitternacht?“

„Ganz genau wusste sie es nicht, aber irgendwann um den Zeitpunkt muss es gewesen sein. Wir haben sie kurz nachher gefunden. Warum?“

Stefan schwieg. Elena fühlte, wie sich die Kluft zwischen ihnen vergrößerte. „Stefan“, flüsterte sie drängend. Dann sagte sie lauter und fast verzweifelt: „Stefan, was ist?“

Er schüttelte den Kopf. Schließ mich nicht aus, dachte sie, doch er sah sie nicht einmal an. „Wird sie überleben?“ fragte er abrupt.

„Der Arzt hat nichts weiter an ihr festgestellt. Niemand hat behauptet, dass Vickie sterben könnte“, erwiderte Matt.

Stefan nickte kurz, dann wandte er sich an Elena. „Ich muss gehen. Du bist jetzt in Sicherheit.“

Sie nahm seine Hand, als er sich umdrehte. „Natürlich bin ich in Sicherheit. Dank dir.“

„Ja“, erwiderte er. Aber in seinen Augen lag keine Antwort. Sie waren glanzlos und verhangen.

„Ruf mich morgen an.“ Sie drückte seine Hand und versuchte, unter den wachen Blicken der anderen ihre wahren Gefühle zu verbergen. Sie zwang ihn dazu, es zu verstehen.

Er schaute ausdruckslos auf ihre Hände, dann langsam wieder zu ihr.

Schließlich erwiderte er den Druck ihrer Finger. „Ja, Elena“, flüsterte er und sah sie sehnsüchtig an. Eine Minute später war er gegangen.

Sie holte tief Luft und wandte sich wieder dem überfüllten Zimmer zu. Tante Judith hielt sich immer noch in ihrer Nähe auf, den Blick auf das gerichtet, was sie unter dem Samtmantel von dem zerrissenen Kleid sehen konnte.

„Elena?“ fragte sie. „Was ist passiert?“ Sie schaute zu der Tür, durch die Stefan gerade verschwunden war.

Elena drängte ein hysterisches Lachen zurück. „Stefan hat es nicht getan. Stefan hat mich gerettet.“ Dann verhärtete sich ihr Gesicht, und sie schaute zu dem Polizeibeamten hinter Tante Judith. „Es war Tyler. Tyler Smallwood.“

9. KAPITEL

Sie war nicht die wiedergeborene Katherine. Während Stefan im dunkelvioletten Zwielicht kurz vor der Morgendämmerung zu seiner Pension zurückfuhr, dachte er darüber nach.

Er hatte es zu ihr gesagt, und es war die Wahrheit. Aber erst jetzt fiel ihm auf, wie lange er gebraucht hatte, um zu diesem Schluss zu kommen. Er hatte jeden Atemzug, jede Bewegung Elenas in den letzten Wochen beobachtet und jeden Unterschied registriert.

Ihr Haar war ein, zwei Schattierungen heller als Katherines, ihre Augenbrauen und Wimpern dunkler. Katherines Wimpern waren fast silbern gewesen. Und Elena war gut eine Hand breit größer als Katherine. Sie bewegte sich mit mehr Selbstverständlichkeit, denn die Mädchen dieses Jahrhunderts waren freier und selbstbewusster.

Sogar ihre Augen, diese Augen, die ihn am ersten Tag fast gelähmt hatten aufgrund der großen Ähnlichkeit, waren eigentlich nicht dieselben. Katherines Blick war meistens von einer kindlichen Verwunderung erfüllt gewesen oder gesenkt, wie es sich für ein junges Mädchen des fünfzehnten Jahrhunderts ziemte. Aber Elena sah einen offen an, ohne zu blinzeln. Und manchmal verengten sich ihre Augen, wenn sie einen Entschluss gefasst hatte oder eine Herausforderung annahm. Bei Katherine war das nie geschehen.

In Anmut, Schönheit und der Faszination, die von ihnen ausging, waren sie absolut gleich. Doch während Katherine ein weißes Kätzchen gewesen war, glich Elena einer schneeweißen Tigerin.

Als Stefan an den dunklen Schatten der Ahornbäume vorbeifuhr, zuckte er vor den aufsteigenden Erinnerungen zurück, die ihn zu überwältigen drohten. Nein, er wollte jetzt nicht daran denken. Aber die Bilder begannen sich schon vor seinem geistigen Auge zu entfalten. Es war, als ob ein Buch aufgeschlagen worden war, und er konnte nichts anderes tun, als hilflos auf die Seiten starren, während in seinem Kopf die Geschichte begann.

Weiß, Katherine hatte an diesem Tag Weiß getragen. Ein neues Kleid aus venezianischer Seide, die Ärmel waren aufgeschlitzt, um das feine Leinenhemd darunter zu zeigen. Um den Hals hatte sie eine Kette aus Gold und Perlen geschlungen, und kleine Perlenohrringe tanzten an ihren Ohren.

Sie hatte sich so gefreut über das neue Kleid, das ihr Vater extra für sie hatte schneidern lassen. Sie hatte sich vor Stefan im Kreis gedreht und den weiten, bodenlangen Rock hochgehoben, damit er den Brokatunterrock darunter sehen konnte ...

„Schau, mein Vater hat meine Anfangsbuchstaben einsticken lassen. Mein lieber Papa ..." Ihre Stimme verklang, und sie hörte auf, sich zu drehen. „Was ist los, Stefan? Du lächelst nicht einmal."

Er brauchte sich keine Mühe zu geben. Ihr Anblick, eine fast unirdische Erscheinung aus Weiß und Gold, verursachte ihm körperliche Schmerzen. Wenn er sie verlor, wusste er nicht, wie er weiterleben sollte.

Seine Finger krampften sich um das glatte Metallgeländer. „Wie kann ich lächeln, Katherine? Wie kann ich überhaupt glücklich sein, wenn ...?"

„Wenn?"

„Wenn ich zusehen muss, wie du Damon anschaust." Da, jetzt war es heraus. Gequält fuhr er fort: „Bevor Damon nach Hause kam, waren wir jeden Tag zusammen. Unsere Väter waren erfreut und sprachen bereits von Heirat. Aber jetzt werden die Tage kürzer, der Sommer ist fast vorbei ... und du verbringst genauso viel Zeit mit Damon wie mit mir. Der einzige Grund, warum Vater ihm erlaubt, hier zu bleiben, ist, weil du ihn darum gebeten hast. Warum hast du das getan, Katherine? Ich dachte, du fühlst etwas für mich."

Ihre blauen Augen blickten entsetzt. „Aber ich mag dich, Stefan. Oh, das weißt du doch!"

„Warum hast du dann bei meinem Vater für Damon ein Wort eingelegt? Wenn du nicht gewesen wärst, hätte er Damon auf die Straße geworfen ..."

„Was dich sicher sehr gefreut hätte, kleiner Bruder." Die Stimme, die von der Tür her kam, war sanft und überheblich. Doch als Stefan sich umwandte, sah er, dass Damons dunkle Augen vor Wut brannten.

„Nein, das ist nicht wahr", warf Katherine schnell ein. „Stefan würde sich nie wünschen, dass dir etwas geschieht."

Damons Lippen zuckten, und er warf Stefan einen spöttischen Blick zu, während er an Katherines Seite trat. „Vielleicht nicht", sagte er zu ihr. Sein Tonfall wurde eine Spur freundlicher. „Aber mein Bruder hat in einem Recht. Die Tage werden kürzer, und dein Vater wird Florenz bald verlassen. Er wird dich mitnehmen, wenn du keinen triftigen Grund hast, hier zu bleiben."

Wenn du keinen Ehemann hast, der sich um dich kümmert. Die Worten blieben ungesprochen, aber alle drei hörten sie. Der Graf würde seine geliebte Tochter nie zu einer Heirat gegen ihren Willen zwingen. Am Ende würde es Katherines Entscheidung sein. Katherines Wahl.

Jetzt, wo das Thema einmal angeschnitten war, konnte Stefan nicht länger schweigen. „Katherine weiß, dass sie ihren Vater bald verlassen muss", begann er und protzte mit seinem geheimen Wissen. Aber sein Bruder unterbrach ihn.

„Klar. Der alte Herr wird misstrauisch", sagte er wie beiläufig. „Selbst der liebevollste Vater wird sich irgendwann einmal fragen, warum sein Töchterchen sich nur bei Nacht zeigt."

Eine Mischung aus Zorn und Schmerz packte Stefan. Es stimmte also, Damon wusste alles. Katherine hatte ihr Geheimnis auch seinem Bruder anvertraut.

„Warum hast du es ihm erzählt, Katherine? Warum? Was siehst du in ihm, einem Mann, für den nur das eigene Vergnügen zählt? Wie kann er dich glücklich machen, wenn er nur an sich selbst denkt?"

„Und wie kann dieser Junge dich glücklich machen, der keine Ahnung von der Welt hat?" unterbrach Damon voller Verachtung. „Wie kann er dich beschützen, wenn er die Wirklichkeit da draußen gar nicht kennt? Er hat sein ganzes Leben unter Büchern und Gemälden verbracht. Lassen wir ihn dort."

Katherine schüttelte kummervoll den Kopf. Tränen standen in ihren blauen Augen.

„Keiner von euch versteht mich", sagte sie. „Ihr glaubt, ich kann heiraten und mich hier in Florenz niederlassen wie jede andere Adlige. Aber ich bin nicht wie die anderen Damen. Wie kann ich einen Haushalt leiten, mit Dienstboten, die jeden meiner Schritte beobachten? Wie könnte ich nur an einem Ort wohnen, wo die Menschen sehen können, dass ich nicht älter werde? Für mich wird es kein normales Leben geben."

Sie holte tief Luft und sah einen nach dem anderen an. „Wer mein Mann werden will, muss das Leben im Sonnenschein aufgeben", flüsterte sie. „Er muss den Mond und die Stunden der Dunkelheit wählen."

„Dann wähle du jemanden, der keine Angst vor den Schatten hat", warf Damon ein. Stefan war überrascht von seinem eindringlichen Tonfall. Er hatte Damon noch nie mit so viel Ernst und solcher Ehrlichkeit reden hören. „Sieh dir meinen Bruder an, Katherine. Wird er es schaffen, das Sonnenlicht aufzugeben? Er hängt zu sehr an den normalen Dingen: an seinen Freunden, seiner Familie, seinem Pflichtgefühl der Heimatstadt Florenz gegenüber. Die Dunkelheit würde ihn vernichten."

„Lügner!" schrie Stefan. Er kochte vor Wut. „Ich bin so stark wie du, Bruder, und ich fürchte nichts, weder bei Tag noch bei Nacht. Ich liebe Katherine mehr als meine Freunde oder meine Familie ..."

„Oder dein Pflichtgefühl? Liebst du sie genug, um auch das aufzugeben?"

„Ja“, verteidigte Stefan sich. „Genug, um alles aufzugeben.“

Damon lächelte eins seiner plötzlichen, rätselhaften Lächeln. Dann wandte er sich an Katherine. „Es scheint, dass die Wahl ganz bei dir liegt. Du hast zwei Verehrer, die um deine Hand anhalten. Wirst du einen von uns nehmen oder keinen?“

Katherine senkte einen Moment den Kopf. Dann blickte sie beide tränenerfüllt an. „Gebt mir bis Sonntag Bedenkzeit. Und bis dahin quält mich nicht mit Fragen.“

Stefan nickte zögernd. „Und Sonntag?“ wollte Damon wissen.

„Sonntag Abend bei Anbruch der Dämmerung werde ich meine Wahl treffen.“ Die Dämmerung ... die tiefe, violette Dunkelheit des Zwielichts ...

Am Himmel wurde es langsam hell. Stefan kam wieder zu sich. Es war die Morgendämmerung, nicht die Abenddämmerung, die gerade anbrach. In Gedanken verloren war er zum Waldrand gefahren.

Im Nordwesten konnte er die Wickery-Brücke und den Friedhof sehen. Neue Erinnerungen ließen seinen Puls höher schlagen.

Er hatte Damon ins Gesicht geschleudert, dass er alles für Katherine aufgeben würde. Und genau das hatte er getan. Ihretwillen war er zu einem Geschöpf der Nacht geworden. Ein Jäger, dazu verdammt, immer selbst gejagt zu werden, ein Dieb, der Leben stehlen musste, um seinen Hunger zu stillen.

Und nun auch noch ein Mörder?

Nein, man hatte gesagt, dass das Mädchen Vickie nicht sterben würde. Aber vielleicht sein nächstes Opfer. Das Schlimmste an dem letzten Überfall war, dass er nicht wusste, was geschehen war. Er erinnerte sich an seine Schwäche, an die riesige Not und daran, dass er durch die offene Kirchentür gestolpert war. Aber an nichts hinterher. Er war erst wieder zu sich gekommen, als er Elenas Todesangst spürte. Und dann war er zu ihr gerannt, ohne sich damit aufzuhalten, was passiert sein könnte.

Elena ... Einen Moment lang fühlte er so große Freude, ja sogar Ehrfurcht, dass er alles andere vergaß. Elena, warm wie das Sonnenlicht, weich wie der Morgen und doch mit einem Rückgrat aus Stahl, das nicht gebrochen werden konnte. Sie war wie ein Feuer, das im Eis brannte, wie die scharfe Klinge eines silbernen Dolches.

Aber hatte er das Recht, sie zu lieben? Schon seine Gefühle für sie brachten sie in Gefahr. Was würde geschehen, wenn seine Not wieder zu groß wurde und Elena das einzige menschliche Wesen in seiner Nähe war, das ihm die lebensnotwendigen Kräfte spenden konnte?

Ich werde sterben, bevor ich sie anrühre, dachte er sich. Bevor ich ihre Adern berühre, verdurste ich lieber. Und ich schwöre, dass sie mein Geheimnis niemals kennen lernen wird. Sie soll meinetwegen nie das Sonnenlicht aufgeben müssen.

Hinter Stefan wurde es am Himmel hell. Aber bevor er wegfuhr, benutzte er seine telepathischen Kräfte und schickte sie auf die Suche nach einem verwandten Wesen, das sich vielleicht in der Nähe befand. Er suchte nach einer anderen Lösung für das, was in der Kirche geschehen war.

Aber es gab nicht den Hauch einer Antwort. Der Friedhof verspottete ihn mit seiner völligen Stille.

Die Sonne schien hell in ihr Zimmer, und Elena erwachte. Sie fühlte sich, als hätte sie gerade eine schwere Grippe hinter sich, und gleichzeitig freute sie sich, als wäre es der Weihnachtsmorgen. Während sie sich aufsetzte, überschlugen sich ihre Gedanken.

Aua. Der ganze Körper tat ihr weh. Aber sie und Stefan ... das brachte alles wieder in Ordnung. Dieser betrunkene Wüstling Tyler ... Ach was, der zählte nicht mehr. Nichts war mehr wichtig, nur noch, dass Stefan sie liebte.

Im Nachthemd stieg sie die Treppe hinunter. An den Sonnenstrahlen, die durch die großen Fenster fielen, erkannte sie, dass sie sehr lange geschlafen haben musste. Tante Judith und Margaret waren im Wohnzimmer.

„Guten Morgen, Tante Judith." Elena umarmte die überraschte Tante herzlich. „Und guten Morgen, Mäusekind." Sie hob Margaret hoch und tanzte mit ihr durchs Zimmer. „Da ist ja auch noch Robert. Guten Morgen!" Selbst ein wenig peinlich berührt von ihrem überschäumenden Ausbruch und der Tatsache, dass sie nur das dünne Nachthemd trug, floh sie in die Küche.

Tante Judith folgte ihr. Obwohl sie dunkle Ringe unter den Augen hatte, lächelte sie. „Du scheinst ja heute Morgen sehr gute Laune zu haben."

„Ja, das stimmt." Elena umarmte sie erneut, um sich für die dunklen Ringe zu entschuldigen.

„Du weißt, dass wir noch einmal wegen Tyler zum Sheriff müssen."

„Ja." Elena holte eine Flasche Saft aus dem Kühlschrank und goss sich ein Glas ein. „Aber kann ich erst zu Vickie Bennett rübergehen? Sie muss völlig aufgelöst sein, besonders, da ihr niemand glaubt."

„Glaubst du ihr?"

„Ja", sagte sie langsam. „Ich glaube ihr. Und, Tante Judith", fügte sie nach kurzem Zögern hinzu, „auch mir ist in der Kirche etwas passiert. Es kam mir so vor ...“

„Elena! Bonnie und Meredith sind hier für dich“, rief Robert vom Flur her.

Der Moment der Vertrautheit war vorbei. „Oh, ... schick sie rein“, antwortete Elena und trank einen Schluck Orangensaft. „Ich erzähl's dir später, Tante Judith“, versprach sie, während sich Schritte der Küche näherten.

Bonnie und Meredith blieben ungewohnt steif in der Tür stehen. Auch Elena fühlte sich ein wenig befangen. Sie redete erst, als ihre Tante die Küche verlassen hatte.

Dann räusperte sie sich, den Blick auf eine abgenutzte Platte des Linoleumbodens gerichtet. Als sie kurz hochsah, merkte sie, dass Bonnie und Meredith auf dieselbe Stelle starrten.

Sie lachte, und beide sahen sie an.

„Ich bin zu glücklich, um mich zu verteidigen“, erklärte sie und breitete die Arme für die beiden aus. „Ich weiß, dass ich mich entschuldigen sollte für das, was ich gesagt hab. Und ehrlich, es tut mir Leid. Aber deshalb werde ich nicht den Rest des Tages Asche auf mein Haupt streuen. Ich war entsetzlich, ich verdiene, dass man mich hinrichtet, okay. Können wir jetzt nicht so tun, als ob es nie passiert wäre?“

„Du solltest dich schämen, einfach so von uns wegzulaufen“, schimpfte Bonnie, während die drei sich in einer Umarmung verstrickten.

„Und ausgerechnet mit Tyler Smallwood“, fügte Meredith hinzu.

„Was das betrifft, habe ich meine Lektion gelernt“, erwiderte Elena. Einen Moment lang verdunkelte sich ihr Gesicht. Dann lachte Bonnie plötzlich.

„Und du hast dir nebenbei einen großen Fisch geangelt. Stefan Salvatore! War das ein dramatischer Auftritt. Als du mit ihm zur Tür reinkamst, hab ich gedacht, ich hab 'ne Erscheinung. Wie hast du das bloß angestellt?"

„Ich hab gar nichts gemacht. Er kam einfach im richtigen Moment vorbei, wie die Kavallerie in alten Westernfilmen."

„Um deine Ehre zu verteidigen", schwärmte Bonnie. „Was könnte aufregender sein?"

„Na, da fallen mir auf Anhieb ein, zwei Sachen ein", sagte Meredith nüchtern. „Aber vielleicht hat Elena die auch schon abgehakt."

„Ich werde euch alles erzählen." Elena ließ die Freundinnen los und trat einen Schritt zurück. „Aber kommt ihr erst mit mir zu Vickie? Ich möchte mit ihr reden."

„Du kannst erst mal mit uns reden, während du dich anziehst, dir die Zähne putzt und so weiter", erklärte Bonnie fest. „Und wenn du auch nur eine Kleinigkeit auslässt, wirst du dich vor der Spanischen Inquisition wiederfinden."

„Na, schau mal", spottete Meredith. „Mr. Tanners Arbeit hat sich bezahlt gemacht. Unsere Bonnie weiß inzwischen, dass die Inquisition was mit den Hexenjagden im Mittelalter zu tun hatte und keine Rockband ist."

Elena lachte einfach so aus überschäumender Freude, während sie die Treppe hochging.

Mrs. Bennett sah blass und müde aus, aber sie ließ die Freundinnen eintreten. „Vickie ruht sich aus", erklärte sie. Elena, Bonnie und Meredith drängten sich an ihr vorbei in den engen Flur.

Mrs. Bennett klopfte leicht an Vickies Tür. „Vickie, Liebling, ein paar Mädchen aus deiner Schule möchten dich besuchen.

Aber bitte nicht zu lange", fügte sie hinzu, als sie die Tür öffnete.

„In Ordnung", versprach Elena. Sie trat in das hübsche, blauweiß eingerichtete Zimmer. Die anderen folgten ihr. Vickie lag, auf Kissen gestützt, im Bett, die hellblaue Steppdecke hatte sie bis ans Kinn gezogen. Ihr Gesicht hob sich schneeweiß dagegen ab. Ihr Blick unter den schweren Lidern war starr und leer.

„So hat sie auch letzte Nacht ausgesehen", flüsterte Bonnie.

Elena trat neben das Bett. „Vickie?" sagte sie leise. Vickie starrte weiter vor sich hin, aber ihr Atem änderte sich kaum merkbar. „Vickie, kannst du mich hören? Ich bin's, Elena Gilbert." Sie schaute unsicher zu Bonnie und Meredith.

„Sie scheint unter Beruhigungsmitteln zu stehen", meinte Meredith.

Mrs. Bennett hatte jedoch behauptet, dass Vickie keine Medikamente bekommen hatte. Elena runzelte die Stirn und wandte sich wieder an das reglose Mädchen.

„Vickie, ich bin's, Elena. Ich möchte mit dir nur über letzte Nacht reden. Du sollst wissen, dass ich dir glaube." Sie achtete nicht auf den scharfen Blick, den ihr Meredith zuwarf, und fuhr fort. „Ich wollte dich fragen ..."

„Nein!" Ein gellender Schrei kam aus Vickies Kehle. Ihr Körper, der reglos, wie eine Wachspuppe dagelegen hatte, bewegte sich plötzlich heftig. Das hellbraune Haar fiel ihr über die Augen, während sie den Kopf vor- und zurückwarf. Ihre Hände fuchtelten in der Luft herum. „Nein", schrie sie. „Nein."

„Tut was", keuchte Bonnie erschrocken. „Mrs. Bennett! Mrs. Bennett!"

Elena und Meredith versuchten, Vickie im Bett festzuhalten.

Das Mädchen wehrte sich verzweifelt. Das Schreien hielt an. Plötzlich stand Vickies Mutter neben ihnen und stieß die anderen weg. Sie nahm Vickie in die Arme. „Was habt ihr mit ihr gemacht?“ rief sie.

Vickie klammerte sich an die Mutter und beruhigte sich langsam, aber dann fiel ihr Blick über Mrs. Bennetts Schulter auf Elena.

„Du gehörst dazu! Du bist böse“, schrie sie Elena hysterisch an. „Bleib mir vom Leib!“

Elena war wie vor den Kopf geschlagen. „Vickie! Ich bin nur gekommen, um dich zu fragen ...“

„Ich glaube, ihr geht besser. Lasst uns in Frieden.“ Mrs. Bennett beugte sich beschützend über ihre Tochter. „Könnt ihr nicht sehen, was ihr ihr antut?“

Geschockt und schweigend verließ Elena das Zimmer. Bonnie und Meredith folgten ihr.

„Es muss doch von den Medikamenten kommen“, sagte Bonnie, als sie aus dem Haus waren. „Sie ist ja total ausgeflippt.“

„Sind dir ihre Hände aufgefallen?“ fragte Meredith Elena. „Als wir versucht haben, sie festzuhalten, hatte ich eine ihrer Hände gepackt. Sie war eiskalt.“

Elena schüttelte verwirrt den Kopf. Es ergab alles keinen Sinn, aber sie würde sich den Tag nicht verderben lassen. Verzweifelt suchte sie nach einer Ablenkung von dem unangenehmen Erlebnis.

„Ich hab's“, rief sie plötzlich. „Die Pension.“

„Was?“

„Ich hab Stefan gebeten, mich heute anzurufen, aber wir könnten doch genauso gut zu ihm hingehen. Es ist nicht weit.“

„Nur zwanzig Minuten zu Fuß“, meinte Bonnie düster. Dann hellte sich ihre Miene auf. „Zumindest kriegen wir endlich mal sein Zimmer zu sehen.“

„Also, ich hatte mir eigentlich vorgestellt, dass ihr zwei unten wartet. Ich bleib nur ein paar Minuten bei ihm“, verteidigte sich Elena, als die Freundinnen sie verblüfft ansahen. Es war merkwürdig, aber sie wollte Stefan noch nicht mit ihren Freundinnen teilen. Er war so neu für sie, dass er ihr fast wie ein Geheimnis vorkam.

Auf ihr Klopfen an der polierten Eichentür öffnete Mrs. Flowers. Sie war eine alte, winzige Frau. Ihr Gesicht war voller Falten, doch der Blick ihrer schwarzen Augen war erstaunlich scharf und klar.

„Du musst Elena sein“, sagte sie. „Ich hab dich und Stefan letzte Nacht rausgehen sehen. Als er zurückkam, hat er mir deinen Namen verraten.

„Sie haben uns gesehen?“ fragte Elena überrascht. „Ich habe Sie gar nicht bemerkt.“

„Nein, das stimmt.“ Mrs. Flowers kicherte. „Was bist du für ein hübsches Mädchen. Ein sehr hübsches Mädchen“, fügte sie hinzu und tätschelte Elenas Wange.

„Danke“, sagte Elena verlegen. Sie mochte die schwarzen Augen nicht, die sie musterten. „Ist Stefan zu Hause?“ Sie blickte an Mrs. Flowers vorbei zur Treppe.

„Ja. Wenn er nicht vom Dach aus abgeflogen ist.“ Sie kicherte wieder, und Elena lachte höflich.

„Wir bleiben hier unten bei Mrs. Flowers“, erklärte Meredith Elena, während Bonnie wie eine Märtyrerin die Augen gen Himmel rollte. Ein Lächeln verbergend nickte Elena und stieg die Treppe hoch.

So ein merkwürdiges altes Haus, dachte sie wieder, als sie die verborgene Treppe im Schlafzimmer des zweiten Stocks fand. Die Stimmen von unten drangen nur schwach herauf, und während sie die Stufen hochging, verstummten sie ganz. Es herrschte völlige Stille, als sie die spärlich erleuchtete Etage am Ende der Treppe erreicht hatte. Elena kam sich vor wie in einer anderen Welt.

Ihr Klopfen klang sehr ängstlich. „Stefan?“

Von drinnen war kein Laut zu hören, aber plötzlich ging die Tür auf. Sicher sieht heute jeder müde und blass aus, dachte sie. Und dann war sie in seinen Armen.

Stefan drückte sie fest an sich. „Elena. Oh, Elena ...“

Doch er zog sich ein wenig zurück. Es war wie letzte Nacht. Elena konnte spüren, wie sich der Abgrund zwischen ihnen öffnete. Sie sah, wie der kalte, beherrschte Blick in seine Augen trat.

„Nein.“ Sie merkte kaum, dass sie laut gesprochen hatte. „Ich lasse das nicht zu.“ Sie küsste ihn auf den Mund.

Einen Moment lang kam keine Reaktion von Stefan. Dann überlief ihn ein Schauder, und sie küssten sich leidenschaftlich. Seine Finger wühlten in ihrem Haar. Die Welt um Elena versank. Nichts mehr existierte außer Stefan, seinen Armen, die sie umfangen hielten, und seinem Kuss, der in ihr ein wildes Feuer entfachte.

Ein paar Minuten oder ein paar Jahrhunderte später trennten sie sich zitternd voneinander. Aber ihre Blicke blieben verbunden. Elena sah, dass seine Pupillen selbst für das spärliche Licht zu sehr erweitert waren. Die Iris war nur noch ein schmales, grünes Band. Er machte einen benommenen Eindruck, und sein Mund ... sein Mund war angeschwollen.

„Ich glaube, dass wir besser vorsichtig sind, wenn wir so etwas noch einmal machen.“ Elena hörte die mühsame Beherrschtheit in seiner Stimme.

Sie nickte, selbst ein wenig betäubt. Nicht in der Öffentlichkeit, dachte sie. Und nicht, wenn Bonnie und Meredith unten warten. Und auch nicht, wenn sie ganz allein waren, es sei denn ...

„Aber du kannst mich doch einfach nur halten“, sagte sie.

Wie merkwürdig, dass sie sich nach dieser überwältigenden Leidenschaft in seinen Armen jetzt so friedlich und geborgen fühlte.

„Ich liebe dich“, flüsterte sie in die raue Wolle seines Pullovers.

Sie fühlte den Schauder, der ihn durchfuhr. „Elena“, sagte er wieder, und diesmal klang es fast verzweifelt.

Sie hob den Kopf. „Was ist daran falsch? Was kann schlimm daran sein, Stefan? Liebst du mich nicht?“

„Ich ...“ Er sah sie hilflos an. Da hörten sie undeutlich Mrs. Flowers von der Treppe her rufen.

„Stefan! Stefan!“ Sie schien mit einem Schuh auf das Geländer zu klopfen.

Stefan seufzte. „Ich schau besser mal nach, was sie will.“ Er entfernte sich von ihr. Sein Gesicht war nicht zu deuten.

Allein gelassen, kreuzte Elena die Arme vor der Brust. Sie fror. Es war so kalt hier drin. Er sollte ein Kaminfeuer haben, dachte sie.

Ihr Blick schweifte durch den Raum und blieb schließlich an der Mahagonitruhe hängen, die sie gestern untersucht hatte.

Das Kästchen.

Sie schaute zu der geschlossenen Tür. Wenn er zurückkam

und sie erwischte ... Sie sollte wirklich nicht, aber sie ging bereits auf die Truhe zu.

Denk an Blaubarts Frau aus dem Märchen, ermahnte sie sich. Neugier hat sie umgebracht. Doch ihre Hand lag schon auf dem eisernen Deckel. Ihr Herz klopfte wie wild, als sie ihn hochhob.

In dem dämmrigen Licht sah die kleine Kiste zunächst leer aus. Elena lachte nervös. Was hatte sie denn erwartet? Liebesbriefe von Caroline? Einen blutigen Dolch?

Dann entdeckte sie den schmalen Streifen Seide. Er lag sorgfältig klein gefaltet in einer Ecke. Sie nahm ihn heraus und zog ihn durch die Finger. Es war das aprikotfarbene Haarband, das sie am zweiten Schultag verloren hatte.

Oh, Stefan. Tränen traten in ihre Augen, und ein hilfloses Gefühl überwältigender Liebe stieg in ihr auf. Schon so lange? Du liebst mich schon so lange? Ich liebe dich auch ... Und es macht mir nichts aus, wenn du es mir nicht sagen kannst, dachte sie. Draußen vor der Tür ertönte ein Geräusch. Elena faltete das Haarband schnell zusammen und legte es in das Kistchen zurück. Dann richtete sie den Blick auf die Tür und wischte sich schnell die Tränen ab.

Es macht nichts, wenn du es jetzt nicht sagen kannst. Ich werde es für uns beide sagen. Und eines Tages wirst auch du es lernen, dachte sie.

10. KAPITEL

7. Oktober, ungefähr 8 Uhr morgens
Liebes Tagebuch,
ich schreibe das hier während der Geometriestunde und hoffe, dass Ms. Halpern mich nicht erwischt.
Letzte Nacht bin ich nicht zum Schreiben gekommen, obwohl ich große Lust dazu hatte. Ich sitze an diesem Morgen im Unterricht, und das ganze Wochenende kommt mir fast wie ein Traum vor. Einige Sachen waren sehr schlimm und andere sehr, sehr schön.
Ich werde keine Anzeige gegen Tyler erstatten. Er ist immerhin für eine Zeit vom Unterricht ausgeschlossen und auch aus dem Footballteam geflogen. Dick ebenfalls, weil er auf dem Ball betrunken war. Niemand spricht es aus, aber ich vermute, dass viele Leute glauben, er war's, der Vickie so zugerichtet hat. Bonnies Schwester hat Tyler gestern im Krankenhaus gesehen. Seine Augen sind schwarz und zugeschwollen, sein ganzes Gesicht ist voller Blutergüsse. Ich mach mir echt Sorgen, was passieren wird, wenn er und Dick wieder zur Schule kommen. Jetzt haben sie noch mehr Grund, Stefan zu hassen.
Was mich zu Stefan bringt. Als ich heute Morgen aufwachte, packte mich eine Riesenangst. Wenn nun alles nicht wahr ist? dachte ich. Wenn es nie geschehen ist oder er seine Meinung geändert hat? Tante Judith machte sich beim Frühstück wieder Sorgen, weil ich nichts essen konnte. Aber in der Schule habe ich ihn vor dem Büro auf dem Flur getroffen. Wir haben uns nur angesehen. Und ich wusste es. Kurz bevor er sich abwandte, hat er mich ein wenig traurig angelächelt. Auch das habe ich verstanden. Er hat Recht. Wir gehen in der Öffent-

lichkeit besser nicht aufeinander zu. Es sei denn, wir wollen den Mitschülern etwas Nervenkitzel verschaffen.
Wir gehören ganz fest zusammen. Jetzt muss ich nur noch einen Weg finden, Jean-Claude das alles zu erklären. Ha, ha.
Mir ist jedoch unverständlich, warum Stefan darüber nicht so glücklich ist wie ich. Wenn wir zusammen sind, kann ich spüren, was er fühlt, und ich weiß, wie sehr er mich liebt und begehrt. Er küsst mich mit einem verzweifelten Hunger. Fast, als wollte er mir die Seele aus dem Leib reißen. Wie ein Wasserstrudel, der ...
Immer noch 7. Oktober, jetzt ungefähr zwei Uhr nachmittags. Nun, es gab eine kleine Unterbrechung, weil Ms. Halpern mich tatsächlich erwischt hat. Sie begann sogar, den Text laut vorzulesen, aber das Thema schien ihr dann doch zu heiß zu werden, und sie hörte auf. Sie war ziemlich verstimmt. Egal, ich bin zu glücklich, um mich über einen Tadel zu ärgern.
Stefan und ich waren in der Pause zusammen. Wir sind zu einer Ecke der Wiese gegangen. Ich hatte mein Lunchpaket dabei, er hatte nichts mitgebracht. Wie es sich herausstellte, konnte ich auch nichts essen. Wir haben uns nicht angefasst – ehrlich nicht! Uns nur viel unterhalten und tief in die Augen gesehen. Mehr als bei jedem anderen Jungen sehne ich mich danach, ihn zu berühren. Ich weiß, dass er es auch will, aber er hält sich zurück.
Das ist es, was ich nicht verstehen kann. Warum er mit aller Macht dagegen ankämpft. Gestern habe ich ja in seinem Zimmer mein Haarband als Beweis gefunden, dass er mich von Anfang an beobachtet hat. Ich habe ihm nicht gebeichtet, dass ich es weiß. Denn augenscheinlich will er, dass es ein Geheimnis bleibt. Aber das zeigt doch, wie viel ich ihm bedeute, oder?

Ich werde dir von jemand anderem berichten, der auch ziemlich verstimmt ist. Anscheinend hat die süße Caroline Stefan in jeder Pause ins verlassene Fotolabor gezerrt, und als er heute nicht auftauchte, hat sie nach ihm gesucht ... und uns beide gefunden.

Armer Stefan, er hatte sie total vergessen und war selbst ziemlich geschockt. Als sie, im Gesicht ganz grün vor Wut, wieder abgezogen war, hat er mir erzählt, dass sie sich vom ersten Tag an wie eine Klette an ihn geheftet hat. Ihre Masche war ganz einfach. Sie hatte bemerkt, dass er in den Pausen nie etwas aß, und ihm weisgemacht, dass sie auch nicht isst, weil sie gerade eine Diät macht. Also hat sie ihm vorgeschlagen, sich irgendwohin zurückzuziehen, wo sie sich ungestört ein wenig entspannen könnten. Er hat kein schlechtes Wort über sie verloren. Das liegt sicher nur an seinen guten Manieren. Ein Gentleman tut so etwas eben nicht. Aber er hat mir versichert, dass zwischen ihnen nichts war.

Und was Caroline angeht, für sie ist es sicher schlimmer, einfach vergessen zu werden, als wenn zwischen ihr und Stefan die Fetzen geflogen wären. Ich wundere mich allerdings, warum er nichts isst. Das ist seltsam für einen Footballspieler.

Hilfe, Mr. Tanner kam gerade vorbei, und ich konnte mein Tagebuch gerade noch zuknallen. Bonnie kichert hinter ihrem Geschichtsbuch. Ich kann sehen, wie ihre Schultern zittern. Stefan, vor mir, ist so angespannt, als würde er am liebsten jeden Moment aufspringen. Matt wirft mir Blicke zu, die nur bedeuten können „du Idiotin“, und Caroline kocht vor Wut. Ich habe Mr. Tanner, als er vor der Klasse stand, sehr, sehr unschuldig angesehen, während ich gleichzeitig geschrieben

habe. Deshalb ist meine Schrift etwas undeutlich. Jetzt verstehst du das sicher, liebes Tagebuch.
Im letzten Monat bin ich nicht ich selbst gewesen. Ich konnte weder klar denken noch mich auf etwas konzentrieren. Es ist so viel unerledigt geblieben, dass ich fast Angst bekomme. Ich soll mich um die Dekoration für unser Schulfest unter dem Motto „Spukhaus" kümmern und hab noch keinen Handschlag dafür getan. Jetzt habe ich noch genau dreieinhalb Wochen, um alles auf die Beine zu stellen – und dabei möchte ich nur mit Stefan zusammen sein.
Ich könnte das Komitee verlassen, doch dann hätten Bonnie und Meredith den schwarzen Peter. Und ich höre noch Matt sagen: „Du willst nur, dass sich alles immer um dich dreht", als ich ihn bat, Stefan zum Ball einzuladen.
Das stimmt nicht. Oder wenn's in der Vergangenheit so war, dann soll's nie wieder so werden. Ich möchte – das klingt jetzt total albern – aber ich möchte Stefans Liebe wert sein. Ich weiß, dass er seine Sportkameraden nicht im Stich lassen würde, nur weil es ihm gerade in den Kram passt. Ich will, dass er stolz auf mich ist.
Er soll mich so sehr lieben, wie ich ihn liebe."

„Beeil dich!" rief Bonnie von der Tür der Turnhalle her. Neben ihr wartete der Hausmeister der Schule, Mr. Shelby.

Elena warf einen letzten Blick auf die entfernte Gestalt auf dem Footballfeld, dann ging sie widerstrebend über den Asphalt auf Bonnie zu.

„Ich wollte Stefan noch Bescheid geben, wo ich hin will", erklärte sie. Seit einer Woche waren sie jetzt zusammen, und noch immer durchfuhr sie freudige Erregung, wenn sie nur seinen

Namen aussprach. Jeden Abend war er bei Sonnenuntergang vor ihrer Tür erschienen, die Hände in den Taschen und den Kragen seiner Jacke hochgestellt. Sie waren gewöhnlich in der Dämmerung spazieren gegangen und hatten auf der Veranda lange Gespräche geführt. Elena wusste, das war Stefans Art, sicherzugehen, dass sie nie ganz allein waren. Seit dem Tag, an dem sie sich so leidenschaftlich geküsst hatten, hatte er darauf geachtet. Er schützt meine Ehre, dachte Elena ein wenig spöttisch. Ein plötzlicher Schmerz durchfuhr sie, denn es war klar, dass mehr dahinter stecken musste als nur Ritterlichkeit.

„Er kann auch mal einen Abend ohne dich auskommen", erwiderte Bonnie ätzend. „Wenn du jetzt mit ihm redest, kannst du dich doch wieder nicht losreißen, und ich möchte vor dem Abendessen zu Hause sein."

„Guten Tag, Mr. Shelby", begrüßte Elena den Hausmeister, der immer noch geduldig wartete. Erstaunt bemerkte sie, dass der Hausmeister ihr verschwörerisch zuzwinkerte. „Wo ist Meredith?" fügte sie hinzu.

„Hier", erklang eine Stimme hinter ihr, und Meredith erschien mit einem Karton voller Schnellhefter und Notizblöcke. „Ich hab das Zeug aus deinem Schließfach geholt."

„Sind jetzt alle da?" fragte Mr. Shelby. „Gut, dann achtet darauf, dass ihr die Tür hinter euch schließt und den Schlüssel rumdreht. So kann keiner rein."

Bonnie, die gerade eintreten wollte, blieb wie angewurzelt stehen. „Sind Sie denn sicher, dass nicht schon jemand drinnen auf uns lauert?" wollte sie ängstlich wissen.

Elena versetzte ihr einen Schubs. „Beeil dich!" äffte sie Bonnie nach. „Ich will vor dem Abendessen zu Hause sein."

„Es ist niemand drin", beruhigte Mr. Shelby sie. Sein Mund

zuckte unter dem Schnurrbart belustigt. „Aber ihr Mädchen könnt schreien, wenn ihr etwas braucht. Ich bin in der Nähe."

Die Tür fiel hinter ihnen ins Schloss. Das Geräusch hörte sich merkwürdig endgültig an.

„An die Arbeit", seufzte Meredith und stellte den Karton ab.

Elena nickte und sah sich in der großen, leeren Halle um. Jedes Jahr veranstalteten die Schüler eine „Spukhaus-Party" für einen guten Zweck. Elena gehörte wie Bonnie und Meredith seit zwei Jahren zum Dekorationsteam. Doch es war diesmal anders, da sie die Vorsitzende war. Sie musste Entscheidungen fällen, die alle betrafen, und konnte sich nicht einmal daran orientieren, wie man die Dekoration in den Jahren zuvor gemacht hatte.

Das „Spukhaus" war sonst immer in einer leer stehenden Lagerhalle eingerichtet worden. Aber nach den letzten Ereignissen hielten es alle für sicherer, es diesmal in der Turnhalle stattfinden zu lassen. Für Elena bedeutete das, sie musste die gesamte Dekoration neu entwerfen, und in drei Wochen war schon Halloween.

„Es ist tatsächlich ziemlich gespenstisch hier drin", sagte Meredith leise. Die Atmosphäre ist beklemmend, dachte Elena. Sie merkte, dass auch sie unwillkürlich die Stimme senkte.

„Lasst uns die Halle erst mal ausmessen", schlug sie vor. Die drei gingen den Raum entlang. Ihre Schritte hallten hohl von den Wänden wider.

„Gut", erklärte Elena, als sie fertig waren. „Jetzt legen wir los." Sie versuchte, das ungute Gefühl abzuschütteln, das sie überfallen hatte. Warum sollte sie sich in der Turnhalle mitten im Schulgelände fürchten?

Außerdem waren Bonnie und Meredith bei ihr, und das gesamte Footballteam trainierte draußen, nur ein paar Meter entfernt.

Die drei setzten sich auf die Tribüne, Notizblock und Bleistift in der Hand. Elena und Meredith blätterten die Entwürfe der vergangenen Jahre durch, während Bonnie auf ihren Stift biss und sich gedankenvoll umsah.

„Also, das ist der Grundriss." Meredith zeichnete eine kurze Skizze auf ihren Block. „Und hier kommen die Leute rein. Wir könnten die blutige Leiche am ganz anderen Ende ... übrigens, wer spielt die Rolle dieses Jahr?"

„Trainer Lyman, würde ich sagen. Er hat seine Sache letztes Jahr gut gemacht, und er hilft immer, unsere lieben Jungs im Zaum zu halten." Elena deutete auf die Zeichnung. „Wir können den Teil abtrennen und eine mittelalterliche Folterkammer daraus machen. Von dort aus kommt man dann direkt in den Raum der lebenden Toten ..."

„Ich finde, wir sollten Druiden dabei haben", unterbrach Bonnie plötzlich.

„Was?" fragte Elena. Doch als Bonnie gerade „Druiden" buchstabieren wollte, wehrte sie ab. „Schon gut. Ich erinnere mich. Aber warum?"

„Weil sie praktisch das Halloween-Fest erfunden haben. Ehrlich. Es ist aus einem ihrer Festtage entstanden. Damals wurden große Feuer angezündet und in weiße Rüben Gesichter geschnitzt, um die bösen Geister fernzuhalten. Die Menschen glaubten, dass die Grenze, die das Totenreich von den Lebenden trennt, an diesem Tag am dünnsten sei. Es war richtig Furcht einflößend, Elena. Sie haben Menschenopfer veranstaltet. Vielleicht könnten wir Trainer Lyman opfern."

„Gar keine schlechte Idee", überlegte Meredith. „Die blutige Leiche könnte diesmal ein Opfer sein. Wisst ihr, so richtig auf einem Steinaltar mit einem Messer in der Brust und Pfützen von Blut drumherum. Und dann, wenn man nahe herantritt, richtet sich das Opfer plötzlich auf."

„Und verursacht beim Zuschauer einen Herzinfarkt", sagte Elena trocken. Doch sie musste zugeben, dass der Einfall gut war. Ihr wurde nur ein bisschen schlecht, wenn sie es sich vorstellte. All das Blut ... aber das würde ja nur eine Mischung aus Ketchup und Kaffee sein.

Die anderen beiden Mädchen waren ebenfalls still geworden. In den Waschräumen der Jungs nebenan wurden geräuschvoll Wasserhähne aufgedreht und Schließfachtüren zugeknallt.

„Das Training ist vorbei", murmelte Bonnie. „Draußen muss es schon dunkel sein."

„Ja, und unser Held steht jetzt unter der Dusche, wie Gott ihn schuf. Na, würdest du nicht gern einen Blick riskieren?" Meredith schaute Elena mit hochgezogenen Augenbrauen an.

„Aber sicher doch", erwiderte Elena, doch nur halb scherzend. Irgendwie hatte sich die Atmosphäre in der Halle bedrohlich verändert. Elena wünschte sich in diesem Moment nichts mehr, als Stefan zu sehen, mit ihm zusammen zu sein.

„Habt ihr was Neues von Vickie Bennett gehört?" wechselte sie plötzlich das Thema.

„Nun", antwortete Bonnie nach kurzem Zögern. „Ihre Eltern wollen wohl einen Psychiater hinzuziehen."

„Warum denn das?"

„Sie glauben, dass die Dinge, die sie uns erzählt hat, Halluzinationen oder so was gewesen sind. Außerdem leidet sie unter schrecklichen Albträumen."

„Oh." Elena schwieg. Die Geräusche von nebenan verstummten. Dann wurde die Außentür zugeworfen. Halluzinationen, dachte sie. Halluzinationen und Albträume.

Aus irgendeinem Grund erinnerte sie sich schlagartig an den Abend auf dem Friedhof. Jenem Abend, an dem Bonnie die Freundinnen beschworen hatte, vor etwas zu fliehen, das keine von ihnen sehen konnte.

„Wir machen uns wohl besser wieder an die Arbeit", sagte Meredith. Elena fuhr aus ihren Gedanken und nickte.

„Wir könnten einen Friedhof bauen", schlug Bonnie zögernd vor, als hätte sie Elenas Gedanken gelesen. „Im ‚Spukhaus', meine ich."

„Nein", erwiderte Elena heftig. „Wir bleiben bei dem, was wir haben", fügte sie ruhiger hinzu und beugte sich über den Notizblock.

Wieder hörte man nur das Kratzen der Bleistifte auf dem Papier.

„Gut", meinte Elena schließlich. „Jetzt müssen wir die verschiedenen Bereiche abmessen. Jemand muss hinter die Tribüne gehen ... Was ist das?"

Die Lichter in der Turnhalle flackerten und leuchteten nur noch mit halber Kraft.

„Oh, nein", stöhnte Meredith. Die Neonröhren flackerten erneut, gingen ganz aus und kamen schwach wieder.

„Ich kann überhaupt nichts mehr lesen." Elena starrte auf ihr Blatt Papier und dann zu Bonnie und Meredith, deren Gesichter sich wie weiße Schemen aus der Dunkelheit abhoben. Es war wirklich ziemlich dunkel geworden.

„Die Notstromversorgung muss kaputt sein", sagte Meredith. „Ich hole Mr. Shelby."

„Können wir nicht morgen weitermachen?" klagte Bonnie.

„Morgen ist Samstag. Und wir sollten schon letzte Woche hiermit fertig sein“, gab Elena zu bedenken.

„Ich hole Shelby“, erklärte Meredith wieder. „Und du kommst mit, Bonnie.“

„Wir können doch alle drei ...“ begann Elena, aber Meredith unterbrach sie.

„Wenn wir ihn alle suchen und ihn nicht finden, kommen wir nicht mehr rein. Auf die Beine, Bonnie. Denk dran, wir gehen nur in die gute, alte Schule.“

„Aber es ist so dunkel.“

„Es ist überall dunkel, schließlich ist Abend. Wir sind zu zweit. Uns passiert nichts.“ Sie zog die widerstrebende Bonnie zur Tür. „Lass keinen rein, Elena.“

„Als ob du mir das noch sagen müsstest.“ Elena ließ die beiden raus und sah ihnen nach, bis sie in der Dunkelheit auf dem Flur verschwanden. Dann trat sie zurück in die Halle und schloss die Tür.

Na, das war ja ein feiner Schlamassel, wie ihre Mutter immer zu sagen pflegte. Elena ging zu dem Karton und legte die Schnellhefter und Notizblöcke wieder hinein. Bei diesem Licht konnte sie die Dinge nur verschwommen erkennen. Und es war totenstill. Sie war ganz allein in der riesigen, dämmrigen Halle.

Jemand beobachtete sie ...

Sie hatte keine Ahnung, woher sie das wusste, aber sie war sicher. Jemand verbarg sich in der dunklen Turnhalle und beobachtete sie. Augen, die im Dunklen glühen, hatte der Alte gestammelt. Und Vickie ebenfalls. Jetzt waren diese Augen auf sie gerichtet.

Elena fuhr herum. Sie versuchte, in den Schatten etwas zu erkennen. Unwillkürlich hielt sie den Atem an. Sie hatte Angst, dieses ... Ding da würde sie anfallen, wenn sie ein Geräusch machte. Aber sie konnte weder etwas sehen noch hören.

Die Tribüne schien sich ins Unendliche zu erstrecken. Das andere Ende der Halle war wie von grauem Rauch verhangen. Dunkler Nebel, dachte sie plötzlich. Sie spürte, wie jeder ihrer Muskeln sich schmerzhaft verkrampfte, während sie verzweifelt lauschte. Was war das jetzt für ein flüsterndes Geräusch? Bitte, lass es nur Einbildung sein, flehte sie innerlich.

Plötzlich war ihr Verstand wieder ganz klar. Sie musste hier raus. Sofort! Hier drohte ihr echte Gefahr. Es war keine Ausgeburt ihrer Fantasie. Etwas war da, etwas Böses, das es auf sie abgesehen hatte. Und sie war ganz allein.

Da! In den Schatten! Eine Bewegung!

Der Schrei blieb Elena in der Kehle stecken. Ihr Körper gehorchte ihr nicht. Sie war wie gelähmt vor Angst und wurde gleichzeitig von einer unheimlichen Kraft an der Stelle festgehalten.

Hilflos sah sie zu, wie das Wesen aus dem Dunkel auf sie zu kam. Es schien, als würden die Schatten selbst lebendig und vor ihren Augen eine menschliche Gestalt annehmen. Die Gestalt eines jungen Mannes.

„Es tut mir Leid, wenn ich dir Angst eingejagt habe."

Die Stimme war freundlich und hatte einen leichten Akzent, den sie nicht kannte. Außerdem klang sie gar nicht entschuldigend.

Die Erleichterung, die sie plötzlich überkam, war so groß, dass es fast schmerzte. Elena fiel in sich zusammen und atmete hörbar aus.

Es war nur ein junger Mann. Ein früherer Schüler oder vielleicht eine Aushilfe von Mr. Shelby. Ein ganz normaler Typ, der leicht lächelte, als amüsierte er sich darüber, dass sie fast umgekippt wäre.

Nun ... ganz so normal vielleicht doch nicht. Er sah unverschämt gut aus. Sein Gesicht wirkte in dem künstlichen Zwielicht fahl, aber sie konnte erkennen, dass seine Züge fast perfekt geschnitten waren. Er hatte dichtes, schwarzes Haar. Die Linie seiner Wangenknochen musste der Traum eines jeden Bildhauers sein. Und er hatte fast unsichtbar gewirkt, weil er nur Schwarz trug: weiche, schwarze Stiefel, schwarze Jeans, schwarzer Pullover und darüber eine schwarze Lederjacke.

Er lächelte immer noch. Elenas Erleichterung verwandelte sich in Zorn.

„Wie bist du hier reingekommen?" fragte sie scharf. „Und was machst du überhaupt hier? In der Turnhalle darf sich niemand aufhalten."

„Ich kam durch die Tür." Seine Stimme war sanft und kultiviert. Aber Elena konnte hören, dass er immer noch amüsiert war, und das verwirrte sie.

„Alle Türen sind abgeschlossen", erwiderte sie anklagend.

Er hob die Augenbrauen und lächelte wieder. „Tatsächlich?"

Elena bekam langsam Angst. Die Haare in ihrem Nacken sträubten sich. „Jedenfalls sollten sie das sein", sagte sie, so kalt sie konnte.

„Du bist sauer", stellte er ernst fest. „Ich sagte, es tut mir Leid, dass ich dir Angst gemacht hab."

„Du hast mir keine Angst gemacht!" fuhr sie ihn an. Sie kam sich in seiner Gegenwart irgendwie dumm vor. Wie ein Kind, das von jemandem bei Laune gehalten wird, der viel älter und welterfahrener ist. Das machte sie noch wütender. „Ich war nur ein wenig erschreckt", fuhr sie fort. „Das ist auch kaum überraschend, wenn jemand so wie du in den Schatten herumschleicht."

„Interessante Dinge passieren in der Dunkelheit ... manchmal." Er lachte sie immer noch aus. Sie erkannte es an seinen Augen. Er war einen Schritt näher herangekommen, und sie konnte sehen, dass diese Augen ungewöhnlich waren. Sie waren fast schwarz, doch merkwürdige Lichter tanzten darin. Man schien in sie eintauchen zu können. Tiefer und tiefer ...

Elena fiel auf, dass sie ihn wie hypnotisiert anstarrte. Warum gingen die Neonröhren nicht wieder an? Sie wollte hier raus. Sie bewegte sich fort von ihm, so dass eine Sitzreihe zwischen ihnen war, und machte sich daran, den letzten Stapel Schnellhefter in den Karton zu legen. Vergiss die Arbeit für heute Abend, dachte sie. Nur weg!

Aber das anhaltende Schweigen wurde ihr unbehaglich. Er stand nur reglos da und beobachtete sie. Warum sagte er nichts?

„Hast du nach jemandem gesucht?" Sie war ärgerlich auf sich selbst, weil sie als Erste gesprochen hatte.

Er starrte sie immer noch an. Elena wand sich innerlich unter dem Blick seiner dunklen Augen. Sie schluckte.

Die Augen auf ihre Lippen gerichtet, murmelte er: „Oh, ja."

„Was?" Elena hatte vergessen, was sie gefragt hatte. Brennende Röte stieg ihren Hals und die Wangen hoch. Sie fühlte sich plötzlich wie beschwipst. Wenn er doch nur aufhören würde, sie so anzusehen ...

„Ja, ich habe nach jemandem gesucht", wiederholte er nicht lauter als vorher. Mit einem geschmeidigen Schritt trat er auf sie zu. Sie waren jetzt nur noch durch die Ecke eines Sitzes getrennt.

Elena konnte nicht mehr atmen. Er stand so nahe. Nahe genug, um sie berühren zu können. Sie roch einen schwachen Duft. Eine Mischung aus Eau de Cologne und Leder. Seine Augen hielten sie immer noch gefangen. Sie konnte den Blick nicht abwenden. Diese Augen glichen keinen anderen. Sie waren schwarz wie der Himmel um Mitternacht, die Pupillen erweitert wie die einer Katze. Sie füllten ihren ganzen Blickwinkel, als er den Kopf zu ihr hinunterbeugte. Elena fühlte, wie sich ihre Lider halb schlossen. Ihr Kopf lehnte sich zurück, und ihre Lippen öffneten sich unwillkürlich.

Nein! Gerade noch rechtzeitig drehte sie das Gesicht zur Seite. Sie hatte das Gefühl, in letzter Sekunde vom Rand eines gähnenden Abgrunds zurückgesprungen zu sein. Was tue ich da? dachte sie zutiefst erschrocken. Ich wollte zulassen, dass er mich küsst. Ein total Fremder, den ich erst vor wenigen Minuten kennen gelernt habe.

Aber das war nicht das Schlimmste. Ein paar Momente lang war etwas Unvorstellbares geschehen. Für diese kurze Zeit hatte sie Stefan vergessen.

Doch jetzt war er wieder in ihrem Herzen, und ihr Verlangen nach ihm war so groß, dass es fast schmerzte. Sie sehnte sich nach Stefan, nach der Sicherheit, die seine Umarmung bot.

Elena schluckte hart. Ihr Atem ging schnell. Sie bemühte sich, ruhig und gefasst zu sprechen. „Ich werde jetzt gehen. Wenn du jemanden suchst, siehst du dich besser woanders nach ihm um."

Er schaute sie merkwürdig an, mit einem Gesichtsausdruck, den sie nicht verstand. Es war eine Mischung aus Ärger, widerwilligem Respekt und etwas anderem. Einem heißen, unbeherrschten Gefühl, das ihr irgendwie Angst machte.

Er wartete mit seiner Antwort, bis ihre Hand auf dem Türknopf lag, und seine Stimme war leise, aber ernst, ohne eine Spur von Belustigung. „Vielleicht habe ich sie ja schon gefunden ... Elena.“

Als sie sich umdrehte, war in der Dunkelheit nichts mehr zu sehen.

11. KAPITEL

Elena stolperte den düsteren Flur entlang und versuchte, ihre Umgebung zu erkennen. Dann wurde die Welt plötzlich in grelles Licht getaucht, und sie fand sich bei den vertrauten Schließfächern wieder. Ihre Erleichterung war so groß, dass sie fast laut geschrien hätte. Sie hätte es nie für möglich gehalten, einmal so froh zu sein, nur wieder sehen zu können. Sie blieb einen Moment stehen und sah sich dankbar um.

„Elena! Was machst du hier draußen?“

Bonnie und Meredith eilten auf sie zu.

„Wo seid ihr die ganze Zeit gewesen?“ fragte sie scharf.

Meredith zog eine Grimasse. „Wir konnten Shelby erst nicht finden. Und als wir ihn hatten, schlief er. Ehrlich“, fügte sie bei Elenas ungläubigem Blick hinzu. „Er schlief. Wir kriegten ihn nicht wach. Erst als die Lichter wieder angingen, hat er die Augen aufgemacht. Wir sind sofort zu dir zurückgelaufen. Aber was machst du hier?“

Elena zögerte. „Ich war es leid, zu warten“, antwortete sie so unbeschwert wie möglich. „Für heute Abend wir genug getan, finde ich jedenfalls.“

„Und das aus deinem Mund“, sagte Bonnie spöttisch.

Meredith schwieg, blickte Elena jedoch fragend an. Elena war froh, dass Meredith nichts sagte, aber sie hatte das ungute Gefühl, dass die Freundin ihr nicht glaubte.

Das ganze Wochenende über und während der folgenden Woche arbeitete Elena an den Plänen für das „Spukhaus“. Sie hatte wenig Zeit für Stefan, und das war frustrierend. Aber noch frustrierender war Stefan selbst. Sie konnte seine Leidenschaft für sie spüren, doch ebenso, dass er dagegen ankämpfte. Er weigerte sich nach wie vor, mit ihr ganz allein zu sein. In vieler Hinsicht war er ihr immer noch dasselbe Rätsel wie am ersten Tag.

Er sprach nie von seiner Familie oder von seinem Leben vor Fell's Church. Ihre Fragen umging er. Einmal hatte sie ihn gefragt, ob er Italien vermisste, ob es ihm Leid tat, hierher gekommen zu sein. Einen kurzen Moment hatten seine grünen Augen geleuchtet. „Wie kann es mir Leid tun, wenn du hier bist?“ hatte er geantwortet und sie so geküsst, dass sie alle weiteren Fragen vergaß. In diesem Augenblick hatte Elena erkannt, was es bedeutete, ganz und gar glücklich zu sein. Sie hatte auch seine Freude gefühlt, und als er sich zurückzog, hatte sein Gesicht gestrahlt.

„Elena“, hatte er geflüstert.

Und doch hatte er sie in den letzten Tagen immer seltener geküsst, und sie hatte erkennen müssen, wie die Kluft zwischen ihnen wieder größer wurde.

An diesem Freitag hatten Elena und Meredith beschlossen, bei Bonnie zu übernachten.

Der Himmel war grau, und es drohte zu regnen. Für Mitte Oktober war es ungewöhnlich kalt. Die Bäume, die die stille Straße säumten, hatten den Frost schon zu spüren bekommen.

Die Blätter der Ahornbäume waren scharlachrot, während die der Ginkgo-Zierbäume hellgelb leuchteten.

Bonnie begrüßte sie an der Tür. „Klar Schiff! Alle sind weg. Bis morgen Nachmittag haben wir das ganze Haus für uns. Dann kommt meine Familie aus Leesburg zurück." Sie winkte sie herein und griff nach dem fetten Pekinesen, der rausdrängte. „Nein, Yangtze, bleib drinnen. Nein, hab ich gesagt."

Aber es war zu spät. Yangtze war entwischt. Er rannte durch den Vorgarten zu einer einzelnen Birke und kläffte daran hoch. Die Speckrollen auf seinem Rücken wackelten.

„Hinter wem ist er denn jetzt wieder her?" Bonnie hielt sich die Ohren zu.

„Sieht wie eine Krähe aus", meinte Meredith schulterzuckend.

Elena erstarrte. Sie ging ein paar Schritte um den Baum herum und schaute hoch zu dem goldenen Laub. Da saß sie. Dieselbe Krähe, die sie schon zweimal zuvor gesehen hatte. Vielleicht sogar dreimal, überlegte sie und dachte an den dunklen Schatten, der sich zwischen den Eichen auf dem Friedhof erhoben hatte.

Während sie hochblickte, fühlte sie, wie sich ihr Magen vor Angst verkrampfte und ihre Hände eiskalt wurden. Der Vogel starrte sie wieder aus einem schwarz glänzenden, fast menschlichen Auge an. Dieses Auge ... wo hatte sie schon einmal ein solches Auge gesehen?

Plötzlich sprangen alle drei Mädchen einen Schritt zurück, als die Krähe heiser aufschrie, mit den Flügeln schlug und aus dem Laub auf sie zuflog. Im letzten Moment änderte sie die Richtung und stürzte sich stattdessen auf den kleinen Hund, der jetzt hysterisch bellte. Der Vogel glitt nur Millimeter an den fletschenden Hundezähnen vorbei, dann stieg er wieder in die Höhe und flog über das Haus, um in dem dichten Walnussbaum dahinter zu verschwinden.

Die drei Mädchen blieben vor Erstaunen wie erstarrt stehen. Schließlich tauschten Bonnie und Meredith einen Blick.

„Einen Moment lang dachte ich, der Vogel geht auf uns los", sagte Bonnie und schleppte den wütend bellenden Pekinesen ins Haus.

„Ich auch", erwiderte Elena leise. Sie folgte ihren Freundinnen nach drinnen, ohne jedoch in ihr fröhliches Gelächter einzustimmen.

Nachdem sie und Meredith ihre Sachen abgelegt hatten, verlief der Abend so wie immer.

Es war auch schwer, ein unbehagliches Gefühl aufrechtzuerhalten, wenn man mit einer Tasse dampfenden Kakaos in der Hand in Bonnies voll gestopftem Wohnzimmer neben einem gemütlichen Kaminfeuer saß. Schon bald diskutierten die drei die letzten Pläne für das „Spukhaus", und Elena entspannte sich.

„Es klappt alles ganz gut", erklärte Meredith schließlich. „Natürlich haben wir uns so viele Gedanken über die Kostüme der anderen gemacht, dass wir unsere eigenen ganz vergessen haben."

„Meins ist einfach", sagte Bonnie. „Ich werde als Druidenpriesterin gehen. Dazu brauche ich nur eine Girlande aus Eichenblättern für mein Haar und weiße Gewänder. Mary und ich nähen die an einem Abend."

„Ich werde mich wohl als Hexe verkleiden", meinte Meredith nachdenklich. „Ein langes, schwarzes Kleid, und schon bin ich fertig. Was ist mit dir, Elena?"

Elena lächelte. „Es soll zwar ein Geheimnis sein, aber ... Tante Judith hat mir den Luxus erlaubt, zu einer Schneiderin zu gehen. Ich habe in einem der Bücher für meinen mündlichen Vortrag das Bild einer Renaissanceprinzessin gesehen. Das Kleid lass ich mir machen. Es ist aus hellblauer venezianischer Seide und einfach traumhaft."

„Hört sich gut an", stimmte Bonnie zu. „Und teuer."

„Ich benutze mein eigenes Geld aus dem Nachlass meiner Eltern. Ich hoffe nur, Stefan gefällt das Kostüm. Es soll eine Überraschung für ihn werden, und ... na ja, hoffentlich mag er's."

„Als was wird Stefan gehen? Hilft er bei der ‚Spukhaus'-Besetzung mit?" fragte Bonnie neugierig.

„Ich weiß es nicht", sagte Elena nach einem kurzen Moment. „Er scheint sich für Halloween nicht gerade zu begeistern."

„Man kann sich ihn auch nur schwer vorstellen in einem zerrissenen Bettlaken und bedeckt mit künstlichem Blut wie die anderen Jungs", erklärte Meredith. „Er scheint ... zu würdevoll für so was."

„Ich weiß es!" rief Bonnie triumphierend. „Ich weiß genau, was er sein soll. Und er braucht sich dafür kaum zu verkleiden. Schaut mal. Er ist Ausländer, hat dieses dunkle, geheimnisvolle Aussehen ... Steck ihn in einen Smoking, und du hast den perfekten Grafen Dracula!"

Elena musste wider Willen lächeln. „Ich kann ihn ja mal fragen."

„Wo wir gerade bei Stefan sind", Meredith heftete ihre Augen auf Elena, „wie läuft's so zwischen euch?"

Elena seufzte und schaute ins Feuer. „Ich ... bin nicht sicher", antwortete sie schließlich langsam. „Es gibt Zeiten, da ist einfach alles wundervoll, und Momente, da ..."

Meredith und Bonnie tauschten einen Blick, dann sagte Meredith sanft: „Momente, da ...?"

Elena zögerte. Sie schwankte, was sie tun sollte. Dann traf sie eine Entscheidung. „Eine Sekunde." Sie stand auf und lief die Treppe hoch. Als sie wiederkam, hatte sie ein kleines, in blauen Samt gebundenes Buch in der Hand.

„Ich habe es gestern Nacht aufgeschrieben, als ich nicht schlafen konnte. Besser könnte ich es auch jetzt nicht ausdrücken." Sie fand die Seite, holte tief Luft und begann:

17. Oktober
Liebes Tagebuch,
ich fühle mich heute Nacht schrecklich. Und ich muss mich jemandem mitteilen.

Etwas läuft schief zwischen Stefan und mir. Es gibt so eine tiefe Traurigkeit in ihm, die ich nicht erreichen kann. Und sie treibt uns immer weiter auseinander. Ich weiß nicht, was ich tun soll.

Die Vorstellung, ihn zu verlieren, ist mir unerträglich. Aber er ist so unglücklich, und wenn er mir nicht sagt, warum, wenn er also kein Vertrauen zu mir hat, sehe ich für uns beide keine Hoffnung.

Gestern, während er mich in den Armen hielt, habe ich unter seinem Hemd etwas Glattes, Rundes gespürt. Etwas, das an einer Kette hing. Um ihn zu necken, habe ich ihn gefragt, ob das ein Geschenk von Caroline sei. Er erstarrte und weigerte sich, weiter mit mir zu reden. Es war, als ob er plötzlich tausende Kilometer entfernt sei, und seine Augen ... es lag ein solcher

Schmerz in ihnen, dass ich es kaum ertragen konnte." Elena hörte auf zu lesen. Sie überflog die letzten Sätze im Tagebuch schweigend. *Ich fühle, dass ihn jemand in der Vergangenheit schrecklich verletzt hat und dass er nicht darüber hinwegkommt. Aber ich glaube auch, dass da noch etwas anderes ist, wovor er Angst hat. Ein Geheimnis, von dem er befürchtet, dass ich es herausfinden könnte. Wenn ich nur wüsste, was es ist, und ich ihm beweisen könnte, dass er mir vertrauen kann! Dass er mir bis zum Ende vertrauen kann, egal, was auch passiert.*

„Wenn ich es nur wüsste", flüsterte sie.

„Was?" fragte Meredith, und Elena schaute erschrocken hoch.

„Oh, wenn ich wüsste, was passieren wird", sagte sie schnell und schlug das Tagebuch zu. „Ich meine, ob wir schließlich doch Schluss miteinander machen werden. In dem Fall würde ich es nicht länger hinausschieben. Sollte es jedoch gut mit uns ausgehen, wäre mir die Krise, in der wir im Moment stecken, einfach egal. Aber die Unsicherheit macht mich fertig."

Bonnie biss sich auf die Lippen. Dann setzte sie sich mit funkelnden Augen auf. „Ich kann dir einen Weg zeigen, es herauszufinden, Elena. Meine Großmutter hat verraten, wie du erfährst, welchen Mann du heiraten wirst."

„Sicher ein alter Druidentrick", warf Meredith trocken ein.

„Keine Ahnung, wie alt die Methode ist", verteidigte Bonnie sich. „Aber meine Großmutter sagte, dass sie schon von Generationen unserer Familie angewendet worden ist. Ist auch egal, jedenfalls klappt's. Meine Mutter hat das Bild meines Vater gesehen, als sie's versucht hat, und einen Monat später waren sie verheiratet. Es ist ganz einfach, Elena. Und was hast du schon groß zu verlieren?“

Elena schaute von Bonnie zu Meredith. „Ich weiß nicht.“ Sie zögerte. „Bonnie, du glaubst doch nicht wirklich ...“

Bonnie richtete sich mit ihrer ganzen Würde auf. „Willst du behaupten, meine Mutter lügt? Komm schon, Elena. Es kann nichts schief gehen, wenn wir's mal ausprobieren.“

„Was muss ich tun?“ Elena hatte immer noch Zweifel. Auf der einen Seite war sie fasziniert von der Vorstellung, auf der anderen fürchtete sie sich.

„Es ist ganz einfach. Wir müssen nur um Punkt Mitternacht alles fertig haben ...“ Fünf Minuten vor Mitternacht stand Elena im Esszimmer der McCulloughs und kam sich ziemlich blöd vor. Vom Hof her war Yangtzes hysterisches Bellen zu hören, aber im Haus war es still bis auf das Ticken der alten Standuhr. Nach Bonnies Instruktionen hatte sie den großen Walnusstisch mit einem Teller, einem Glas und einem Silberbesteck gedeckt, ohne dabei ein Wort zu sprechen. Dann hatte sie in dem Kerzenhalter mitten auf dem Tisch eine einzelne Kerze angezündet und sich selbst hinter den Stuhl vor dem gedeckten Platz gestellt.

Bonnie hatte gesagt, dass sie um Punkt Mitternacht den Stuhl wegziehen und ihren zukünftigen Ehemann einladen sollte. Zu diesem Zeitpunkt sollte die Kerze ausgehen und Elena eine geisterhafte Gestalt auf dem Stuhl sitzen sehen.

Vorhin war ihr ein wenig unbehaglich zumute gewesen. Sie wusste nicht, ob sie überhaupt einem Geist begegnen wollte, auch wenn es ihr zukünftiger Mann war. Aber jetzt kam ihr das Ganze nur wie ein harmloser Scherz vor. Als die Uhr zu schlagen begann, hob sie entschlossen die Schultern und packte den

Stuhl fester. Bonnie hatte sie gewarnt, ihn nicht loszulassen, bis die Zeremonie vorbei war.

Oh, das war zu albern. Vielleicht würde sie einfach schweigen ... aber als der letzte Ton des Glockenschlags verklungen war, hörte sie sich die Worte sprechen.

„Komm herein", sagte sie verlegen in das leere Zimmer und zog den Stuhl nach hinten. „Komm herein, komm herein ..."

Die Kerze ging aus.

Elena starrte in die plötzliche Dunkelheit. Sie hatte den kalten Windstoß gefühlt, der die Flamme ausgeblasen hatte. Er war von den großen Verandatüren hinter ihr gekommen, und sie drehte sich schnell um, den Stuhl immer noch mit einer Hand festhaltend. Sie hätte geschworen, dass die Türen verschlossen gewesen waren.

Etwas bewegte sich in der Dunkelheit.

Panik stieg in Elena auf. Auf einmal war alles gar nicht mehr witzig. Was hatte sie getan? Auf was hatte sie sich eingelassen? Ihr Herz verkrampfte sich, und sie hatte das Gefühl, ohne Vorwarnung in einen schrecklichen Albtraum gestürzt zu sein. Es war nicht nur pechschwarz um sie herum, sondern auch völlig still. Nichts war zu sehen oder zu hören. Und sie fiel und fiel ...

„Darf ich?" sagte eine Stimme, und eine helle Flamme glühte auf.

Einen schrecklichen Moment lang glaubte Elena, es sei Tyler. Sie erinnerte sich an sein Feuerzeug in der Kirchenruine. Aber die Kerze auf dem Tisch war angezündet worden, und sie sah die schlanken, bleichen Finger, die sie hielten. Stefan! Doch dann fiel ihr Blick auf das Gesicht. Der Fremde aus der Turnhalle!

„Du?" fragte sie erstaunt. „Was, zum Teufel, machst du

hier?“ Sie schaute von ihm zu den Verandatüren, die tatsächlich offen waren. Man konnte die dahinter liegende Wiese sehen. „Kommst du immer uneingeladen in das Haus fremder Leute?“

„Aber du hast mich doch eingeladen.“ Seine Stimme war so, wie sie sie in Erinnerung hatte, ruhig, spöttisch und amüsiert. Sie erinnerte sich auch an sein Lächeln. „Danke“, fügte er hinzu und setzte sich geschmeidig auf den Stuhl, den sie hervorgezogen hatte.

Elena riss die Hand von der Stuhllehne zurück. „Dich hab ich nicht eingeladen“, stammelte sie, hilflos zwischen Wut und Verlegenheit hin- und hergerissen. „Wieso treibst du dich vor Bonnies Haus herum?“

Er lächelte. Sein schwarzes Haar sah im Kerzenschein fast flüssig aus, zu weich und fein für menschliches Haar. Seine Gesichtszüge waren schneeweiß, doch gleichzeitig von unwiderstehlichem Charme. Er blickte ihr geradewegs in die Augen. „Helena, du bist schön wie die graziösen Barken, die im lauen Abendwind über das parfümierte Meer ...“

„Ich glaube, du gehst jetzt besser.“ Sie wollte ihm nicht länger zuhören. Seine Stimme hatte eine seltsame Wirkung auf sie. Ihr Klang machte sie schwach. Ein warmes Gefühl breitete sich in ihrem Körper aus. „Du solltest nicht hier sein. Bitte.“ Sie wollte die Kerze nehmen und ihn verlassen, wollte sich gegen den süßen Schwindel wehren, der sie zu überwältigen drohte.

Bevor sie die Kerze erreichen konnte, tat er etwas Ungewöhnliches. Er nahm ihre ausgestreckte Hand mit sanfter Geste und hielt sie zwischen seinen kühlen, feingliedrigen Fingern. Dann drehte er sie um und küsste ihre Handfläche.

„Nicht ...“, flüsterte Elena total überrascht.

„Komm mit mir“, sagte er und schaute ihr in die Augen.

„Bitte nicht.“ Alles um sie herum drehte sich. Er war verrückt. Wovon redete er? Wohin sollte sie mit ihm gehen? Aber sie fühlte sich gleichzeitig so schwindlig, so köstlich schwach.

Er stützte sie. Sie lehnte sich gegen ihn und fühlte, wie seine Finger den obersten Knopf ihrer Bluse öffneten. „Bitte, nicht ...“

„Ruhig. Es ist alles gut. Du wirst sehen.“ Er zog den Stoff von ihrem Hals fort und legte eine Hand hinter ihren Kopf.

„Nein!“ Plötzlich kehrte ihre Kraft zurück. Sie riss sich von ihm los und stolperte gegen den Stuhl. „Ich hab dir gesagt, du sollst gehen, und das meine ich auch. Raus hier ... und zwar sofort!“

Einen Moment blitzten seine Augen vor mörderischer Wut. Doch dann wurde sein Blick wieder ruhig, und er lächelte kurz.

„Ich werde gehen“, sagte er. „Doch nicht für immer.“

Elena schüttelte den Kopf und sah ihm nach, wie er durch die Verandatüren verschwand. Als sie sich hinter ihm geschlossen hatten, stand sie schweigend da und versuchte wieder normal zu atmen.

Diese Stille. Es konnte doch nicht so ruhig sein.

Sie drehte sich zu der alten Standuhr um und erkannte, dass sie stehen geblieben war. Bevor sie die Uhr näher untersuchen konnte, hörte sie Bonnies und Merediths erregte Stimmen.

Elena eilte auf den Flur. Ihre Beine trugen sie immer noch nicht ganz. Sie zog ungeduldig die Bluse am Hals hoch und knöpfte sie zu. Die Hintertür stand offen.

Sie konnte zwei Gestalten sehen, die sich über etwas auf der Wiese beugten.

„Bonnie? Meredith? Was ist passiert?“

Bonnie schaute hoch, als Elena herankam. Tränen standen in ihren Augen. „Oh, Elena. Er ist tot."

Entsetzt blickte Elena auf das kleine Bündel zu Bonnies Füssen. Es war der Pekinese. Er lag ganz steif auf der Seite. Seine Augen waren offen. „Bonnie, es tut mir Leid."

„Er war schon alt", schniefte Bonnie. „Aber irgendwie hab ich nie gedacht, dass er so schnell sterben würde. Noch vor kurzer Zeit hat er wie verrückt gebellt."

„Ich glaube, wir gehen besser rein", schlug Meredith vor. Elena sah sie an und nickte. In einer Nacht wie dieser hielt man sich besser nicht draußen in der Dunkelheit auf. Und es war auch keine Nacht, um fremde Wesen einzuladen. Das wusste Elena jetzt, obwohl sie noch immer nicht verstand, was geschehen war.

Erst als sie wieder ins Wohnzimmer traten, fiel ihr auf, dass ihr Tagebuch verschwunden war.

Stefan hob den Kopf, den er über den samtweichen Hals eines Rehs gebeugt hatte. Die Wälder waren von nächtlichen Geräuschen erfüllt, und er war sich nicht sicher, was ihn gestört hatte.

Als seine besonderen Kräfte abgelenkt wurden, erwachte das Reh aus seiner Trance. Er fühlte, wie seine Muskeln zitterten, während es versuchte, wieder auf die Füße zu kommen.

Dann lauf, dachte er, setzte sich auf die Fersen zurück und gab das Tier frei. Mit einem Ruck sprang es auf und rannte davon.

Er hatte genug gehabt, säuberte sich den Mund und fühlte, wie sich seine scharfen Eckzähne zurückzogen und wieder stumpf wurden. Sie waren jetzt fast schmerzhaft empfindsam, wie immer, wenn er länger seinen Hunger gestillt hatte. Es wurde für ihn immer schwieriger zu erkennen, wann es reichte. Seit dem letzten Mal bei der Kirchenruine hatte er keine Schwindelanfälle mehr gehabt. Aber er lebte in ständiger Angst, dass sie zurückkommen könnten.

Und eine weitere beklemmende Furcht beherrschte ihn. Nämlich, dass er eines Tages verwirrt zu sich kommen und Elenas schlaffen Körper in seinen Armen halten würde. Die frischen, roten Male seiner Zähne auf ihrem Hals ... ihr Herz für immer still.

Das war es, was die Zukunft für ihn bereithielt.

Diese Gier nach Blut war ihm auch jetzt noch ein Geheimnis. Obwohl er seit Jahrhunderten jeden Tag damit gelebt hatte, verstand er es nicht. Als Mensch hätte er die Vorstellung verabscheut, frisches, warmes Blut von einem atmenden Wesen zu trinken. Das heißt, wenn ihm jemand den Vorgang wortreich erklärt hätte.

Aber in jener Nacht waren keine Worte benutzt worden. In der Nacht, in der Katherine ihn verwandelt hatte.

Auch nach all den Jahren war die Erinnerung noch ganz deutlich. Er hatte geschlafen, als sie leise wie ein Geist in sein Zimmer gekommen war. Er hatte allein geschlafen ... Sie trug nur ein dünnes Leinenhemd, als sie zu ihm kam.

Es war die Nacht vor dem Tag, an dem sie ihre Wahl treffen wollte. Und sie war zu ihm gekommen.

Eine weiße Hand hatte die Vorhänge seines Bettes geöffnet, und Stefan war erschrocken aus dem Schlaf hochgefahren. Als er sie sah, das blonde Haar, das offen über ihre Schultern fiel, und ihre blauen Augen, halb in den Schatten verborgen, fehlten ihm vor Erstaunen die Worte.

Und vor Liebe. Er hatte noch nie in seinem Leben etwas so

Schönes gesehen. Zitternd versuchte er zu sprechen, aber sie legte ihm sanft zwei kühle Finger auf die Lippen.

„Still“, flüsterte sie, und die Matratze senkte sich unter dem neuen Gewicht, als sie sich neben ihn legte.

Sein Gesicht brannte. Sein Herz klopfte wie wild vor Verlegenheit und Erregung. Es war noch nie zuvor eine Frau in seinem Bett gewesen. Und das war Katherine, die wunderschöne Katherine, die er mehr als seine Seele liebte.

Und weil er sie so liebte, unternahm er eine gewaltige Anstrengung. Als sie unter die Laken schlüpfte und sich so nah an ihn presste, dass er das kühle Leinen ihres Hemds auf seiner heißen Haut spüren konnte, begann er zu reden.

„Katherine“, sagte er mühsam beherrscht. „Wir ... ich kann warten. Bis wir in der Kirche getraut worden sind. Ich werde Vater bitten, dass für nächste Woche schon alles vorbereitet wird. Es ... es wird nicht so lange ...“

„Still“, flüsterte sie, und er fühlte wieder die Kühle auf seiner Haut. Er konnte nicht anders und zog sie in seine Arme.

„Was wir jetzt machen, hat nichts damit zu tun“, sagte sie und streichelte seinen Hals.

Stefan verstand. Und er fühlte kurz Angst, die jedoch verschwand, als ihre Finger weiter seine Haut liebkosten. Er wollte es wirklich, er wollte alles, was ihn mit Katherine verbinden würde.

„Leg dich zurück, Liebster“, befahl sie sanft.

Liebster. Das Wort machte ihn so unendlich froh, während er den Kopf auf das Kissen sinken ließ und das Kinn zurückbog. Sein Hals war entblößt. Seine Furcht war verschwunden und hatte einem wilden Glücksgefühl Platz gemacht.

Er fühlte, wie ihr Haar sacht über seine Brust strich, und versuchte, ganz ruhig zu werden. Dann spürte er den Hauch ihres Atems auf seinem Hals, ihre Lippen und ... ihre Zähne.

Der Schmerz war stechend, aber Stefan zwang sich, ganz still zu liegen, nur an Katherine zu denken und an das, was er ihr geben wollte. Fast gleichzeitig ließ der Schmerz nach, und Stefan spürte, wie das Blut aus seinem Körper gesaugt wurde. Es war nicht so schrecklich, wie er es sich vorgestellt hatte. Mehr wie ein Gefühl des Gebens, der Hingabe.

Ihr Geist schien sich zu vermischen, eins zu werden. Er konnte Katherines übermächtige Freude fühlen und gleichzeitig seine eigene. Die Freude des Nehmens und Gebens. Die Grenze zwischen Traum und Wirklichkeit verwischte. Er konnte nicht mehr klar denken, nur noch fühlen. Und die Empfindungen trugen ihn höher und höher. Die letzten Bande zu dieser Welt brachen.

Einige Zeit später lag er benommen in Katherines Armen. Sie wiegte ihn wie eine Mutter ihr Kind und führte seinen Mund zu ihrem bloßen Hals. Dort war eine kleine Wunde, wie ein winziger Schnitt, der sich dunkel von der weißen Haut abhob. Stefan zögerte weder, noch fühlte er Furcht, und als sie ermutigend über sein Haar strich, begann er, das zu tun, was sie zuvor mit ihm getan hatte.

Nüchtern und eiskalt bürstete Stefan sich den Schmutz von seiner Hose. Die Welt der Menschen schlief, war wie betäubt. Doch seine eigenen Sinne waren messerscharf. Er hätte satt sein sollen, aber die Erinnerung hatte sein Verlangen wieder geweckt. Er nahm die Spur eines Fuchses auf und begann zu jagen.

12. KAPITEL

Elena drehte sich langsam vor dem großen Spiegel in Tante Judiths Schlafzimmer. Margaret saß am Ende des großen Betts. Ihre blauen Augen waren weit aufgerissen vor Bewunderung.

„Ich wünsche mir auch so ein schönes Halloweenkostüm“, sagte sie.

„Du gefällst mir aber als weißes Kätzchen viel besser.“ Elena pflanzte einen Kuss zwischen die weißen Samtohren, die an Margarets Haarband befestigt waren. Dann wandte sie sich an ihre Tante, die mit Nadel und Faden bei der Tür stand. „Es ist perfekt“, erklärte sie glücklich. „Wir brauchen nichts zu ändern.“

Das Mädchen im Spiegelbild hätte aus einem von Elenas Büchern über die italienische Renaissance stammen können. Schultern und Hals waren bloß, und das enge Mieder des hellblauen Kleids betonte die schmale Taille. Die langen, vollen Ärmel waren aufgeschlitzt, so dass man die weiße Seide des Unterkleids darunter sehen konnte, und der weite Rock berührte gerade eben den Boden. Das Kleid war wunderschön, und das klare, helle Blau ließ Elenas dunkelblaue Augen noch strahlender wirken.

Plötzlich fiel ihr Blick auf die altmodische Pendeluhr über der Kommode. „Oh, nein. Es ist fast sieben. Stefan wird jeden Moment hier sein.“

„Da ist sein Auto.“ Tante Judith schaute aus dem Fenster. „Ich gehe runter und mache ihm auf.“

„Ist schon okay“, entgegnete Elena. „Ich mache selber auf. Tschüss, ihr zwei!“ Sie rannte die Treppe hinunter.

Während sie zum Türknopf griff, erinnerte sie sich an den

Tag vor fast zwei Monaten, an dem sie Stefan im Geschichtsunterricht in den Weg getreten war. Jetzt beherrschte sie dasselbe Gefühl wie damals. Eine Mischung aus Anspannung, Erregung und Erwartung.

Hoffentlich klappte es heute besser. Die letzten anderthalb Wochen lang hatte sie ihre ganzen Hoffnungen auf diesen Augenblick, diesen Abend gerichtet. Wenn zwischen ihr und Stefan in dieser Nacht nichts Entscheidendes geschah, dann würde es nie geschehen.

Die Tür ging auf, und Elena trat einen Schritt zurück. Sie war merkwürdig schüchtern, hielt die Augen gesenkt, als habe sie Angst, ihn anzusehen.

Als sie hörte, wie er scharf die Luft einzog, schaute sie schnell hoch – und ihr wurde kalt ums Herz.

Er starrte sie zwar voller Erstaunen an. Aber sein Blick war nicht voller Freude, wie in der ersten Nacht in seinem Zimmer, sondern eher schockiert.

„Es gefällt dir nicht", flüsterte sie und merkte entsetzt, dass Tränen in ihre Augen traten.

Stefan fand wie immer schnell die Fassung wieder. Er blinzelte und schüttelte den Kopf. „Nein, nein. Es ist wunderschön. Du bist wunderschön."

Warum stehst du dann da, als hättest du einen Geist gesehen? dachte sie. Warum umarmst du mich nicht? Warum küsst du mich nicht?

„Du siehst auch toll auch", erwiderte sie leise. Das stimmte. Der schwarze Smoking und der Umhang, den er für seine Rolle angezogen hatte, standen ihm tadellos. Elena war überrascht gewesen, dass er ihrem Vorschlag zugestimmt hatte. Für eine Nacht Graf Dracula zu sein, schien ihn sehr zu belustigen. Und er trug die eleganten Sachen so selbstverständlich, als wären es die alltäglichen Jeans.

„Wir machen uns wohl besser auf den Weg“, antwortete er genauso leise und ernst.

Elena nickte und folgte ihm zu seinem Auto. Ihr Herz war inzwischen zu einem Eisklumpen erstarrt. Stefan schien innerlich weiter von ihr entfernt denn je, und sie hatte keine Ahnung, wie sie ihn zurückholen konnte.

Während sie zur High School fuhren, donnerte es, und Elena schaute missmutig aus dem Autofenster. Dicke, violettschwarze Wolken bedeckten den Himmel, obwohl es noch nicht zu regnen begonnen hatte. Die Luft schien wie elektrisch geladen zu sein. Es war die perfekte Stimmung für Halloween, bedrohlich und irgendwie unwirklich. Aber in Elena löste sie nur Angst aus. Seit jener Nacht in Bonnies Haus hatte sie genug von unheimlichen und außergewöhnlichen Dingen.

Ihr Tagebuch war nicht wieder aufgetaucht, obwohl die drei Mädchen das ganze Haus auf den Kopf gestellt hatten. Sie konnte immer noch nicht glauben, dass es wirklich weg war. Die Vorstellung, dass ein Fremder ihre geheimsten Gedanken lesen könnte, machte sie rasend. Natürlich war es gestohlen worden. Welche Erklärung sollte es sonst wohl geben? Mehr als eine Tür war in dieser Nacht bei den McCulloughs geöffnet gewesen. Jeder hätte einfach so reinspazieren können. Sie hatte große Lust, den Dieb umzubringen.

Unwillkürlich musste sie an jenes Paar schwarzer Augen denken. Dieser junge Mann, dem sie fast nachgegeben hätte, der es geschafft hatte, dass sie Stefan vergaß, hatte er es getan?

Sie nahm sich zusammen, als sie vor der Schule hielten, und zwang sich zu lächeln, während sie über die Flure gingen. In der

Stunde, die Elena zum Umziehen weg gewesen war, hatte sich alles verändert. Vorhin war die Halle noch voller Oberstufenschüler gewesen, die letzte Hand an die Dekorationen und die Requisiten legten. Jetzt wimmelte es von Fremden, von denen die meisten nicht einmal menschlich waren.

Mehrere Zombies wandten sich um, als Elena hereinkam. Ihre grinsenden Totenköpfe waren durch das verweste Fleisch zu sehen. Ein grotesk verformter Buckliger humpelte in Begleitung einer Leiche mit weißer Haut und leeren Augen heran. Aus einer anderen Richtung näherten sich ein Werwolf mit blutbefleckter Schnauze und eine schöne, schwarze Hexe.

Elena stellte überrascht fest, dass sie nicht einmal die Hälfte der Leute in ihren Kostümen erkannte. Dann wurde sie von ihnen umringt, hörte Komplimente über ihr Kleid und wurde von allen Seiten mit Problemen bombardiert, die sich noch in letzter Minute ergeben hatten. Elena bat um Ruhe und wandte sich an die Hexe, deren langes dunkles Haar lose den Rücken ihres engen schwarzen Kleides herunterfiel.

„Was ist los, Meredith?“ fragte sie.

„Trainer Lyman ist krank“, erwiderte Meredith ernst. „Also hat jemand Mr. Tanner überredet einzuspringen.“

„Ausgerechnet Tanner!“ Elena war entsetzt.

„Ja, und er macht schon Schwierigkeiten. Die arme Bonnie ist fast mit den Nerven am Ende. Du schaust besser mal nach, bevor die ersten Besucher kommen.“

Elena seufzte und nickte. Sie bahnte sich einen Weg durch die verschlungenen Pfade des „Spukhauses“.

Als sie durch die scheußliche mittelalterliche Folterkammer und den Raum des wahnsinnigen Mörders ging, kam ihr der Gedanke, dass die Kulissen ein bisschen zu echt wirkten. Das

„Spukhaus" konnte einem trotz der Neonbeleuchtung Angst einjagen.

Der Druidenraum befand sich nahe am Ausgang. Der Steinkreis von Stonehenge war aus Pappe nachgebildet worden. Aber die kleine Druidenpriesterin, die, in weiße Gewänder gehüllt und mit einem Kranz aus Eichenblättern im Haar, zwischen den ziemlich echt wirkenden Hinkelsteinen stand, sah aus, als würde sie jeden Moment in Tränen ausbrechen.

„Das Blut muss sein", bettelte sie. „Es gehört dazu. Sie sollen schließlich ein Menschenopfer darstellen."

„Diese lächerlichen Gewänder sind schon schlimm genug", erwiderte Tanner kurz. „Niemand hat mich informiert, dass ich mich außerdem mit dieser ... Soße beschmieren lassen muss."

„Das künstliche Blut berührt Sie doch gar nicht", erklärte Bonnie. „Es kommt auf das Gewand und auf den Altar. Sie sind ein Menschenopfer", wiederholte sie, als ob sie ihn dadurch überzeugen könnte.

„Was das angeht", erwiderte der Lehrer voller Abscheu, „so ist die Echtheit der ganzen Angelegenheit höchst fragwürdig. Entgegen der populären Meinung wurde Stonehenge nicht von den Druiden erbaut, sondern während der Bronzezeit, die ..."

Elena trat heran. „Mr. Tanner, darum geht es doch gar nicht."

„Für Sie beide nicht, kein Wunder", antwortete Mr. Tanner erregt. „Deshalb werden Sie und Ihre neurotische Freundin auch in Geschichte durchfallen, das können Sie mir glauben."

„Dazu besteht kein Grund", sagte eine Stimme. Elena schaute schnell über die Schulter und erkannte Stefan.

„Mr. Salvatore. Sieh da." Mr. Tanner betonte jedes Wort, als wollte er sagen, der hat mir noch zu meinem Glück gefehlt. „Ich nehme an, Sie haben uns ein paar neue Erkenntnisse aus Ihrem unendlichen Schatz an Wissen mitzuteilen. Oder wollen Sie mir ein blaues Auge verpassen?“ Er musterte Stefan, der cool und lässig in seinem perfekt sitzenden Smoking dastand, und Elena ging plötzlich ein Licht auf.

Tanner ist eigentlich nicht viel älter als wir, dachte sie. Er sah älter aus, weil er weniger Haar hatte, aber sicher war er erst Mitte zwanzig. Sie erinnerte sich daran, wie unwohl er sich auf dem Schulball in seinem billigen Anzug gefühlt hatte. Sicher hatte ihm auch als Schüler so etwas nie Spaß gemacht. Zum ersten Mal fühlte sie so etwas wie Sympathie für ihn.

Vielleicht dachte Stefan ebenso, denn obwohl er an den kleinen Mann herantrat und ihm gerade ins Gesicht blickte, war seine Stimme ganz ruhig. „Nein, das möchte ich nicht. Ich finde, das Ganze ist etwas aus den Fugen geraten. Warum tun wir nicht Folgendes ...“ Elena konnte den Rest nicht verstehen, aber Stefans Stimme war beruhigend, und Mr. Tanner schien ihm tatsächlich zuzuhören. Sie schaute auf die Menge, die sich hinter ihr versammelt hatte: vier oder fünf Ghouls, der Werwolf, ein Gorilla und ein Buckliger.

„Okay, die Show ist vorbei, alles ist unter Kontrolle“, verkündete sie, und die Zuschauer zertreuten sich. Stefan hatte sich der Sache angenommen. Sie wusste zwar nicht, wie, denn sie konnte nur seinen Hinterkopf sehen.

Seinen Hinterkopf ... Für einen Moment entstand ein Bild vor ihrem geistigen Auge. Es war an seinem ersten Schultag gewesen. Stefan hatte im Büro mit Mrs. Clarke geredet, und die hatte ganz merkwürdig reagiert. Als Elena Mr. Tanner ansah, hatte er den gleichen, leicht benommenen Gesichtsausdruck. Ein ungutes Gefühl überlief sie.

„Komm“, sagte sie zu Bonnie. „Gehen wir mal nach vorn.“

Sie nahmen die Abkürzung durch den Alien-Landeplatzraum und den der lebenden Toten in den vorderen Teil der Halle. Hier war der Eingang, wo die Besucher von einem Werwolf begrüßt werden sollten. Der Werwolf hatte seinen Kopf abgenommen und unterhielt sich mit ein paar Mumien und einer ägyptischen Prinzessin.

Elena musste zugeben, dass Caroline als Kleopatra umwerfend wirkte. Der Umriss ihres gebräunten Körpers war durch das dünne Leinenhemd, das sie trug, klar zu erkennen. Man konnte es Matt, dem Werwolf, kaum übel nehmen, dass seine Blicke von ihrem Gesicht nach unten schweiften.

„Wie läuft's hier?“ fragte Elena gespielt fröhlich.

Matt zuckte wie ertappt leicht zusammen, wandte sich dann zu ihr und Bonnie um.

Seit dem Schulball hatte Elena ihn kaum gesehen, und sie wusste, dass er sich auch von Stefan fern hielt. Ihretwegen. Obwohl sie Matt deswegen kaum einen Vorwurf machen konnte, war ihr klar, wie weh das Stefan tat.

„Alles okay.“ Matt fühlte sich sichtlich unwohl.

„Wenn Stefan mit Tanner fertig ist, werde ich ihn zu dir schicken. Er kann dir helfen, die Leute zu begrüßen“, sagte Elena.

Matt zuckte gleichgültig mit den Schultern. Dann fragte er: „Was hat er mit Tanner zu tun?“

Elena sah ihn überrascht an. Sie hätte geschworen, dass er noch vor ein paar Minuten im Druidenraum gewesen war und alles mitbekommen hatte. Sie erklärte es ihm.

Draußen krachte der Donner, und durch die offene Tür sah Elena einen Blitz über den Himmel zucken. Ein weiterer, heftiger Donnerschlag folgte Sekunden später.

„Hoffentlich fängt's nicht auch noch an zu regnen", murmelte Bonnie.

„Ja." Während Elena mit Matt sprach, hatte Caroline schweigend dabeigestanden. „Wäre doch schade, wenn niemand kommen würde."

Elena musterte sie scharf und erkannte unter dem Schlangenkopfschmuck den offenen Hass in Carolines Katzenaugen.

„Caroline", begann sie impulsiv. „Sollen wir nicht damit aufhören? Warum vergessen wir nicht alles und fangen von vorne an?"

Caroline verengte die Augen. Ihr Mund verzog sich, während sie auf Elena zutrat. „Ich werde niemals vergessen", zischte sie und schritt aus dem Zimmer.

Schweigen herrschte. Bonnie und Matt schauten zu Boden. Elena machte einen Schritt durch die offene Tür, um die kühle Nachtluft auf ihren heißen Wangen zu spüren. Draußen sah sie den Sportplatz und die im Wind peitschenden Zweige der Eichen dahinter. Wieder überkam sie eine merkwürdige Vorahnung. Heute ist die Nacht der Nächte, dachte sie. Die Nacht, in der es geschieht. Aber was „es" sein sollte, davon hatte sie keine Ahnung.

Eine Stimme aus dem Lautsprecher hallte durch die umgewandelte Turnhalle. „Okay, wir lassen die Meute jetzt vom Parkplatz rein. Mach das Licht aus, Ed!" Plötzlich lag der Raum im Dämmerlicht da, und die Luft war erfüllt von Stöhnen und wahnsinnigem Gelächter. Elena seufzte und drehte sich um.

„Halten wir uns besser bereit, die Besucher durchs ‚Spukhaus' zu führen", sagte sie leise zu Bonnie. Bonnie nickte und verschwand in der Dunkelheit. Matt stülpte seinen Werwolfkopf über und schaltete ein Tonband ein, das die ganzen Geräusche mit nervenzerfetzender Musik untermalte.

Stefan kam um die Ecke. Seine Kleidung und sein Haar verschmolzen mit der Dunkelheit. Nur sein weißes Hemd war deutlich zu sehen. „Mit Tanner ist alles klar", sagte er. „Wie kann ich sonst noch helfen?"

„Nun, du könntest mit Matt die Leute begrüßen ..." Elena verstummte. Matt verstellte die Lautstärke an der Tonbandanlage und sah nicht hoch. Elena blickte zu Stefan. Sein Gesicht war angespannt und völlig ausdruckslos. „Oder du könntest in die Garderobe der Jungs gehen und dich um Kaffee und Erfrischungen für die Helfer kümmern", beendete sie den Satz müde.

„Dann mach ich das", antwortete er. Als er sich abwandte, bemerkte sie ein leichtes Schwanken in seinem Gang.

„Stefan! Ist alles in Ordnung?"

„Klar." Er riss sich zusammen. „Ich bin nur ein bisschen müde, das ist alles." Sie sah ihm nach. Ihr Herz wurde immer schwerer.

Dann wandte sie sich an Matt, wollte ihm noch etwas sagen, doch die ersten Besucher waren schon an der Tür.

„Die Show kann beginnen!" rief Matt und kauerte sich in die Schatten. Elena ging mit kritischen Augen von Raum zu Raum. In den Jahren zuvor hatte es ihr immer am meisten Spaß gemacht, zuzusehen, wie Spukszenen nachgespielt wurden und die Besucher mit wohligem Gruseln erschraken. Heute jedoch war sie nervös und angespannt.

Jemand im Kostüm von Gevatter Tod ging an ihr vorbei, eine dunkle Gestalt, die Kapuze tief ins Gesicht gezogen. Elena grübelte, ob sie ihn schon einmal bei einer der Halloweenpartys gesehen hatte. Etwas an der Art, wie die Gestalt sich bewegte, kam ihr bekannt vor. Bonnie tauschte ein gequältes Lächeln mit der großen, schlanken Hexe, die den Besucherstrom in den Spinnenraum lenkte. Einige der jüngeren Kids schlugen nach den Gummispinnen, die von der Decke hingen, gröhlten herum und machten Terror. Bonnie drängte sich rasch in den Druidenraum.

Die Deckenstrahler verliehen der ganzen Szene eine unwirkliche Atmosphäre. Bonnie triumphierte innerlich, als sie Mr. Tanner ausgestreckt auf dem Opferstein liegen sah. Seine Gewänder waren blutdurchtränkt, und sein Blick war starr auf die Decke gerichtet.

„Ey, cool!“ schrie einer der Jungen und raste zu dem Altar. Bonnie blieb lächelnd zurück. Sie wartete darauf, dass sich das Blutopfer aufrichtete und dem Typen einen gehörigen Schreck einjagen würde.

Aber Mr. Tanner rührte sich nicht. Er blieb sogar völlig still, als der Junge seine Hand in die blutige Pfütze am Kopf des Opfers tauchte.

Das ist komisch, dachte Bonnie und stürzte nach vorn, um zu verhindern, dass der Junge sich das scharfe Opfermesser schnappte.

„Finger weg!“ warnte sie ihn. Er hielt stattdessen seine blutbefleckte Hand hoch und streckte ihr die Zunge raus. Bonnie hatte einen Moment Angst, dass Mr. Tanner warten würde, bis sie sich über ihn beugte, und dann hochfuhr. Aber der Lehrer starrte weiter an die Decke.

„Mr. Tanner? Mr. Tanner, alles in Ordnung? Mr. Tanner?“

Er rührte sich weder, noch gab er einen Laut von sich. In den weit aufgerissenen Augen lag kein Lebenszeichen. Fass ihn nicht an, warnte Bonnie plötzlich eine innere Stimme. Fass ihn bloß nicht an ...

Im Licht der Deckenstrahler sah sie, wie ihre Hand sich unwillkürlich ausstreckte ... wie sie nach Mr. Tanners Schulter griff und ihn schüttelte, sah, wie der Kopf schlaff nach hinten kippte. Ihr Blick fiel auf seine Kehle ... Elena hörte die Schreie. Sie waren schrill und lang anhaltend, ganz anders als die übrigen Geräusche im „Spukhaus". Elena wusste sofort, dass das kein Scherz war.

Danach wurde alles zum Albtraum.

Im Druidenraum erwartete sie eine gespenstische Szene, die nicht zum Programm gehörte. Bonnie schrie. Meredith hielt sie fest. Drei junge Burschen versuchten, durch den Notausgang zu fliehen, zwei der Aufpasser stellten sich ihnen in den Weg.

Mr. Tanner lag ausgestreckt auf dem Altar. Und sein Gesicht ...

„Er ist tot!" schluchzte Bonnie. „Oh, Gott, das Blut ist echt, und er ist tot. Ich habe ihn angefasst, Elena! Er ist tot, tot, tot!"

Menschen strömten in den Raum. Einige begannen zu schreien. Die Nachricht verbreitete sich. Plötzlich brach Panik aus, und alle drängten hinaus. Sie schubsten einander und stießen krachend in die Kulissen.

„Alle Lichter an!" schrie Elena. Sie hörte, wie ihr Befehl weitergegeben wurde. „Meredith, lauf schnell ans Telefon. Ruf einen Krankenwagen und die Polizei ... Licht an, verdammt noch mal!"

Als es hell wurde, sah Elena sich um. Sie konnte keinen Erwachsenen entdecken, niemanden, der die Verantwortung übernehmen konnte. Ein Teil von ihr war eiskalt und nüchtern. Ihre Gedanken überschlugen sich, während sie fieberhaft überlegte, was als Nächstes zu tun war. Doch ein anderer Teil war vor Entsetzen wie betäubt. Mr. Tanner ... Sie hatte ihn nie gemocht, doch das schien alles noch schlimmer zu machen.

„Schafft die Kids hier raus. Alle außer den Helfern sollen nach draußen“, rief sie schließlich.

„Nein! Türen zu! Keiner darf raus, bis die Polizei hier ist!“ schrie ein Werwolf neben ihr und nahm die Maske ab. Elena drehte sich erstaunt um. Es war nicht Matt, sondern Tyler Smallwood.

Er hatte erst in dieser Woche wieder zurück in die Schule gedurft. Sein Gesicht war immer noch verfärbt von den Schlägen, die Stefan ihm verpasst hatte. Aber in seiner Stimme lag Autorität. Die Aufpasser schlossen die Türen.

Unter den Dutzenden Leuten, die sich im Bereich von Stonehenge drängten, sah Elena nur einen Helfer. Den Rest kannte sie lediglich flüchtig von der Schule her. Einer von ihnen, ein Junge im Piratenkostüm, sprach mit Tyler.

„Du glaubst ... du glaubst tatsächlich, jemand von uns hier hat es getan?“

„Ja, jemand, der sich irgendwo im ‚Spukhaus‘ aufhält.“ Tyler klang merkwürdig erregt, als würde ihm das Ganze Spaß machen. Er deutete auf die Blutlache vor dem Opferstein. „Das Blut ist noch nicht geronnen. Die Tat muss vor kurzem passiert sein. Und schau mal, auf welche Art seine Kehle durchschnitten wurde. Der Mörder muss das hier benutzt haben.“ Er zeigte auf das Opfermesser.

„Dann ist er also noch unter uns“, flüsterte ein Mädchen in einem Kimono ängstlich.

„Es ist nicht schwer zu raten, wer es war“, verkündetete Tyler. „Jemand, der Tanner hasste. Der immerzu Zoff mit ihm hatte. Jemand, der sogar heute Abend mit ihm gestritten hat. Ich war Zeuge."

Also warst du der Werwolf, dachte Elena wie benommen. Aber was hatte Tyler überhaupt dort zu suchen gehabt? Er gehörte nicht zu den Helfern.

„Jemand, der für seine Gewaltättigkeit bekannt ist", fuhr Tyler fort. „Jemand, der, wer weiß, vielleicht sogar ein Geisteskranker ist, der nur nach Fell's Church gekommen ist, um zu morden."

„Tyler, was soll der Quatsch?" Elenas Benommenheit war geplatzt wie eine Seifenblase. Wütend trat sie heran. „Du bist ja verrückt!"

Er machte eine Geste in ihre Richtung, ohne sie anzusehen. „Das behauptet seine Freundin. Aber vielleicht ist sie ein wenig voreingenommen."

„Vielleicht bist du ein bisschen voreingenommen, Tyler", meldete sich eine Stimme aus der Menge. Elena sah, wie ein zweiter Werwolf nach vorne kam. Matt.

„Ach, wirklich? Nun, warum erzählst du uns nicht, was du über Stefan Salvatore weißt? Wo kommt er her? Wo ist seine Familie? Woher hat er das viele Geld?" Tyler wandte sich an die anderen. „Wer weiß überhaupt etwas von ihm?"

Die Zuschauer schüttelten die Köpfe. Elena sah, wie in den Gesichtern Misstrauen aufkeimte. Die unterschwellige Angst vor allem Unbekannten, allem, was anders war. Und Stefan war anders. Er war ein Fremder in ihrer Mitte, und jetzt brauchten sie einen Sündenbock.

Das Mädchen im Kimono begann: „Ich hab da ein Gerücht gehört ..."

„Das ist alles, was jeder von uns gehört hat, irgendwelche

Gerüchte!“ schrie Tyler. „Niemand weiß wirklich etwas von ihm. Aber eins kann ich mit Sicherheit behaupten. Die Überfälle in Fell's Church haben in der ersten Schulwoche angefangen. Das war die Woche, in der Stefan Salvatore plötzlich wie aus dem Nichts hier aufgetaucht ist!“

Das Murmeln der Menge wurde lauter. Selbst Elena war geschockt. Natürlich war das alles Blödsinn und nur ein dummer Zufall. Aber Tyler hatte Recht. Die Überfälle hatten begonnen, als Stefan nach Fell's Church kam.

„Und noch was kann ich euch sagen!“ Tyler brüllte jetzt. „Hört mir zu, da ist noch was!“ Er wartete, bis alle still waren und ihn ansahen. „Er war in der Nacht auf dem Friedhof, als Vickie Bennett angegriffen wurde.“ Tyler betonte jedes Wort.

„Klar, er war auf dem Friedhof und hat dir das Gesicht poliert“, entgegnete Matt, doch seiner Stimme fehlte die übliche Überzeugungskraft. Tyler griff seine Bemerkung sofort auf.

„Ja, er hat mich fast umgebracht. Und heute Nacht hat jemand Tanner tatsächlich ermordet. Ich weiß nicht, was ihr denkt, aber ich glaube, dass Salvatore es getan hat. Er ist der Mörder!“

„Aber wo ist er?“ rief jemand aus der Menge.

Tyler sah sich um. „Wenn er es war, muss er noch irgendwo hier stecken. Auf, Freunde, finden wir ihn!“

„Stefan hat nichts getan! Tyler ...!“ rief Elena verzweifelt. Aber der Lärm der anderen übertönte sie. Tylers Worte wurden wie eine Litanei wiederholt. „Finden wir ihn ... finden wir ihn ...“

Elena hörte, wie sie vom einen zum anderen weitergeben wurden. Und die Gesichter im Stonehenge-Raum füllten sich immer mehr mit Misstrauen. Elena erkannte in den Mienen auch Wut und Rachedurst. Von Tyler angestachelt, war die Menge außer Kontrolle geraten.

„Wo steckt er, Elena?“ fuhr Tyler sie an. In seinen Augen sah sie den unverhüllten Triumph. Er genoss das alles tatsächlich.

„Ich weiß es nicht“, entgegnete sie scharf und hatte große Lust, ihn zu schlagen.

„Er muss noch hier sein! Suchen wir ihn!“ schrie jemand, und alle setzten sich schiebend und drängend in Bewegung. Die so liebevoll aufgebauten Kulissen wurden einfach niedergetrampelt oder achtlos zur Seite geschoben.

Elenas Herz klopfte wie wild. Die harmlosen Besucher hatten sich in eine blutrünstige Meute verwandelt. Sie hatte Angst, was sie Stefan antun würden, wenn sie ihn fanden. Aber wenn sie versuchte, ihn zu warnen, würde sie Tyler direkt zu ihm führen.

Sie sah sich verzweifelt um. Bonnie starrte immer noch auf den toten Mr. Tanner. Von ihr war keine Hilfe zu erwarten. Plötzlich fiel ihr Blick auf Matt.

Sein blondes Haar war wirr und sein Gesicht rot und verschwitzt. Er schien wütend, doch gleichzeitig auch unsicher zu sein. Elena legte ihre ganze Überzeugungskraft in den Blick. Bitte, Matt. Du kannst das alles doch nicht glauben. Du weißt, dass es nicht stimmt.

Aber an seinen Augen erkannte sie, dass er wirklich nicht wusste, was er glauben sollte. Sie sah ihn eindringlich an, wollte ihn zwingen, sie zu verstehen. Bitte, Matt. Nur du kannst ihn retten. Selbst, wenn du es nicht begreifst, versuch wenigstens, Vertrauen zu haben ... bitte ...

Matts Gesicht veränderte sich. Die Verwirrung wich fester Entschlossenheit. Er sah Elena noch einen Moment an, dann nickte er, wandte sich um und verschwand in der Menge. Matt bahnte sich ungehindert einen Weg zur anderen Seite der Turnhalle. Einige Schüler der Unterstufe standen neben der Tür zu den Waschräumen der Jungen. Matt befahl ihnen barsch, die umgestürzten Kulissen wieder aufzurichten. Als sie abgelenkt waren, riss er die Tür auf und verschwand nach drinnen.

Er traute sich nicht, laut zu rufen und sah sich schnell um. Stefan musste den Tumult draußen doch mitbekommen haben. Vermutlich war er schon verschwunden. Aber dann entdeckte Matt die schwarz gekleidete Gestalt auf dem weiß gekachelten Boden.

„Stefan, was ist passiert?" Einen schrecklichen Moment lang glaubte Matt, vor der zweiten Leiche des Abends zu stehen. Aber als er sich neben Stefan kniete, bewegte dieser sich leicht.

„He, ist ja alles gut. Setz dich langsam auf. Bist du in Ordnung, Stefan?"

„Ja", kam die leise Antwort. Du siehst aber gar nicht so aus, Junge, dachte Matt. Stefans Gesicht war schneeweiß, seine Pupillen riesig erweitert. Er schien nicht zu wissen, wo er sich befand, und wirkte krank. „Danke", flüsterte er.

„Dank mir nicht zu früh", antwortete Matt trocken. „Stefan, du musst hier raus. Kannst du sie nicht hören? Sie sind hinter dir her!"

Stefan drehte sich in Richtung Turnhalle, als würde er lauschen. Aber er begriff nicht. „Wer ist hinter mir her? Und warum?"

„Die ganze Meute. Und warum, ist im Moment egal. Du musst hier weg, bevor sie dich in die Finger kriegen."

Als Stefan ihn weiter ungläubig anstarrte, fügte Matt hinzu: „Es hat wieder einen Überfall gegeben. Diesmal war Tanner das Opfer. Er ist tot, Stefan. Und man hält dich für den Mörder."

Endlich schien es Stefan zu dämmern. Matt erkannte das blanke Entsetzen in seinen Augen. Und eine Art trauriger Selbstaufgabe, die schrecklicher war als alles andere, was er heute Abend gesehen hatte. Er griff fest nach Stefans Schulter.

„Ich weiß, dass du's nicht getan hast." In diesem Moment glaubte Matt fest daran. „Und die da draußen werden's auch kapieren, wenn sie wieder zur Besinnung kommen. Aber inzwischen musst du hier weg."

„Weg von hier ... ja", sagte Stefan. Seine Benommenheit war gewichen. Bitterkeit lag in seinen Worten. „Ich werde ... fortgehen."

„Stefan ..."

„Matt." Die grünen Augen waren dunkel und brannten. Matt konnte den Blick nicht abwenden. „Ist Elena in Sicherheit? Gut. Pass auf sie auf. Bitte."

„Wovon redest du, Stefan? Du bist unschuldig, das alles wird sich aufklären."

„Pass auf sie auf, Matt."

Matt trat einen Schritt zurück. Er blickte immer noch in diese fordernden grünen Augen. Dann nickte er langsam. „Ich versprech's." Er sah Stefan nach, bis dieser in der Dunkelheit verschwunden war.

13. KAPITEL

Elena stand in einem Kreis aus Polizeibeamten und anderen Erwachsenen und wartete auf ihre Chance, gehen zu können. Sie wusste, dass Matt Stefan rechtzeitig gewarnt hatte – sein Gesicht hatte es ihr verraten –, doch er kam nicht nah genug an sie heran, um mit ihr zu sprechen.

Endlich wandte sich die ganze Aufmerksamkeit der Leiche zu, und Elena konnte sich von der Gruppe lösen. Sie ging zu Matt.

„Stefan ist okay", sagte er leise, den Blick auf die anderen gerichtet. „Aber er hat mir gesagt, ich soll auf dich aufpassen. Und ich möchte, dass du hier bleibst."

„Du sollst auf mich ...?" Unruhe und Argwohn packten Elena. Dann fügte sie flüsternd hinzu: „Okay." Sie überlegte einen Moment und sagte ruhig: „Ich muss mir mal die Hände waschen, Matt. Bonnie hat mich mit Blut beschmiert. Warte hier, ich bin gleich zurück."

Bevor er protestieren konnte, hatte sie sich schon von ihm entfernt. Als sie zum Waschraum kam, hielt sie wie zur Erklärung ihre blutbefleckten Hände hoch. Der Lehrer, der inzwischen die Tür bewachte, ließ sie durch. Drinnen jedoch ging Elena geradewegs zur Hintertür und verschwand in der Nacht.

Zuccone! dachte Stefan, packte ein Bücherregal und warf es um. Idiot! Er hasste sich. Wie hatte er nur so dumm sein können?

Einen Platz unter ihnen finden? Als einer von ihnen anerkannt werden? Er musste verrückt gewesen sein, so etwas für möglich zu halten.

Stefan schmiss einen der schweren Koffer quer durchs Zimmer. Er krachte gegen die Wand und zerschmetterte ein Fenster. Dumm, so dumm!

Wer war hinter ihm her? Alle! Matt hatte es ausgesprochen. „Es hat einen weiteren Überfall gegeben ... Man hält dich für den Täter.“

Nun, diesmal sah es ganz so aus, als hätten die feigen Menschen mit ihrer Furcht vor allem Unbekannten sogar Recht. Wie sonst sollte man erklären, was geschehen war? Er hatte die Schwäche gefühlt, die Verwirrtheit. Alles hatte sich gedreht ... und dann war ihm schwarz vor Augen geworden. Als er wieder zu sich gekommen war, hatte er gehört, wie Matt berichtete, dass wieder ein Mensch angegriffen worden war. Diesmal hatte das Opfer nicht überlebt. Wie sollte man das erklären, wenn nicht er, Stefan, der Mörder war?

Das war er. Ein Mörder. Abgrundtief böse. Eine Kreatur, in der Schwärze der Nacht erschaffen, vom Schicksal dazu bestimmt, zu jagen und sich zu verbergen. Warum dann nicht auch töten? Warum nicht die wahre Natur seines Wesens ganz ausleben? Wenn er es schon nicht ändern konnte, konnte er es doch genauso gut genießen. Er würde Dunkelheit über diese Stadt bringen, die ihn hasste, die ihn in diesem Moment sogar jagte.

Aber erst war er durstig. Seine Adern brannten wie ein Netz glühender Drähte. Er musste seinen Hunger stillen.

Die Pension lag im Dunkeln. Elena klopfte an der Tür, doch sie bekam keine Antwort. Über ihr tobte der Donner. Doch es regnete immer noch nicht.

Nachdem sie länger gegen die Tür getrommelt hatte, drehte sie den Türknopf. Die Tür ging auf. Im Haus war es dunkel und totenstill. Elena ertastete sich den Weg zur Treppe und stieg hoch.

Auf der zweiten Etage war es genauso finster. Stolpernd suchte sie das Schlafzimmer mit der Treppe zum dritten Stock. Ein schwaches Licht drang von oben herab. Sie kletterte darauf zu und fühlte sich von den Wänden bedroht, die sie von allen Seiten einzuschließen schienen.

Das Licht schimmerte unter der geschlossenen Tür durch. Elena klopfte leise. „Stefan?" flüsterte sie. Dann rief sie lauter: „Stefan, ich bin's."

Keine Antwort. Elena drehte den Türknopf und öffnete die Tür. Vorsichtig spähte sie ins Zimmer. „Stefan ..."

Sie sprach ins Leere.

Das Zimmer sah völlig verwüstet aus. Ein Orkan schien hindurchgefegt zu sein. Die schweren Koffer, die friedlich in ihren Ecken gestanden hatten, lagen offen herum. Ihr Inhalt war über den ganzen Raum verteilt. Eine Fensterscheibe war zersplittert. Stefans ganzer Besitz, all die Dinge, die er sorgsam gehütet hatte und die ihm so viel bedeuteten, waren wie billiger Plunder überall verstreut.

Panik stieg in Elena auf. Man spürte auch jetzt noch die blinde Wut und die brutale Gewalt, die für diese Zerstörung verantwortlich waren. Jemand, der zur Gewalttätigkeit neigt, hatte Tyler gesagt ...

Es ist mir egal, dachte sie. Aufsteigender Ärger drängte die Angst zurück. Mir ist alles egal, Stefan. Ich möchte dich trotzdem sehen. Wo bist du?

Die Falltür in der Decke war offen. Kalte Luft blies herein. Oh, nein, dachte Elena, und neue Furcht überkam sie. Das Dach war so hoch ...

Sie war noch nie die steile Leiter zu dem Wandelgang auf dem Dach hochgeklettert. Der weite Rock machte alles noch schwieriger. Langsam kroch sie durch die kleine Tür, zog sich auf Knien auf das Dach und richtete sich auf. In einer Ecke entdeckte sie undeutlich eine dunkle Gestalt. Elena ging schnell darauf zu.

„Stefan. Ich musste einfach kommen ...“, begann sie und hielt inne, denn gerade als die Gestalt herumfuhr, zuckte ein greller Blitz über den Himmel. Und dann schien es ihr, als würden all die bösen Vorahnungen und Albträume der letzten Zeit mit einem Mal grausige Wirklichkeit.

Oh, nein, nein. Ihr Verstand weigerte sich zu verstehen, was ihre Augen sahen. Nein, nein. Sie würde nicht weiter hinsehen, sie wollte es nicht glauben ...

Aber es war bereits geschehen. Selbst wenn sie jetzt die Augen schloss, würde sie sich an jede Einzelheit erinnern. Es war, als ob der Blitz dieses Bild für immer in ihr Gedächtnis eingebrannt hätte.

Stefan. Stefan, so cool und unwiderstehlich in seiner Lederjacke mit dem hochgestellten Kragen. Stefan, den der Blitz überrascht hatte. Der dort, halb zu ihr hingewandt, kauerte wie ein wildes Tier, sein Gesicht vor Wut zu einer bestialischen Fratze verzerrt.

Und Blut klebte an seinen Lippen. Es hob sich gespenstisch von seiner weißen Haut und den scharf blitzenden Zähnen ab. In seinen Händen hielt er den schlaffen Körper einer weißen Taube. Eine weitere lag zu seinen Füßen.

„Oh, nein, nein“, flüsterte Elena und wich unwillkürlich zurück. Ihr Verstand konnte diesen Horror nicht verarbeiten. Ihre Gedanken überschlugen sich voller Panik. Sie wollte es nicht glauben. Nein, sie wollte es nicht glauben. Ihr wurde schwindlig.

„Elena!“ Noch schrecklicher als alles andere war es, Stefan hinter dieser Tierfratze zu erkennen. Zu sehen, wie sich die Wut in Schock und Verzweiflung verwandelte. „Elena, bitte. Bitte, nicht ...“

„Nein!“ Die Schreie erstickten in ihrer Kehle. Stolpernd wich sie zurück, als er auf sie zukam. „Nein!“

„Elena, bitte, sei vorsichtig ...“ Diese Kreatur, die Kreatur mit Stefans Gesicht verfolgte sie. Sie sprang zurück, als er einen weiteren Schritt machte und die Hand ausstreckte. Die schmale, feingliedrige Hand, die ihr Haar so sanft gestreichelt hatte ...

„Fass mich nicht an!“ schrie sie und stieß im selben Moment mit dem Rücken gegen das Geländer des Wandelgangs. Es war alt und verrostet. Elenas Gewicht war zu viel. In das quietschende Geräusch des zerbrechenden Eisens und das Splittern des morschen Holzes mischte sich ihr eigener Schrei. Und dann war nichts mehr hinter ihr, nichts, an das sie sich klammern konnte. Nur noch Leere.

Im Fallen sah sie die violettfarbenen Wolken, die über den Himmel jagten, dann das Haus, dunkel und irgendwie bedrohlich. Es schien, als habe sie genug Zeit, alles genau zu registrieren und die unbeschreibliche Angst zu spüren, während sie fiel und fiel.

Aber der schreckliche, endgültige Aufprall blieb aus. Plötzlich umfingen sie Arme und trugen sie sanft. Es gab ein dumpfes Geräusch. Der Griff der Arme verstärkte sich, der andere Körper fing den Sturz auf. Dann war alles ruhig.

Elena rührte sich nicht und versuchte, zur Besinnung zu kommen. Versuchte, das nächste, unglaubliche Ereignis zu begreifen. Sie war von einem dreistöckigen Haus gefallen und trotzdem noch am Leben. Sie stand im Garten hinter der Pension. Zwischen den Donnerschlägen herrschte völlige Stille. Auf dem Boden, wo ihr zerschmetterter Körper hätte liegen sollen, war nur welkes Laub.

Langsam richtete sie den Blick auf den, der sie hielt. Stefan.

In dieser Nacht hatte es zu viel Angst gegeben. Zu viel war auf sie eingestürmt. Elena war wie betäubt. Sie konnte nicht länger reagieren und ihn nur noch verwundert anstarren.

In seinen Augen lag eine solche Trauer. Diese Augen, in denen ein grünes Feuer gebrannt hatte, waren jetzt dunkel, leer und ohne jede Hoffnung. Diesen Blick hatte Elena schon einmal an ihm gesehen. In der ersten Nacht in seinem Zimmer. Doch diesmal war es schlimmer. Denn jetzt mischten sich in die Trauer Selbsthass und bittere Vorwürfe. Elena konnte es nicht länger ertragen.

„Stefan“, flüsterte sie und fühlte, wie die tiefe Trauer ihre eigene Seele ergriff. Immer noch war sein Mund rot verschmiert, doch das weckte in ihr neben der instinktiven Furcht jetzt Mitleid. So allein zu sein, so fremd und so schrecklich allein ...

„Oh, Stefan.“

In seinen leeren Augen lag keine Antwort.

„Komm“, sagte er leise und führte sie zurück zum Haus. Stefan schämte sich, als sie die dritte Etage erreicht hatten und er das Ausmaß der Verwüstung in seinem Zimmer musterte. Dass ausgerechnet Elena das sehen musste, fand er unverzeihlich. Aber vielleicht war es ganz passend, wenn sie erkannte, was er wirklich war und wozu er im Stande war.

Sie bewegte sich langsam und wie benommen auf das Bett zu und setzte sich. Dann richtete sie den Blick auf ihn. „Erzähl mir alles.“

Er lachte kurz und bitter auf. Als sie bei dem Geräusch zusammenzuckte, hasste er sich noch mehr. „Was willst du wissen?“ fragte er. Er stellte einen Fuß auf den Deckel eines umgestürzten Koffers und sah sie fast trotzig an. Dann deutete er auf das Zimmer. „Wer das getan hat? Ich.“

„Du bist stark“, sagte sie und betrachtete einen der durch den Raum geschleuderten Koffer. Als ob sie sich erinnerte, was auf dem Dach geschehen war, fügte sie noch hinzu: „Und schnell.“

„Stärker als ein Mensch“, erwiderte er und betonte das letzte Wort. Warum wich sie nicht vor ihm zurück? Warum betrachtete sie ihn nicht mit dem Hass, der ihm sonst entgegenschlug? Es war ihm inzwischen egal, was sie dachte. „Meine Reflexe sind schneller, und ich bin elastischer. Das muss ich auch sein. Ich bin ein Jäger“, sagte er hart.

Etwas in ihrem Blick erinnerte ihn daran, wobei sie ihn unterbrochen hatte. Er wischte sich mit dem Handrücken den Mund ab, dann griff er schnell zu dem Glas Wasser, das unbeschädigt auf seinem Nachttisch stand. Er fühlte, wie sie ihn beobachtete, während er trank, und wischte sich wieder den Mund ab. Oh, er hatte sich selbst belogen. Was sie von ihm hielt, bedeutete ihm trotz allem immer noch viel.

„Du kannst essen und trinken ... und andere Dinge“, flüsterte sie.

„Ich brauche es nicht“, erwiderte er leise und fühlte sich müde und ausgelaugt. „Ich habe nichts anderes nötig.“ Plötzlich fuhr er herum und fügte leidenschaftlich hinzu: „Du behauptest, ich sei schnell, aber gerade das bin ich nicht. Hast du das Wort ‚schnell‘ schon einmal in der Verbindung mit ‚tot‘ gehört, Elena? Schnell heißt lebendig. Es trifft auf jene zu, die leben. Ich gehöre zu der anderen Hälfte.“

Er konnte sehen, dass sie zitterte. Aber ihre Stimme war ruhig, und sie wandte den Blick nicht von ihm ab. „Erzähl mir alles, Stefan. Ich habe ein Recht, es zu erfahren."

Diese Worte hatte er schon einmal gehört. Und sie waren jetzt so wahr wie beim ersten Mal. „Ja, das hast du wohl." Seine Stimme war müde und hart.

Er starrte ein paar Momente lang aus dem zerbrochenen Fenster, dann sah er sie wieder an und sagte nüchtern: „Ich wurde im fünfzehnten Jahrhundert geboren. Glaubst du das?"

Sie schaute auf die verstreuten Gegenstände, die er mit einer heftigen Armbewegung von der Truhe geschleudert hatte. Die Goldmünzen, den Achatbecher, seinen Dolch ... „Ja", antwortete sie leise. „Ich glaube dir."

„Und? Willst du mehr wissen? Wie ich zu dem geworden bin, was ich bin?" Als sie nickte, drehte er sich wieder zum Fenster um. Wie sollte er es über sich bringen, ihr davon zu erzählen? Er, der so lange allen Fragen ausgewichen war. Der ein solcher Meister im Verbergen und Betrügen geworden war.

Es gab nur einen Weg. Die völlige Wahrheit, ohne irgendetwas zu verschweigen. Alles vor ihr offen auszubreiten, wie er es bei noch keinem Menschen getan hatte.

Und er wollte es. Obwohl er wusste, dass sie sich am Ende von ihm abwenden würde. Er musste Elena einfach zeigen, was er war.

Während er in den Nachthimmel schaute, über den hin und wieder Blitze zuckten, begann er.

Er sprach ohne Emotionen. Erzählte von seinem Vater, einem ehrlichen, zuverlässigen Mann, von dem Leben in Florenz und auf dem Landsitz der Familie. Er berichtete von seinen

Studien und Plänen. Von seinem Bruder, der so verschieden von ihm war, und dem Hass zwischen ihnen.

„Ich weiß nicht, wann Damon begann, mich zu hassen. Solange ich mich erinnern kann, ist es zwischen uns so gewesen. Vielleicht kam es daher, dass meine Mutter sich von meiner Geburt nie richtig erholt hat. Sie ist ein paar Jahre später gestorben. Damon hat sie sehr geliebt. Ich hatte immer das Gefühl, dass er mich für ihren Tod verantwortlich machte." Er hielt inne und schluckte. „Und dann gab es später ein Mädchen."

„Das Mädchen, an das ich dich erinnere?" warf Elena leise ein. Er nickte. „Das Mädchen ...", sie zögerte einen Moment, „... das dir den Ring geschenkt hat?"

Stefan blickte auf den Silberring an seinem Finger. Dann schaute er Elena an. Langsam zog er die Kette unter seinem Hemd hervor und betrachtete den kleinen Ring, der daran hing.

„Ja. Das war ihr Ring. Ohne einen solchen Talisman würden wir in der Sonne verbrennen."

„Dann war sie ... wie du?"

„Sie hat mich zu dem gemacht, was ich bin." Stockend erzählte er ihr von Katherine. Von ihrer Schönheit und Anmut und seiner großen Liebe zu ihr. Einer Liebe, die auch Damon für Katherine empfand.

„Sie war zu zart, von zu viel Zuneigung erfüllt", sagte er schließlich. Die Worte schienen ihm wehzutun. „Sie schenkte ihre Liebe jedem. Auch meinem Bruder. Doch am Ende haben wir sie gezwungen, zwischen uns zu wählen. Und dann ... kam sie zu mir."

Die Erinnerung an jene Nacht, jene von bittersüßem

Schmerz erfüllte Nacht kam zurück. Sie war zu ihm gekommen. Und er war so glücklich gewesen. So voller Stolz und Freude. Er wollte Elena das fühlen lassen, bemühte sich, die richtigen Worte zu finden. Die ganze Nacht lang war er glücklich gewesen. Sogar noch am nächsten Morgen, als er aufwachte und sie fort war ... Es hätte alles ein Traum sein können, doch die kleinen Wunden an seinem Hals waren Wirklichkeit. Stefan wunderte sich, dass sie nicht schmerzten und schon halb verheilt zu sein schienen. Der hohe Kragen seines Hemdes verbarg sie vor neugierigen Blicken.

Ihr Blut brennt jetzt in meinen Adern, dachte er, und schon allein die Worte ließen sein Herz höher schlagen. Sie hatte ihm ihre Stärke geschenkt. Sie hatte ihn gewählt.

Er hatte sogar ein Lächeln für Damon, als sie sich an diesem Abend an dem vereinbarten Ort trafen. Damon war den ganzen Tag fort gewesen, doch er war pünktlich in den gepflegten Park der elterlichen Villa gekommen und lehnte jetzt lässig an einen Baum. Katherine verspätete sich.

„Vielleicht ist sie müde“, meinte Stefan und beobachtete, wie sich der Himmel dunkel färbte. Er versuchte, den schüchternen Stolz in seiner Stimme zu verbergen. „Vielleicht braucht sie mehr Ruhe als sonst.“

Damon sah ihn scharf an, seine dunklen Augen schienen ihn zu durchbohren. „Vielleicht ...“ Er wollte mehr sagen, doch leichte Schritte näherten sich, und einen Moment später erschien Katherine zwischen den gestutzten Hecken. Sie trug ein weißes Kleid und war schön wie ein Engel.

Sie schenkte jedem der Brüder ein Lächeln. Stefan erwiderte es höflich. Nur mit seinem Blick sprach er von ihrem Geheimnis. Dann wartete er.

„Ihr habt mich gebeten, meine Wahl zu treffen", begann sie und sah erst ihn, dann seinen Bruder an. „Und jetzt seid ihr zu der Stunde, die ich festgelegt habe, gekommen. Ich werde euch sagen, wie meine Entscheidung ausgefallen ist."

Sie hielt die Hand hoch, an der sie den Ring trug. Stefan betrachtete den Stein. Ihm fiel auf, dass er tiefblau war wie der Abendhimmel. Es schien, als würde Katherine immer ein Stück der Nacht bei sich haben.

„Ihr habt beide schon diesen Ring gesehen", fuhr sie leise fort. „Und ihr wisst, dass ich ohne ihn sterben würde. Es ist nicht leicht, einen solchen Talisman herstellen zu lassen, zum Glück ist meine Dienerin Gudren schlau. Und es gibt viele Silberschmiede hier in Florenz."

Stefan hörte die Worte, ohne sie zu verstehen. Aber als sie sich ihm wieder zuwandte, lächelte er ihr aufmunternd zu.

„Und deshalb", sie blickte ihm tief in die Augen, „habe ich ein Geschenk für dich machen lassen."

Sie nahm seine Hand und presste etwas hinein. Als er nachsah, entdeckte er einen Ring, der ähnlich war wie der ihre. Nur war er größer und schwerer und statt aus Gold aus Silber geschmiedet.

„Du brauchst ihn jetzt noch nicht, um am Tag überleben zu können." Sie lächelte ihn an. „Doch schon sehr bald wirst du ihn nötig haben."

Vor lauter Stolz und Glück war er sprachlos. Er griff nach ihrer Hand, um sie zu küssen. Er wollte Katherine jetzt und hier, selbst vor Damon, in die Arme nehmen. Doch sie entzog sich ihm.

„Und für dich. Für dich auch." Stefan traute seinen Ohren nicht. Katherine konnte doch nicht so voller Wärme und Zuneigung zu seinem Bruder sprechen. „Auch du wirst ihn bald brauchen."

Das war unmöglich! Es konnte nicht sein. Katherine überreichte Damon den gleichen Ring.

Das Schweigen, das folgte, war tödlich. Wie das Schweigen nach dem Ende der Welt.

„Katherine ..." Stefan fehlten die Worte. „Wie kannst du ihm den Ring geben? Nach dem, was zwischen uns war?"

„Was zwischen euch war?" Damons Stimme klang wie ein Peitschenknall. Er wandte sich wütend an Stefan. „Letzte Nacht ist sie zu mir gekommen. Die Wahl ist bereits getroffen." Damon riss sich den Hemdkragen herunter, um ihm die beiden kleinen Wunden an seinem Hals zu zeigen.

Stefan starrte sie an. Er kämpfte mit Übelkeit. Sie sahen genauso aus wie seine Wunden.

Total verwirrt schüttelte er den Kopf. „Aber Katherine ... es war doch kein Traum. Du kamst zu mir ..."

„Ich habe euch beide besucht." Katherines Stimme klang ruhig und zufrieden. Ihr Blick war froh. Sie lächelte erst Stefan, dann Damon an. „Es hat mich sehr geschwächt, aber ich bin so glücklich. Könnt ihr das nicht verstehen?" fuhr sie fort, während die beiden sie nur anstarrten, zu verblüfft, um etwas zu sagen. „Es war meine Wahl! Ich liebe euch beide, und ich will keinen von euch aufgeben. Jetzt werden wir drei zusammen sein und für immer glücklich."

„Glücklich?" Stefan erstickte fast an dem Wort.

„Ja! Glücklich. Wir werden Gefährten sein. Für alle Ewigkeit." Ihre Stimme jubilierte. Sie wirkte ausgelassen wie ein Kind.

„Wir werden immer zusammen sein", wiederholte sie. „Nie

krank werden, nie altern. Bis ans Ende der Zeit. Das war meine Entscheidung."

„Glücklich? Mit ihm?" Damon zitterte vor Wut. Stefan sah, dass er, der sonst so beherrscht wirkte, weiß war vor Zorn. „Mit diesem, diesem Knaben zwischen uns? Diesem Ausbund an Tugend? Ich kann seinen Anblick schon jetzt kaum ertragen. Ich wünschte, ich würde ihn nie wiedersehen, nie mehr seine Stimme hören müssen!"

„Mir geht es ebenso, lieber Bruder", entgegnete Stefan heftig. Der Schmerz in seiner Brust war kaum zu ertragen. Das alles war Damons Schuld. Er hatte Katherines Verstand vergiftet, bis sie nicht länger wusste, was sie tat. „Und ich habe große Lust, meinen Wunsch in die Tat umzusetzen", fügte er, außer sich, hinzu.

Damon verstand sofort. „Dann hole dein Schwert. Falls du es überhaupt finden kannst", erwiderte er ätzend.

„Damon, Stefan, bitte! Nein, nein!" rief Katherine, warf sich zwischen beide und griff Stefan am Arm. Sie sah vom einen zum anderen. Ihre blauen Augen waren weit aufgerissen vor Schreck. Tränen glitzerten in ihnen. „Denkt darüber nach, was ihr da sagt. Ihr seid Brüder!"

„Nicht durch meine Schuld." Damons Worte klangen wie ein Fluch.

„Könnt ihr euch nicht vertragen? Für mich! Damon, Stefan? Bitte!"

Einerseits wollte Stefan Katherine nachgeben, doch sein verwundeter Stolz und seine Eifersucht waren stärker. Sein Gesicht war hart und unerbittlich wie das von Damon.

„Nein. Das ist unmöglich. Es kann nur einen von uns geben, Katherine. Ich werde dich niemals mit ihm teilen."

Katherine ließ ihn los. Sie begann zu weinen. Die Tränen fielen auf ihr weißes Kleid. Schluchzend hob sie ihre Röcke hoch und lief davon." Und Damon nahm den Ring, den sie ihm geschenkt hatte, und steckte ihn sich an.

Stefans Stimme war heiser und aufgewühlt. „Und er sagte zu mir: ‚Ich werde sie bekommen, Bruder.' Dann ging er weg." Er drehte sich um und blinzelte wie jemand, der von völliger Dunkelheit ins Helle kommt. Er sah Elena an.

Sie saß reglos auf dem Bett und beobachtete ihn mit diesen Augen, die Katherines Augen so glichen. Besonders jetzt, wo ihr Blick von Mitleid und böser Vorahnung erfüllt war. Aber Elena lief nicht weg. „Was ist dann geschehen?" fragte sie.

Stefan ballte die Faust. Er riss sich vom Fenster los. Nein, nicht diese Erinnerung. Er konnte nicht einmal den Gedanken daran ertragen, geschweige denn, ihn laut aussprechen. Wie sollte er das über sich bringen? Wie sollte er Elena in die Finsternis führen und ihr die schrecklichen Dinge zeigen, die dort lauerten?

„Nein. Ich kann nicht!"

„Du musst es mir sagen", erwiderte sie sanft. „Das ist das Ende der Geschichte, nicht wahr, Stefan? Das ist es, was du hinter deinen Mauern verbirgst und wovor du wirklich Angst hast, dass ich es erfahre. Aber du musst es mir jetzt sagen. Oh, Stefan, du kannst nicht einfach aufhören."

Er fühlte, wie Horror und Verzweiflung in ihm aufstiegen. Wie damals, an jenem Tag vor so langer Zeit. An dem Tag, an dem alles endete ... und alles begann.

Elena nahm seine Hand. Sie schenkte ihm von ihrer Wärme, von ihrer Stärke. Ihr Blick war auf ihn gerichtet. „Erzähl es mir."

„Du willst wirklich wissen, was als Nächstes geschah? Was aus Katherine wurde?“ flüsterte er. Sie nickte stumm. „Ich werde es dir also erzählen. Sie starb am nächsten Tag. Damon und ich, wir haben sie umgebracht.“

14. KAPITEL

Elena fühlte, wie sie bei diesen Worten eine Gänsehaut überlief.

„Das meinst du doch nicht wirklich?“ fragte sie unsicher. Ihr fiel wieder ein, was sie auf dem Dach beobachtet hatte, sah erneut das Blut an seinen Lippen und musste sich zwingen, nicht vor ihm zurückzuzucken. „Ich kenne dich, Stefan. Du könntest unmöglich ...“

Er achtete nicht auf ihren Protest und starrte sie weiter mit seinen brennenden grünen Augen an. Doch er schien durch sie hindurchzublicken in die ferne Vergangenheit. „Als ich in jener Nacht im Bett lag, hoffte ich gegen jede Vernunft, dass sie wieder zu mir kommen würde. Ich bemerkte schon Veränderungen an mir. Ich konnte im Dunklen besser sehen. Ich fühlte mich stärker als je zuvor und war voller Energie. Und ich hatte Hunger.

Es war ein Hunger, wie ich ihn mir nie vorgestellt hätte. Die normalen Speisen und Getränke beim Abendessen konnten mich nicht befriedigen. Ich verstand es nicht. Dann fiel mein Blick auf den weißen Hals einer Dienstmagd, und alles wurde mir klar.“ Stefan holte tief Luft. Seine Augen waren dunkel und gequält. „In jener Nacht bekämpfte ich dieses Verlangen. Es kostete mich alle Willenskraft. Ich dachte an Katherine und betete, dass sie zu mir kommen würde. Betete, ha!“ Er lachte kurz auf. „Als ob ein Wesen wie ich beten könnte.“

Elenas Finger waren taub, so klammerte er sich an ihre Hand. Doch sie versuchte, den Druck zu erwidern, um ihm Mut zu machen. „Fahr fort, Stefan.“

Jetzt bereitete es ihm keine Mühe mehr zu reden. Er schien ihre Anwesenheit vergessen zu haben, die Geschichte erzählte sich wie von selbst.

„Am nächsten Morgen war das Verlangen noch stärker. Meine Adern fühlten sich wie ausgedorrt an. Sie schrien geradezu nach Flüssigkeit. Ich wusste, dass ich mich nicht mehr lange beherrschen konnte. Ich ging zu Katherines Gemächern. Ich wollte sie bitten, sie anflehen ...“

Seine Stimme versagte. Er hielt einen Moment inne und fuhr dann fort: „Aber Damon war bereits dort. Er wartete vor ihrem Zimmer. Ich konnte sehen, dass er das Verlangen nicht bekämpft hatte. Der Glanz seiner Haut, sein federnder Gang, all das verriet es mir. Er sah so zufrieden aus wie eine Katze, die Sahne genascht hat. Doch er war nicht mit Katherine zusammen gewesen. ‚Es ist eine Schande‘, erzählte er mir. ‚Aber ihre Dienerin, dieser weibliche Drache, will mich nicht zu ihr lassen. Sollen wir zwei sie überwältigen?‘

Ich wollte ihm nicht antworten. Der Ausdruck auf seinem Gesicht, dieses glatte, selbstgefällige Lächeln stieß mich ab. Ich hämmerte gegen die Tür, als wollte ich ...“ Er lachte kurz auf. „Beinahe hätte ich gesagt, die Toten aufwecken. Dabei sind die Toten sind ja gar nicht so schwer zu wecken, nicht wahr?“

Nach einer kleinen Pause erzählte er weiter: „Gudren, die Dienerin, machte auf. Ich bat sie, Katherine sehen zu dürfen, und erwartete eine ablehnende Antwort. Stattdessen starrte

Gudren erst mich an und dann Damon hinter mir. ‚Ihm würde ich es nicht sagen', erklärte sie schließlich. ‚Aber Euch, Signore. Lady Katherine ist nicht da. Schon früh ist sie heute morgen in den Garten gegangen. Sie sagte, sie müsse über vieles nachdenken.' Ich war überrascht. Gudren musterte uns ohne jede Sympathie. ‚Meine Herrin war letzte Nacht sehr unglücklich', fuhr sie bedeutungsvoll fort. ‚Sie hat die ganze Zeit geweint.'

Bei ihren Worten packte mich ein seltsames Gefühl. Es war nicht nur Scham und Trauer, weil Katherine so unglücklich war. Nein, es war Angst. Ich vergaß Hunger und Schwäche. Ich vergaß sogar meine Feindschaft zu Damon und erklärte ihm voller Hast, dass wir Katherine schnell finden mussten. Zu meiner Überraschung nickte er nur, ohne Fragen zu stellen.

Wir begannen unsere Suche und riefen ihren Namen. Ich erinnere mich genau, wie alles an jenem Tag aussah. Die Sonne schien auf die hohen Zypressen und Pinien. Damon und ich rannten zwischen ihnen hindurch. Schneller und schneller ... Ununterbrochen riefen wir ihren Namen ..."

Elena spürte die Schauder, die seinen Körper durchliefen. Sein Atem kam jetzt in kurzen, flachen Stößen.

„Wir hatten fast alles abgesucht, als mir ein Platz einfiel, den Katherine besonders geliebt hatte. Ein kleiner Pfad führte durch dichtes Gebüsch zu der niedrigen Mauer bei einem Zitronenbaum. Ich rannte dorthin. Doch als ich näherkam, hörte ich auf zu rufen. Ich fühlte eine ... Angst, eine schreckliche Vorahnung. Ich wusste, ich durfte nicht, ich durfte nicht dorthin gehen ..."

„Stefan!" rief Elena. Er brach ihr fast die Finger, so klammerte er sich an ihre Hand. Die Schauder wurden heftiger. Er zitterte am ganzen Leib. „Stefan! Bitte!"

Aber er schien sie nicht zu hören. „Es war wie ein Albtraum. Alles passierte so langsam. Ich konnte mich nicht bewegen und musste es doch. Mit jedem Schritt wurde die Angst größer. Ich konnte es riechen. Es roch nach verbranntem Fett ... Ich will nicht dorthin gehen ... ich will es nicht sehen ..."

Stefans Stimme wurde hoch und drängend, sein Atem kam in keuchenden Zügen. Er hatte die Augen aufgerissen, seine Pupillen waren erweitert wie die eines zu Tode erschrockenen Kindes. Elena griff seine verkrampften Finger mit der anderen Hand und streichelte sie beruhigend. „Stefan, es ist alles gut. Du bist nicht dort. Du bist hier bei mir."

„Ich will es nicht sehen, aber ich kann es nicht verhindern. Da ist etwas Weißes. Etwas Weißes unter dem Baum. Bitte zwing mich nicht, es anzuschauen."

„Stefan! Stefan, sieh mich an!"

Er hörte sie nicht mehr. Seine Worte kamen in unzusammenhängenden Schüben, als könnte er sie nicht schnell genug aussprechen. „Ich bin wie gelähmt, doch irgendwie gehe ich weiter. Ich sehe den Baum, die Mauer. Und das Weiße. Hinter dem Baum. Weiß mit Gold darunter. Und dann weiß ich es, ich weiß es, und ich gehe hin, weil es ihr Kleid ist. Katherines weißes Kleid. Und ich gehe um den Baum, ich schaue auf den Boden. Es ist wahr. Es ist Katherines Kleid ..." Seine Stimme wurde schriller und brach vor Entsetzen. „... aber Katherine ist nicht in dem Kleid."

Elena erstarrte, als wäre ihr Körper in Eiswasser getaucht worden. Eine Gänsehaut überlief sie. Sie versuchte, zu ihm zu sprechen, doch die Worte blieben ihr in der Kehle stecken. Er redete weiter, als könnte er den Horror abwenden, wenn er nicht aufhörte zu sprechen.

„Katherine ist nicht da. Vielleicht ist alles ein Scherz. Aber ihr Kleid liegt auf dem Boden, und es ist voller Asche. Wie die Asche im Herd, genau wie die. Nur dass diese Asche hier nach verbranntem Fleisch riecht. Sie stinkt. Von dem Geruch wird mir übel. Neben dem Ärmel liegt ein Stück Papier. Und auf einem Stein, einem Stein ein Stück entfernt, ist ein Ring. Ein Ring mit einem blauen Stein. Katherines Ring ..." Plötzlich schrie er mit schrecklicher Stimme: „Katherine, was hast du getan?" Dann fiel er auf die Knie, ließ Elenas Finger endlich los und verbarg das Gesicht in den Händen.

Elena hielt ihn, während er von heftigen Schluchzern geschüttelt wurde. Sie nahm seine Schultern und zog ihn auf ihren Schoß. „Katherine hatte den Ring abgezogen", flüsterte sie. Es war keine Frage. „Sie hat sich selbst der Sonne ausgesetzt."

Sein heftiges Schluchzen wollte nicht verstummen. Elena presste ihn gegen den weiten Rock ihres blauen Kleides und streichelte seine zitternden Schultern. Dabei murmelte sie nichts sagende, tröstende Worte und drängte ihren eigenen Horror zurück. Endlich beruhigte er sich und hob den Kopf. Er sprach mit belegter Stimme, aber er schien in die Gegenwart zurückgekehrt zu sein.

„Das Stück Papier war eine Nachricht für mich und für Damon. Sie schrieb, dass es egoistisch von ihr gewesen sei, uns beide haben zu wollen, und dass sie es nicht ertragen könne, die Ursache des Zerwürfnisses zwischen uns zu sein. Wenn sie nicht mehr da wäre, so hoffe sie, würden wir uns nicht länger hassen. Sie habe das Opfer gebracht, um uns wieder zusammenzubringen."

„Oh, Stefan", flüsterte Elena. Sie fühlte, wie ihr aus Mitleid Tränen in die Augen stiegen. „Es tut mir so Leid. Aber kannst du nicht heute, nach all der Zeit, erkennen, dass das, was Katherine getan hat, falsch war? Es war sogar sehr egoistisch, und es war ihre freie Entscheidung. Ja, man könnte sogar sagen, dass es nichts mit dir und Damon zu tun hatte."

Stefan schüttelte den Kopf, als wollte er die Wahrheit nicht hören. „Sie hat ihr Leben gegeben ... dafür. Wir haben sie getötet." Er setzte sich auf. Seine Pupillen waren immer noch stark erweitert, und er sah aus wie ein verwirrter kleiner Junge.

„Damon war mir gefolgt. Er nahm die Nachricht und las sie. Und dann ... führte er sich wie ein Wahnsinniger auf. Wir waren beide wie verrückt. Ich hatte Katherines Ring aufgehoben. Er versuchte, ihn mir wegzunehmen. Wir rangen miteinander. Wir beschimpften uns entsetzlich. Ich weiß nicht mehr, wie wir ins Haus zurückgelangten, doch plötzlich hatte ich mein Schwert in der Hand. Wir kämpften. Ich wollte dieses arrogante Gesicht für immer zerstören, wollte ihn töten. Ich erinnere mich, wie Vater vom Haus her nach uns rief. Wir kämpften heftiger, wollten es beenden, bevor er uns erreichte.

Wir waren im Grunde ebenbürtig. Doch Damon war immer stärker gewesen, und an diesem Tag schien er auch schneller zu sein, als hätte er sich bereits mehr verändert als ich. Während Vater aus dem Fenster gelehnt schrie, wir sollten aufhören, spürte ich, wie Damons Klinge an meiner Deckung vorbeizischte ... und in mein Herz eindrang."

Elena starrte ihn fassungslos an. Doch er erzählte ohne Pause weiter. „Ich fühlte diesen entsetzlichen Schmerz tief in mir drin. Dann verließ mich meine Kraft, und ich fiel. Ich blieb am Boden liegen."

Er sah Elena an und beendete den Satz nüchtern. „Und so bin ich ... gestorben."

Elena war wie erstarrt.

„Damon kam und beugte sich über mich. Ich hörte die Schreie meines Vaters und den Tumult im Haus. Aber alles, was ich sehen konnte, war Damons Gesicht. Diese schwarzen Augen, wie ein Nachthimmel ohne Mond. Ich wollte ihm wehtun, aus Rache für das, was er mir angetan hatte. Für alles, was er mir und Katherine angetan hatte." Stefan schwieg einen Moment, dann sagte er fast verträumt: „Und so hob ich mein Schwert und stieß es ihm mit letzter Kraft ins Herz." Das Gewitter war vorübergezogen. Durch die zerbrochene Scheibe konnte Elena die leisen Nachtgeräusche hören, das Zirpen der Grillen und den Wind in den Bäumen. In Stefans Zimmer war es ganz still.

„Ich weiß nichts mehr, bis ich in meinem Grab erwachte", erzählte Stefan. Er lehnte sich zurück, von ihr fort und schloss die Augen. Sein Gesicht wirkte hager und müde. Doch dieser schreckliche, kindlich entsetzte Ausdruck war verschwunden.

„Beide, sowohl Damon und als auch ich, hatten genug von Katherines Blut getrunken, um zu verhindern, dass wir wirklich starben. Stattdessen machten wir eine Verwandlung durch. Wir erwachten zusammen in unserem Grab, angekleidet mit unseren besten Sachen und Seite an Seite aufgebahrt. Wir waren zu schwach, um uns weiter gegenseitig zu verletzen. Und wir waren zu verwirrt. Ich rief nach Damon, aber er stürzte hinaus in die Nacht.

Zum Glück waren wir mit den Ringen beerdigt worden, die Katherine uns gegeben hatte. Und ich fand ihren Ring in meiner Tasche." Unbewusst streichelte Stefan den kleinen Ring an der Kette. „Wahrscheinlich hat man geglaubt, dass sie ihn mir geschenkt hätte. Ich versuchte, nach Hause zu gehen. Das war dumm. Die Diener schrien erschrocken, als sie mich sahen, und rannten fort, um einen Priester zu holen. Ich floh ebenfalls. Zu dem einzigen Ort, an dem ich mich sicher fühlen konnte. In die Dunkelheit.

Und dort bin ich bisher geblieben, Elena. Dort gehöre ich hin. Ich habe Katherine durch meinen Stolz und meine Eifersucht getötet und Damon durch meinen Hass. Aber ich habe Damon Schlimmeres angetan, als ihn nur umzubringen. Ich habe ihn verdammt.

Wenn er nicht in diesem Moment gestorben wäre, mit Katherines Blut noch in seinen Adern, hätte er eine Chance gehabt. Mit der Zeit wäre ihr Blut schwächer geworden und dann ganz verschwunden. Er wäre wieder zu einem normalen Menschen geworden. Indem ich ihn tötete, habe ich ihn zu einem Leben in der Nacht verurteilt. Ich habe seine einzige Chance auf Rettung vernichtet."

Stefan lachte bitter. „Weißt du, was der Name Salvatore in Italien bedeutet? Retter! Und ich habe meinen Bruder zu ewiger Hölle verdammt."

„Nein", sagte Elena und fuhr mit fester Stimme fort: „Nein, Stefan. Er hat sich selbst verdammt. Schließlich hat er dich zuerst getötet. Aber was ist später aus ihm geworden?"

„Eine Zeit lang hat er sich einer Söldnerbande angeschlossen. Ist plündernd durchs Land gezogen, hat gemordet und das Blut seiner Feinde getrunken. Ich habe damals vor den Stadttoren gelebt. Immer dem Hungertod nah, habe ich mich, selbst halb ein Tier, von Tieren ernährt. Lange erfuhr ich nichts von Damon. Dann hörte ich seine Stimme in meinem Kopf.

Er war stärker als ich, weil er Menschenblut trank. Und weil er tötete. Menschen haben die stärkste Lebenskraft, und ihr

Blut verleiht Macht. Wenn sie getötet werden, ist diese Macht irgendwie am stärksten. Es scheint, als ob in diesen letzten Momenten des Kampfes auf Leben und Tod die Seele am lebendigsten ist. Weil Damon Menschen tötet, kann er die geheimnisvollen Kräfte, die wir besitzen, auch besser ausnutzen als ich."

„Welche ... Kräfte?" fragte Elena. Ein Verdacht keimte in ihr auf.

„Körperkraft und Schnelligkeit. Eine schärfere Wahrnehmung, als Menschen sie besitzen, besonders bei Nacht. Das sind die Grundlagen. Außerdem können wir den Verstand der Menschen ... ertasten. Wir können ihre Gegenwart spüren und manchmal auch ihre Gedanken. Schwächere Naturen unter ihnen können wir verwirren, sie überwältigen oder ihnen unseren Willen aufzwingen. Wenn wir genug Menschenblut getrunken haben, können wir unsere Gestalt verändern und uns in Tiere verwandeln.

Damons Stimme in meinem Kopf war ganz deutlich. Er erklärte, dass er jetzt der Anführer einer eigenen Söldnerbande sei und mit ihr nach Florenz zurückkommen würde. Er drohte, mich zu töten, wenn er wir uns begegnen würden. Ich glaubte ihm und verschwand. Ein- oder zweimal habe ich ihn seither gesehen. Die Drohung ist immer die gleiche geblieben, und Damon wurde von Mal zu Mal mächtiger. Er hat das Beste aus seinem Schicksal gemacht. Er hat sich für die Dunkelheit entschieden und scheint sie geradezu zu lieben.

Aber das Böse liegt auch in meiner Natur. Dieselbe Dunkelheit ist auch in mir. Ich glaubte, ich könnte sie besiegen. Deshalb bin ich hierher nach Fell's Church gekommen. Ich dachte, wenn ich mich in der kleinen Stadt eines anderen Kontinents niederlasse, weit weg von den alten Erinnerungen, könnte ich der Dunkelheit entkommen. Doch ich habe mich geirrt. Stattdessen habe ich heute Nacht einen Menschen getötet."

„Nein!" sagte Elena voller Überzeugungskraft. „Das glaube ich nicht, Stefan." Seine Geschichte hatte Entsetzen, Mitleid und ... Angst in ihr geweckt. Doch ihre Abscheu war verschwunden, und über eins war sie sich ganz sicher: Stefan war kein Mörder. „Was ist wirklich geschehen, Stefan? Hast du dich mit Tanner gestritten?"

„Ich ... kann mich nicht erinnern", erwiderte er düster. „Ich habe meine Macht gebraucht, um ihn zu überreden, das zu tun, was ihr wolltet. Dann bin ich gegangen. Später spürte ich, wie mich Schwindel und Schwäche überfielen. Es war nicht das erste Mal."

Er sah sie direkt an. „Das letzte Mal geschah es auf dem Friedhof, bei der alten Kirche. In der Nacht, in der Vickie Bennett überfallen wurde."

„Aber du hast es nicht getan. Du könntest so etwas nicht tun ... Stefan?"

„Ich weiß es nicht", antwortete er hart. „Welche andere Erklärung soll es denn geben? Ich habe dem Alten unter der Brücke Blut abgezapft in der Nacht, in der ihr Mädchen vom Friedhof geflohen seid. Ich hätte geschworen, dass es nicht so viel war, dass es ihm schaden konnte. Doch er ist beinahe gestorben. Als Vickie und Tanner überfallen wurden, war ich beide Male da."

„Aber du kannst dich nicht daran erinnern, ihnen etwas angetan zu haben", gab Elena erleichtert zu bedenken. Der Verdacht, der in ihr aufgekeimt war, verdichtete sich zur Gewissheit.

„Welchen Unterschied macht das? Wer sonst sollte es getan haben, wenn nicht ich?“

„Damon.“

Stefan zuckte zusammen. „Eine netter Gedanke. Zuerst hatte ich auch gehofft, dass das die Lösung sei. Ein anderes Wesen wie ich, ein Wesen wie mein Bruder musste sich hier aufhalten. Ich habe mit all meinen Sinnen gesucht, doch keinerlei Anzeichen einer anderen Gegenwart gespürt. Die einfachste Erklärung ist, dass ich der Mörder bin.“

„Nein“, unterbrach Elena ihn. „Du verstehst nicht. Ich will nicht sagen, dass jemand wie Damon für die Dinge verantwortlich ist, die in Fell's Church passiert sind. Damon selbst ist hier. Ich habe ihn gesehen.“

Stefan starrte sie verständnislos an.

„Er muss es gewesen sein.“ Elena holte tief Luft. „Er ist mir zweimal begegnet. Vielleicht dreimal. Stefan, du hast mir gerade eine lange Geschichte erzählt. Jetzt bin ich an der Reihe.“

So schnell und einfach sie konnte, erzählte sie ihm, was in der Turnhalle und bei Bonnie zu Hause geschehen war. Stefan presste die Lippen zu einer dünnen, weißen Linie zusammen, als sie berichtete, wie Damon versucht hatte, sie zu küssen. Ihre Wangen brannten bei der Erinnerung daran, wie sie selbst auf ihn reagiert und ihm fast nachgegeben hatte. Aber sie ließ nichts aus.

Sie erzählte auch von der Krähe und all den anderen merkwürdigen Dingen, die geschehen waren, seit sie aus Frankreich nach Hause zurückgekehrt war.

„Und ich glaube, Damon war heute Abend im ‚Spukhaus‘“, schloss sie. „Kurz, nachdem dir vorn beim Eingang schwindlig wurde, ging jemand an mir vorbei. Er trug schwarze Gewänder wie ... der Tod. Eine Kapuze verbarg sein Gesicht. Aber etwas an der Art, wie er sich bewegte, kam mir bekannt vor. Er war es, Stefan. Damon war da."

„Das ist noch keine Erklärung für die anderen Male. Für Vickie und den alten Mann. Ich habe das Blut des Alten getrunken." Stefans Gesicht war angespannt, als habe er Angst davor zu hoffen.

„Du hast selbst gesagt, dass es nicht so viel war, um ihm ernsthaft zu schaden. Wer weiß, was geschehen ist, nachdem du den Alten verlassen hast. Wäre es nicht kinderleicht für Damon gewesen, ihn anzugreifen? Besonders, wenn Damon dir bereits die ganze Zeit hinterherspioniert hat. Vielleicht in einer anderen Gestalt ..."

„Wie zum Beispiel als Krähe", murmelte Stefan.

„Genau. Und was Vickie angeht ... Stefan, du kannst den Verstand von schwächeren Menschen verwirren, kannst sie überwältigen. Könnte es nicht sein, dass Damon genau das mit dir macht? Dass er deinen Verstand außer Kraft setzt, so wie du es mit einem menschlichen Verstand tun kannst?"

„Ja. Und gleichzeitig verbirgt er seine Gegenwart vor mir." Wachsende Erregung lag in Stefans Stimme. „Deshalb hat er meine Rufe nicht beantwortet. Er wollte ..."

„... dass genau das geschieht, was auch geschehen ist. Er wollte, dass du an dir zweifelst. Dass du dich für einen Mörder hältst. Aber das stimmt nicht, Stefan. Oh, Stefan. Du weißt es jetzt, und du brauchst keine Angst mehr zu haben." Elena stand auf. Freude und Erleichterung durchliefen sie. Aus dieser schrecklichen Nacht war doch noch etwas Wunderbares entstanden.

„Deshalb warst du oft so ... kühl zu mir, nicht wahr?" Sie

streckte die Hände nach ihm aus. „Du hattest Angst davor, was du tun könntest. Dafür gibt es jetzt keinen Grund mehr."

„Nein?" Sein Atem ging wieder in kurzen Stößen. Er betrachtete ihre Hände, als wären sie zwei giftige Schlangen. „Du glaubst, es gibt keinen Grund mehr, Angst zu haben? Damon mag diese Menschen überfallen haben, aber er kann meine Gedanken nicht kontrollieren. Und du weißt nicht, was ich über dich gedacht habe."

„Du würdest mir nicht weh tun", sagte Elena ganz ruhig und überzeugt.

„Nein? Es hat Zeiten gegeben, da habe ich dich beobachtet und konnte mich selbst in der Öffentlichkeit kaum zurückhalten. Dein weißer Hals war eine solche Versuchung für mich. Deine zarte Haut, durch die die blauen Adern hindurchschimmern ..." Sein Blick war starr auf ihren Nacken gerichtet, in einer Art, die sie an Damon erinnerte. Ihr Herz begann schneller zu schlagen, als er weitersprach. „Zeiten, in denen ich dich am liebsten gepackt und dir vor der ganzen Schule meinen Willen aufgezwungen hätte."

„Du brauchst mich nicht zu zwingen", flüsterte Elena. Sie konnte jetzt das Pochen ihres Blutes fast überdeutlich in ihrem ganzen Körper spüren, in ihren Handgelenken, in den Innenseiten ihrer Ellbogen und in ihrem Hals. „Ich habe eine Entscheidung getroffen, Stefan", sagte sie leise und sah ihm fest in die Augen. „Ich will es."

Er schluckte. „Du weißt nicht, was du da tust!"

„Doch. Du hast mir erzählt, wie es mit Katherine war, Stefan. Ich möchte, dass es so auch mit uns wird. Du sollst mich nicht verwandeln, wie sie dich verwandelt hat. Aber wir können doch ein wenig miteinander teilen, ohne dass das geschieht, nicht wahr? Ich weiß, wie sehr du Katherine geliebt hast", fügte sie noch leiser hinzu. „Aber sie ist fort, und ich bin hier. Und ich liebe dich, Stefan. Ich möchte mit dir zusammensein."

„Du hast keine Ahnung, wovon du redest!" Sein Körper war angespannt, und sein Blick voller Seelenqual. „Wenn ich einmal nachgebe, was sollte mich dann davon zurückhalten, dich zu verändern oder dich sogar zu töten? Diese ... Gier ist größer, als du es dir vorstellen kannst. Verstehst du denn immer noch nicht, was ich bin und wozu ich im Stande bin?"

Elena blieb ganz ruhig stehen. Sie betrachtete ihn schweigend, das Kinn entschlossen vorgestreckt. Irgendwie schien ihn das noch mehr zu quälen.

„Hast du noch nicht genug gesehen? Soll ich dir mehr zeigen? Kannst du dir nicht ausmalen, was ich dir antun könnte?" Er ging zu dem kalten Kamin und nahm ein Stück Holz, das dicker war als beide Handgelenke Elenas zusammen. Mühelos brach er es wie einen Zahnstocher entzwei. „Deine zarten Knochen", schrie er, mit einem Mal wütend.

Vom Bett hob er ein Kissen auf und zerschlitzte die Seidenhülle in Sekundenschnelle mit seinen scharfen Fingernägeln. „Deine weiche Haut." Dann war er schnell wie ein Blitz bei Elena und packte ihre Schultern, bevor sie wusste, was überhaupt geschah. Er starrte sie einen Moment lang an. Dann zog er mit einem Fauchen, bei dem sich ihr die Haare im Nacken sträubten, die Lippen zurück.

Es war dieselbe Fratze, die sie auf dem Dach gesehen hatte. Seine weißen Zähne waren entblößt und jetzt von unglaublicher Länge und Schärfe. Das Gebiss eines Raubtiers, eines Jägers. „Dein weißer Hals", sagte er eiskalt. Seine Stimme hatte kaum mehr etwas Menschliches an sich.

Elena blieb einen Augenblick wie erstarrt stehen und schaute wie hypnotisiert in dieses Furcht einflößende Gesicht. Dann regte sich etwas tief in ihrem Unterbewusstsein. Sie nahm sein Gesicht zwischen ihre Hände und spürte seine Wangen kühl gegen ihre Handflächen. So hielt sie ihn ganz sanft, als wollte sie den brutal harten Griff seiner Hände auf ihren bloßen Schultern wortlos tadeln. Sie sah, wie die Wut der Verwirrung Platz machte, als er erkannte, dass sie das nicht tat, um sich zu wehren oder ihn wegzustoßen.

Elena wartete, bis der Zorn aus seinen Augen wich und sie einen fast flehenden Ausdruck bekamen. Sie hatte keine Angst. Beide atmeten jetzt hastig, aber im selben Rhythmus. Elena spürte, wie er wieder zu zittern begann. Genau wie vorhin, als die Erinnerungen an Katherine zu viel für ihn wurden. Dann zog sie sehr sanft seinen Mund zu ihren Lippen.

Er versuchte, sich gegen sie zu wehren. Aber ihre Sanftheit bezwang all seine übermenschliche Kraft. Elena schloss die Augen und dachte nur an Stefan, nicht an die schrecklichen Dinge, die sie heute Nacht über ihn erfahren hatte. Sondern an den Stefan, der so vorsichtig ihr Haar gestreichelt hatte, als habe er Angst, sie könnte unter seinen Händen zerbrechen. Sie dachte daran und küsste den Raubtiermund, der sie noch vor ein paar Minuten bedroht hatte.

Sie fühlte die Verwandlung, während er hilflos ihre zarten Küsse genauso zart erwiderte. Sie fühlte die Schauder, die ihn durchfuhren, und merkte, wie der brutale Griff seiner Hände zu einer Umarmung wurde. Da wusste sie, dass sie gewonnen hatte.

„Du würdest mir niemals wehtun", flüsterte sie.

Es schien, als würden die Küsse alle Furcht, Einsamkeit und

Verzweiflung, die in ihnen herrschte, vertreiben. Elena merkte, wie die Leidenschaft sie wie ein Blitz durchzuckte, und spürte in Stefan das gleiche Gefühl. Aber vor allem war da die Zärtlichkeit, fast schon Angst einflößend in ihrer Stärke. Es gibt keinen Grund für Hast oder Grobheit, dachte Elena, während beide eng umschlungen auf das Bett glitten.

Die Küsse wurden drängender. Elenas Herz hämmerte, und ihr Atem ging in kurzen Stößen. Ein süßes, Schwindel erregendes Gefühl packte sie. Sie schloss die Augen und ließ den Kopf wehrlos nach hinten fallen.

Es wird Zeit, Stefan, dachte sie. Und sehr, sehr sanft führte sie seinen Mund an ihren Hals. Sie fühlte, wie seine Lippen ihre Haut berührten, fühlte seinen Atem, heiß und kühl zugleich. Und dann einen scharfen Stich.

Aber der Schmerz verging gleich wieder. Er wurde von einer übermächtigen Freude verdrängt, die sie erbeben ließ. Eine Freude, die von ihr auf Stefan überging.

Schließlich blickte sie in sein Gesicht. Es war völlig schutzlos. Die Wände, hinter denen er sich verborgen hatte, waren endlich verschwunden. Und was sie darin erkannte, machte sie schwach vor Glück.

„Vertraust du mir?“ flüsterte er. Als sie schweigend nickte, griff er nach einem Gegenstand neben dem Bett. Es war sein Dolch. Elena betrachtete die Waffe ohne Furcht. Dann richtete sie den Blick wieder auf sein Gesicht.

Er schaute ihr die ganze Zeit in die Augen, während er den Dolch aus seiner Hülle holte und sich am Halsansatz einen kleinen Schnitt zufügte. Elena starrte mit großen Augen auf das helle Blut, doch als er sie drängte, zu ihm zu kommen, versuchte sie nicht, dagegen anzukämpfen.

Nachher hielt er sie eine lange Zeit einfach nur in den Armen, während draußen die Grillen zirpten. Schließlich rührte er sich.

„Ich wünschte, du könntest hier bleiben“, flüsterte er. „Für immer hier bleiben. Aber das geht nicht.“

„Ich weiß“, antwortete sie genauso leise. Ihre Blicke sprachen ohne Worte. Es gab noch so viel zu sagen, so viele Gründe, zusammen zu sein.

„Morgen“, seufzte Elena. Dann lehnte sie sich an seine Schulter und flüsterte: „Was immer auch geschieht, Stefan. Ich werde bei dir bleiben. Sag mir, dass du mir glaubst.“

Seine Stimme wurde gedämpft durch ihr Haar. „Oh, Elena. ich glaube dir. Was immer auch geschieht, wir werden zusammenbleiben.“

15. KAPITEL

Als Stefan Elena nach Hause gebracht hatte, ging er zum Wald.

Er fuhr unter dem wolkenverhangenen Himmel die Old-Creek-Landstrasse entlang zu dem Platz, wo er am ersten Schultag geparkt hatte.

Er ließ das Auto stehen und ging auf genau dem gleichen Weg zu der Lichtung, auf der er die Krähe gesehen hatte. Sein Jagdinstinkt half ihm. Er erinnerte sich an die Form dieses Gebüschs und jener knorrigen Wurzel, bis er schließlich auf der offenen Fläche stand, die von uralten Eichen umgeben war.

Hier. Von welkem, braunem Laub verdeckt, könnten sogar noch ein paar der Kaninchenknochen liegen.

Stefan holte tief Luft, um ruhig zu werden und seine übersinnlichen Kräfte zu sammeln. Dann schickte er suchend seine Gedanken aus.

Zum ersten Mal, seit er nach Fell's Church gekommen war, fühlte er den Hauch einer Antwort. Aber er war nur schwach, und Stefan konnte nicht erkennen, woher er kam.

Er seufzte, drehte sich um und hielt wie erstarrt inne.

Vor ihm stand Damon. Er hatte die Arme über der Brust gekreuzt und lehnte an einer Eiche. Es sah so aus, als hätte er dort schon Stunden gestanden.

„So", sagte Stefan ernst. „Es ist also wahr. Es ist lange her, Bruder."

„Nicht so lange, wie du glaubst, Bruder." Stefan erkannte den sanften, spöttischen Klang der Stimme sofort wieder. „Ich habe über die Jahre hinweg deine Spur verfolgt", fuhr Damon ruhig fort. Er wischte sich so lässig ein Stückchen Baumrinde von seiner Lederjacke, wie er früher seine Brokatmanschetten zurechtgezupft hatte. „Aber das weißt du ja nicht, oder? Nein, du kannst es nicht wissen. Deine Kräfte sind noch so schwach wie eh und je."

„Sei vorsichtig, Damon", sagte Stefan gefährlich ruhig. „Sei heute Nacht vorsichtig. Ich bin nicht in der Stimmung, tolerant zu sein."

„Mein Brüderchen fühlt sich auf die Zehen getreten. Nein, so etwas. Du bist wahrscheinlich wütend, weil ich in dein Gebiet gekommen bin. Aber ich wollte doch nur in deiner Nähe sein. Brüder sollten immer zusammenhalten."

„Du hast heute Nacht einen Menschen ermordet. Und ich sollte glauben, ich hätte es selbst getan!"

„Bist du denn so sicher, dass du es nicht doch warst? Vielleicht haben wir es ja zusammen getan. Vorsicht!" warnte er, als

Stefan einen Schritt auf ihn zu machte. „Ich bin heute auch nicht sehr tolerant. Schließlich hatte ich nur einen dürren Geschichtslehrer, während du ein hübsches Mädchen ...“

Stefan explodierte vor Wut. „Lass Elena zufrieden“, zischte er so drohend, dass Damon unwillkürlich mit dem Kopf zurückfuhr. „Halte dich von ihr fern, Damon. Ich weiß, dass du hinter ihr herspioniert und sie beobachtet hast. Aber damit ist jetzt Schluss. Wenn du dich ihr noch einmal näherst, wirst du es bitter bereuen.“

„Du warst immer schon egoistisch. Das ist einer deiner Fehler. Nie wolltest du etwas mit mir teilen.“ Plötzlich erschien auf seinem Gesicht ein unwiderstehliches Lächeln. „Aber zum Glück ist unsere schöne Elena großzügig. Hat sie dir von unserer kleinen Romanze erzählt? Nun, als wir uns das erste Mal trafen, war sie fast sofort bereit nachzugeben.“

„Das ist eine Lüge!“

„Oh, nein, mein lieber Bruder. Ich lüge nie, wenn es um etwas Wichtiges geht. Oder sollte ich besser sagen, um etwas Unwichtiges? Egal. Jedenfalls ist deine hübsche Freundin in meinen Armen in Verzückung geraten. Ich glaube, sie mag Männer in Schwarz.“

Während Stefan ihn anstarrte und versuchte, seinen Atem unter Kontrolle zu halten, fügte Damon, fast mitfühlend, hinzu: „Du irrst dich, was sie betrifft. Du glaubst, sie sei sanft und fügsam wie Katherine. Das ist sie nicht. Sie ist überhaupt nicht dein Typ, mein tugendhafter Bruder. Sie hat so viel Feuer und Kraft in sich, du wüsstest gar nicht, was du damit anfangen solltest.“

„Und du wohl?“

Damon entfaltete die Arme und lächelte wieder. „Oh, ja.“

Stefan wollte ihm an die Kehle springen. Er hatte sich kaum noch unter Kontrolle. „Du hast in einem Recht. Sie ist stark. Stark genug, um dir zu widerstehen. Und jetzt, wo sie weiß, wer du wirklich bist, wird es ihr gelingen. Sie fühlt nur noch Abscheu für dich."

Damon zog die Augenbrauen hoch. „Wirklich? Wir werden sehen. Vielleicht gefällt ihr die völlige Dunkelheit besser als das ungewisse Zwielicht. Ich jedenfalls bekenne mich zu meiner wahren Natur. Aber ich mache mir Sorgen um dich, kleiner Bruder. Du siehst schwach und halb verhungert aus. Elena spielt nur mit dir, stimmt's?"

Töte ihn, forderte eine innere Stimme Stefan auf. Töte ihn, brich seinen Hals, reiß ihm die Kehle raus. Aber er wusste, dass Damon heute Nacht seinen Hunger ausgiebig gestillt hatte. Die schwarze Aura, die ihn umgab, war fast zum Greifen spürbar.

„Ja, ich habe mich gesättigt", sagte Damon freundlich, als wüsste er, was in Stefan vorging. Er seufzte und fuhr sich bei der Erinnerung mit der Zunge über die Lippen. „Er war zwar für einen Mann recht zierlich, und Elena duftet sicher besser, aber es ist eine Freude, neues Blut in den Adern zu spüren." Damon atmete hörbar aus, trat von dem Baum weg und sah sich um. Stefan erinnerte sich an seine geschmeidigen Bewegungen. Jede Geste war kontrolliert und präzise. Die Jahrhunderte hatten Damons natürliche Anmut noch verstärkt.

„Jetzt habe ich große Lust, so etwas zu tun." Damon ging zu einem jungen Baum ein paar Schritte entfernt. Er war ungefähr anderthalbmal so groß wie Damon. Als er ihn packte, reichten seine Finger nicht um den Stamm. Doch Stefan beobachtete, wie sein Bruder kurz Luft holte und sich die Muskeln unter seinem dünnen, schwarzen Hemd anspannten. Dann riss er den

Baum mit einem Ruck aus dem Boden. Der Geruch von feuchter Erde erfüllte die Luft.

„Er hat mir dort sowieso nicht gefallen." Er warf den Baum so weit weg, wie es das verflochtene Wurzelwerk erlaubte. Dann lächelte er Stefan freundlich an. „Und dazu bekomme ich ebenfalls Lust." Eine kaum merkliche Bewegung, und Damon war verschwunden. Stefan sah sich um, konnte jedoch keine Spur von ihm entdecken.

„Hier oben, Bruder!" Die Stimme ertönte über seinem Kopf. Als Stefan hochblickte, entdeckte er Damon zwischen den ausladenden Ästen einer Eiche. Das braune Laub raschelte, und Damon war wieder fort.

„Wieder da, Bruder." Stefan fuhr herum, als jemand ihm auf die Schulter klopfte, aber nichts war hinter ihm. „Jetzt hier." Er wirbelte wieder herum. „Nein, dort." Wütend versuchte Stefan, Damon festzuhalten, doch seine Finger griffen ins Leere.

Hier, Stefan. Diesmal hörte er die Stimme in seinem Kopf, und die ungeheure Kraft, die dahinter steckte, erschütterte ihn bis ins Mark. Man brauchte eine enorme Macht, um seine Gedanken so klar zu übermitteln. Langsam drehte er sich wieder um. Damon lehnte wie vorhin an der großen Eiche.

Aber diesmal war der Humor aus seinen dunklen Augen verschwunden. Sie waren schwarz und unergründlich. Sein Mund war zu einer dünnen Linie zusammengepresst.

Welche Beweise brauchst du noch, Stefan? Ich bin viel stärker als du, und du bist stärker als diese bemitleidenswerten Menschen. Ich bin auch schneller als du und besitze Kräfte, von denen du kaum etwas ahnst. Uralte, geheimnisvolle Kräfte. Und ich habe keine Angst, sie zu benutzen. Wenn du mich angreifst, werde ich sie auch gegen dich benutzen.

„Bist du deshalb hergekommen? Um mich zu quälen?“

Ich habe bisher Mitleid mit dir gehabt, Bruder. Schon viele Male hätte ich dich töten können. Aber ich habe dir immer das Leben geschenkt. Diesmal ist es anders. Damon trat wieder von dem Baum weg und sprach laut: „Ich warne dich, Stefan. Lege dich nicht mit mir an. Es ist egal, weshalb ich eigentlich herkam. Jetzt will ich Elena. Und wenn du versuchen solltest, mich aufzuhalten, werde ich dich töten.“

„Du kannst es versuchen“, erwiderte Stefan. Die Wut in ihm brannte heißer denn je. Sie strahlte mit großer Helligkeit, wie ein ganzer Himmel voller funkelnder Sterne. Unbewusst fühlte er, dass sie Damons Dunkelheit bedrohte.

„Du glaubst, ich kann es nicht? Du wirst es nie lernen, stimmt's, kleiner Bruder?“ Stefan blieb noch genug Zeit, um das müde Kopfschütteln seines Bruders wahrzunehmen. Dann fühlte er, wie ihn in einer fast unsichtbar schnellen Bewegung zwei starke Hände ergriffen. Er begann sofort, sich heftig zu wehren, versuchte, den Griff mit aller Kraft abzuschütteln. Aber er hielt ihn fest wie ein Stahlband.

Stefan schlug wütend um sich, er wollte die verwundbare Stelle an Damons Hals gleich unter dem Kinn treffen. Es hatte keinen Zweck. Seine Arme wurden nach hinten gedreht, sein ganzer Körper wurde zur Bewegungslosigkeit verdammt. Er war so hilfos wie ein Vogel in den Krallen einer Katze.

Er ließ sich ganz schlaff fallen, um dann zu versuchen, sich unter Anspannung aller Muskeln plötzlich zu befreien und einen Schlag zu landen. Doch die grausamen Hände packten ihn nur fester und machten seinen Widerstand zwecklos.

Du warst immer schon stur. Vielleicht wird das dich überzeugen. *Stefan blickte in das bleiche Gesicht seines Bruders. Er fühlte eine Hand in seinem Haar. Sein Kopf wurde nach hinten gerissen, sein Hals entblößt.*

Er wehrte sich verzweifelt. Gib dir keine Mühe, sagte die kalte Stimme in seinem Kopf. Dann spürte er die Zähne und den entsetzlichen Schmerz. Er fühlte die Demütigung und Hilflosigkeit des gejagten Opfers. Das Blut wurde gegen seinen Willen aus seinem Körper gesaugt.

Stefan weigerte sich nachzugeben. Die Schmerzen wurden schlimmer. Es schien, als würde ihm die Seele herausgerissen. Glühende Speere durchzuckten ihn. Die Qual konzentrierte sich auf die zwei Stellen in seinem Hals, in die Damon seine Zähne gesenkt hatte. Stefan wurde schwindlig. Er war nahe daran, das Bewusstsein zu verlieren.

Dann ließen ihn die Hände plötzlich los. Er fiel auf den Boden auf ein Bett von vermoderten, feuchten Eichenblättern. Nach Atem ringend, richtete er sich mühsam auf Hände und Knie auf.

„Siehst du, kleiner Bruder. Ich bin stärker als du. Stark genug, dich zu überwältigen, dir Blut und Leben zu nehmen, wie es mir gefällt. Überlasse Elena mir, oder ich werde dich vernichten."

Stefan schaute hoch. Damon hatte den Kopf zurückgeworfen. Er stand mit leicht gespreizten Beinen da, wie ein Sieger, der bereit ist, dem Verlierer den Fuß in den Nacken zu setzen. Seine schwarzen Augen glühten triumphierend, und Stefans Blut klebte noch an seinen Lippen.

Hass erfüllte Stefan. Ein solcher Hass, wie er ihn noch nie erlebt hatte. Im Vergleich dazu war der Hass, den er bisher für Damon gespürt hatte, so gering wie ein Tropfen Wasser in einem Ozean. Sehr oft in den vergangenen Jahrhunderten hatte er bereut, was er seinem Bruder angetan hatte, und sich aus tiefster Seele gewünscht, es ändern zu können. Jetzt jedoch wollte er es wieder tun, wieder und wieder ...

„Elena gehört dir nicht“, stieß er hervor. Er stand langsam auf und versuchte, sich nicht anmerken zu lassen, welche Mühe es ihn kostete. „Und sie wird dir nie gehören.“ Langsam, sich auf jeden Schritt konzentrierend, setzte er einen Fuß vor den anderen und begann, sich zu entfernen. Sein ganzer Körper schmerzte, und die Scham, die er fühlte, war sogar noch größer als die körperliche Qual. Erdkrumen und Blätter klebten an seiner Kleidung, doch er wischte sie nicht ab. Er brauchte seine ganze Kraft, um sich weiter zu bewegen und gegen die Schwäche anzukämpfen, die ihn zu überfallen drohte.

Du wirst es nie lernen, Bruder. Damons Stimme hallte in seinem Kopf.

Stefan blickte weder zurück, noch antwortete er. Er biss die Zähne zusammen und schleppte sich weiter. Ein Schritt, und noch ein Schritt. Wenn er sich nur einen Moment setzen könnte, um sich auszuruhen ...

Ein Schritt, und noch ein Schritt. Das Auto konnte doch nicht mehr weit sein. Unter seinen Füßen raschelte das Laub, und plötzlich hörte er auch hinter sich Laub rascheln.

Er versuchte, sich schnell umzudrehen. Doch seine Reflexe waren fast ganz verschwunden. Die ruckartige Bewegung war zu viel. Ihm wurde schwarz vor Augen, und er stürzte in die undurchdringliche Finsternis der Nacht. Und danach deckte der Schleier der Barmherzigkeit alles zu, und er wusste nichts mehr.

Elena eilte auf die High School zu. Es kam ihr vor, als sei sie Jahre weg gewesen. Die letzte Nacht erschien ihr wie ein längst vergangenes Ereignis aus ihrer Kinderzeit. Etwas, an das sie sich kaum erinnern konnte. Aber sie wusste, dass sie sich den Folgen stellen musste.

Gestern Abend hatte sie es erst mal mit Tante Judith zu tun gehabt. Ihre Tante hatte durch Nachbarn von dem Mord erfahren und sich schrecklich aufgeregt. Noch mehr hatte es sie allerdings mitgenommen, dass ihr niemand sagen konnte, wo Elena steckte. Als Elena so gegen zwei Uhr morgens nach Hause kam, war Tante Judith außer sich vor Sorge.

Elena hatte keine Erklärung. Sie konnte nur sagen, dass sie mit Stefan zusammen gewesen war, dass man ihn angeklagt hatte, sie jedoch wusste, dass er unschuldig war. Alles andere, was sonst noch passiert war, musste sie für sich behalten. Selbst, wenn Tante Judith ihr geglaubt hätte, verstanden hätte sie es nie.

An diesem Morgen hatte Elena verschlafen, und jetzt war sie zu spät dran. Außer ihr war niemand auf den verlassenen Straßen. Der Himmel war grau, und Wind kam auf. Sie wünschte sich verzweifelt, Stefan zu sehen. Die ganze Nacht hindurch, als sie so fest geschlafen hatte, hatte sie schreckliche Sachen von ihm geträumt.

Ein Albtraum war besonders realistisch gewesen. Stefans Gesicht war bleich, sein Blick wütend und anklagend. Er hielt ein Buch hoch und sagte: „Wie konntest du nur, Elena? Wie konntest du nur?“ Dann warf er ihr das Buch vor die Füße und ging davon. Sie rief ihm nach, bitte, bitte stehen zu bleiben, doch er lief einfach weiter, bis er in der Dunkelheit verschwand. Als sie das Buch betrachtete, sah sie, dass es einen dunkelblauen Samteinband hatte. Ihr Tagebuch.

Sie wurde wieder wütend, als sie daran dachte, wie ihr Tagebuch gestohlen worden war. Aber was hatte der Traum zu bedeuten? Welche Stelle in ihrem Tagebuch hatte Stefan so wütend gemacht?

Elena wusste es nicht. Ihr war nur eins klar. Sie musste ihn sehen, seine Stimme hören, seine Umarmung spüren. Von ihm getrennt, fühlte sie sich, als ob die Hälfte von ihr fehlen würde.

Sie rannte die Stufen zur Schule hoch und durch die fast leeren Flure zu dem Schulzimmer, in dem Stefans erste Unterrichtsstunde stattfand. Wenn sie nur für einen Moment einen Blick auf ihn werfen konnte, würde es ihr gleich besser gehen.

Aber er war nicht da. Durch das kleine Fenster in der Tür konnte sie seinen leeren Platz sehen. Matt war da, und der Ausdruck auf seinem Gesicht machte ihr noch mehr Angst. Er betrachtete Stefans Platz mit einer müden Vorahnung.

Elena wandte sich wie mechanisch von der Tür ab. Wie ein Automat stieg sie die Stufen hoch und ging in ihre Geometrieklasse. Als sie die Tür öffnete, wandten sich alle Gesichter zu ihr um. Hastig glitt sie auf den leeren Platz neben Meredith.

Ms. Halpern hielt kurz inne, betrachtete Elena einen Moment und fuhr dann fort. Als sie etwas an die Tafel schrieb, schaute Elena zu Meredith.

Meredith nahm ihre Hand. „Bist du okay?“ flüsterte sie.

„Ich weiß nicht“, antwortete Elena wie abwesend. Sie hatte das Gefühl zu ersticken. Meredith’ Finger waren trocken und heiß. „Hast du eine Ahnung, was mit Stefan los ist?“

„Du hast es also noch nicht gehört?“ Meredith riss ihre dunklen Augen weit auf. Elena spürte, wie das Gewicht, das auf ihrer Brust lastete, immer größer wurde.

„Sie ... man hat ihn doch nicht verhaftet, oder?“ Nur mit Mühe stieß sie die Worte hervor.

„Elena, es ist schlimmer als das. Er ist verschwunden. Die Polizei war heute Morgen in seiner Pension, und er war nicht da. Die Beamten sind dann in die Schule gekommen, aber hier ist er auch nicht aufgetaucht. Man hat sein Auto leer an der Old Creek Road gefunden. Jetzt nimmt man an, dass er geflohen ist, weil er den Mord begangen hat."

„Das stimmt nicht!" rief Elena. Sie sah, wie die anderen sich zu ihr umdrehten, aber das war ihr egal. „Er ist unschuldig."

„Wir kennen deine Meinung, Elena. Aber warum sonst sollte er abgehauen sein?"

„Er ist nicht geflohen. Und er hat's nicht getan." Wut stieg in Elena auf und drängte die lähmende Angst zurück. Ihr Atem kam in kurzen Stößen. „Er würde niemals freiwillig fortgehen."

„Du meinst, dass ihn jemand gezwungen hat? Aber wer? Tyler würde sich niemals trauen ..."

„Man hat ihn gezwungen oder ihm Schlimmeres angetan", unterbrach Elena. Die ganze Klasse starrte sie jetzt an. Ms. Halpern wollte etwas sagen, als Elena plötzlich aufsprang. „Gott helfe ihm, wenn er Stefan verletzt hat." Sie blickte über die Klasse, ohne jemanden wahrzunehmen. „Gott helfe ihm." Dann wirbelte sie herum und rannte zur Tür.

„Elena, komm zurück! Elena!" Sie hörte, wie Meredith und Ms. Halpern hinter ihr herriefen. Elena lief schneller. Ihre Gedanken konzentrierten sich nur auf eins.

Alle glaubten, sie wäre hinter Tyler Smallwood her. Gut. Sollten sie ihre Zeit ruhig damit vergeuden, in der falschen Richtung zu suchen. Sie wusste genau, was sie zu tun hatte.

Elena rannte durch die kühle Herbstluft zur Old Creek Road. Und von dort aus weiter zur Wickery-Brücke und dem alten Friedhof.

Ein eisiger Wind blies ihr Haar zurück und biss ihr ins Gesicht. Um sie herum wirbelten Eichenblätter. Aber ihre heiße Wut vertrieb die Kälte. Jetzt wusste sie, was rasender Zorn bedeutete. An purpurroten Buchen und Trauerweiden vorbei schritt sie zur Mitte des alten Friedhofs. Dort sah sie sich fieberhaft um.

Über ihr am Himmel jagten die grauen Wolken dahin. Die Zweige der Eichen und Buchen schlugen krachend aneinander. Ein plötzlicher Windstoß schleuderte ihr welkes Laub ins Gesicht. Es schien, als wollte der Friedhof sie vertreiben, als wollte er seine ganze Macht zeigen und alle Kräfte sammeln, um ihr etwas Schreckliches anzutun.

Elena kümmerte sich nicht darum. Sie wirbelte herum. Ihr fieberhafter Blick glitt suchend zwischen die Grabsteine. Dann warf sie den Kopf zurück und schrie direkt in den brausenden Wind. Es war nur ein Wort. Aber sie wusste, dass es ihn zu ihr bringen würde.

„Damon!“

– ENDE DES ERSTEN TEILS –

L. J. SMITH

Der Kampf

Ist Damon aus dem bereits Jahrhunderte währenden Kampf mit seinem Vampir-Bruder Stefan als Sieger hervorgegangen? Fast scheint es so, denn Stefan ist verschwunden. In dem eisigen Schneesturm, den Damon heraufbeschwört, macht Elena sich auf die verzweifelte Suche nach ihrer großen Liebe. Wenn Stefan noch lebt, gibt es nur eins, was seine Kräfte stärken kann – ihr Blut. Und sie ist bereit, es ihm zu geben, obwohl sie genau weiß, dass sie dann für immer in das Schattenreich der Vampire verbannt sein wird ...

Band-Nr. 15002
4,95 €
ISBN 3-89941-029-7

Silhouette®

Band-Nr. 15003
4,95 €
ISBN 3-89941-030-0

L. J. SMITH

Der Zorn

Für die Leute von Fell's Church ist Elena tot - umgekommen bei einem Autounfall und viel zu früh aus ihrer Mitte gerissen. Doch Elena lebt, ist in ein Schattenreich verdammt, seitdem sie das Blut der Vampire getrunken hat. Nachts fühlt sie die grenzenlose Einsamkeit, die sie von nun an begleiten wird, der Preis für ihre Liebe zu Stefan. Aber vielleicht musste Elena dieses dunkle Schicksal auf sich nehmen. Denn so spürt sie plötzlich die tödliche Gefahr, die den Bewohnern von Fell's Church droht – und hat endlich Macht, zusammen mit Stefan und Damon gegen das Böse zu kämpfen ...

Silhouette®

Band-Nr. 15004
4,95 €
ISBN 3-89941-031-9

L. J. SMITH

Die Rache

Auch nach Elenas Verdammnis ins Schattenreich kehrt das Grauen nach Fell's Church zurück: Als die Leiche eines jungen Mädchens gefunden wird, weiß die telepathisch begabte Bonnie sofort, dass von nun an Angst und Schrecken herrschen werden. Das Böse, das die Feindschaft von Stefan und Damon einst unbarmherzig schürte, um Rache für längst Vergessenes zu nehmen, kann nur bezwungen werden, wenn die Vampir-Brüder Seite an Seite kämpfen – mit der Hilfe von Elena, die verzweifelt darauf hofft, aus dem Schattenreich befreit zu werden ...

Silhouette®